桃谷容子全詩集

Momotani Yoko

編集工房ノア

桃谷容子

左から、桃谷容子、吉野弘氏、嵯峨信之氏と。

前列左から吉原幸子氏、桃谷容子、安西均氏。アリゼ「五冊の詩集を祝う会」で。

アリゼ「五冊の詩集を祝う会」左から柳内やすこ、桃谷容子（『黄金の秋』）、吉崎みち江、服部恵美子、松本昌子、一九八九年九月二十二日、年譜参照。

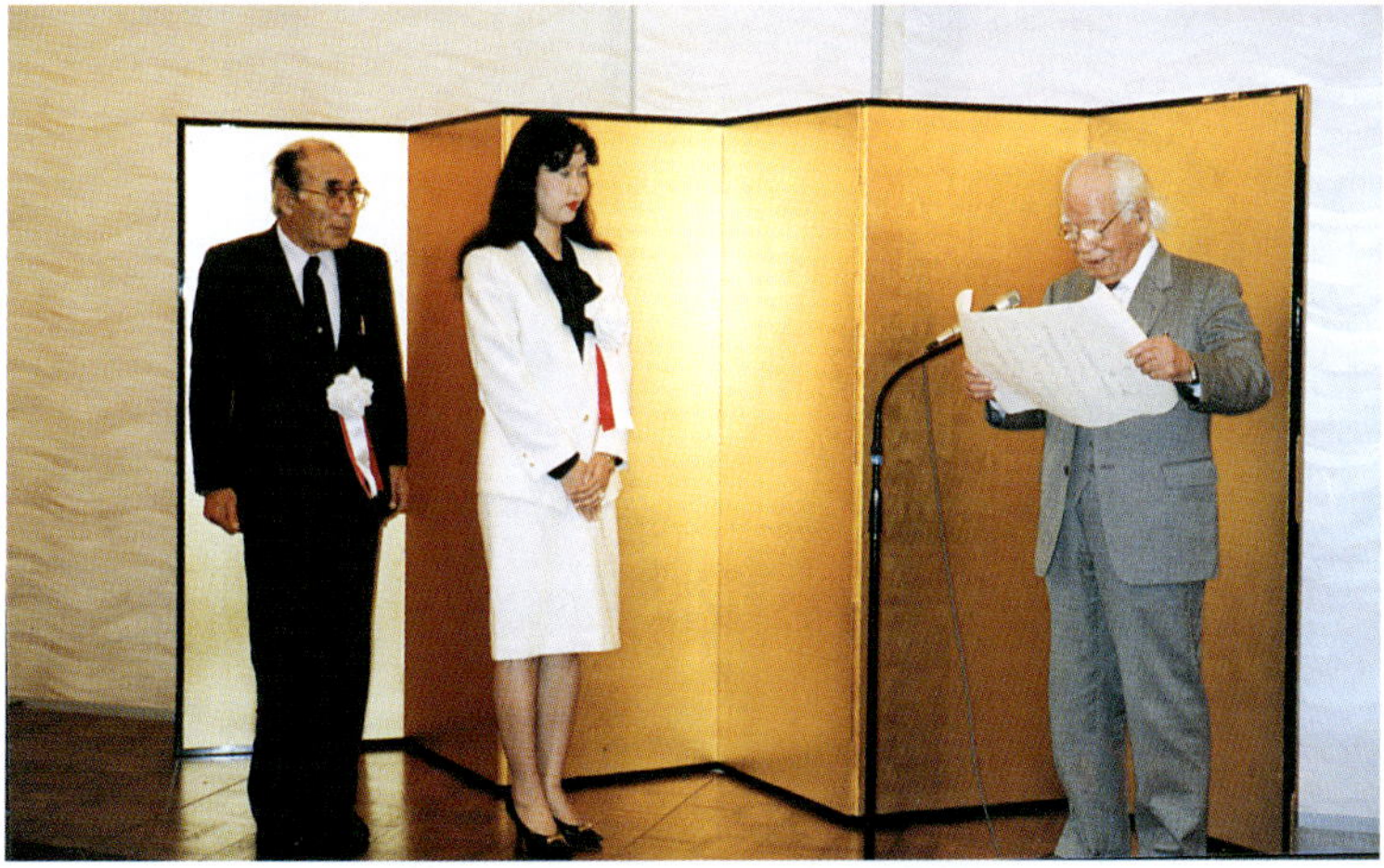

第一詩集『黄金の秋』で、第三回福田正夫賞受賞、受賞式、一九八九年十二月二日。

第二詩集『カマーゾフの樹』で第二回神戸ナビール文学賞詩部門受賞、受賞式、一九九五年九月十六日。

詩誌「アリゼ」の仲間たち。後列、左から四人目、以倉紘平氏。二人おいて、桃谷容子。丸山真由美（花束を持つ）『ぬすびとはぎ』出版記念会で、二〇〇二年三月。

大阪心斎橋大丸・美術画廊勤務時代。画家・黒木邦彦氏を知る。
右下も画廊で。
左下、一九八三年十月二十八日、「大阪国際帆船祭」で、詩「ダル・モジェジィ」（20頁）となる。

結婚式。仲人・大平正芳氏夫妻。一九七二年四月十二日。

右、アウシュビッツ収容所跡。一九七三年五月から一九七五年二月まで、夫の海外勤務でポーランドのソスノヴィッツに滞在。その間の旅。憧れのギリシャには二回、帰国後、一九八三年、三回目の旅をする。

左上、ロカ岬にて。

母・桃谷きさと。右上、父・桃谷勘三郎。古いアルバムに、「ヨーコチャン」1952. 12と記されていた。

下、後列中央、父・勘三郎、右、容子、前列右端、母・きさ。

母、きさと。

『桃谷容子全詩集』　目次

『黄金の秋』 1988

『カラマーゾフの樹』1994

『野火は神に向って燃える』 2003

IV　野火は神に向って燃える

*

『小説・エッセイ篇』

*

装画　庄野英二
装幀　森本良成

『黄金の秋』

1988

żółty jesieni

ôgon no Aki

囚人4…

＜一九八七年　八月十七日　午後四時過ぎ　西ベルリンシュパウダウ戦犯刑務所内の庭の小屋の中で　ヒトラーの片腕だったナチスの元副総統ルドルフ・ヘス　首にコードを巻き込み　自殺　九十三歳　囚人番号七番　「囚人七号」は世界一金のかかる囚人だった＞その新聞記事を読んだ時、ザイオンツ、私はあなたを思い出した。あなたは十四年前、ポーランド国有工場Silmaの内庭で、夫の赴任地であるあの地の果てのようなソスノヴィッツという町に到着したばかりの日本女《ヤポンカ》である私の前に、通訳長として現れた。あなたは洗練された物腰を持ち、端正で、姿勢がよく、とても六十近い人には見えなかった。そう、私があの地に着いて初めて会ったポーランド男《ポラック》がザイオンツ、あなただった。あなたは少し白くなった金髪を優雅に下げて、私の手の甲に唇をつけた。〈これが美しい御婦人に対するポーランドの騎士の正式な挨拶なのです〉と微笑みながら、洗練された美しいフランス語の発音で。それから私達はソスノヴィッツの町を歩いた。私は今でもよく覚えている。あなたは広場の花売りから名も知らぬ白い野花を買って私に捧げてくれた。ザイオンツ、あなたが私の夫や他の日本人技師達からだけでなく、Silma で働くポーランド人達からさえ敬遠され、嫌われているのは不思議なことだった。あなたは要領がよく、計算高くて、冷淡《ジムノー》だと悪口を言われていた。私はあなたを観察しだした。確かにあなたはいつも私の前で洗練された笑顔を絶やさなかったが、海のような瞳は決して笑ってはいなかった。しかし、あなたには隙がなかった。そしてあの夏の日が来た。私はトマト《ポミドロ》を買う行列に並んでいた。その時あなたが前の方に並んでいるのに気づいた。あなたの横顔は疲れていて、別人のようだった。あなたの番が来た。〈ポミドロ二《ドヴァ》キロ〉あなたが見知らぬ老人の声で言った。太った百姓女が赤いトマト《ポミドロ》をあなたのさし出す汚れた布袋に投げ込もうとした。あなたがよろめいた。トマト《ポミドロ》が地面に転り落ちた。あなたは地面に這いつくばり手を伸ばしてそれらを拾おうとした。一瞬カーキ色のシャツの袖がまくれ上り、青白い腕が覗いた。その時私は見てしまった。あなたの腕に刺青された番号《ニュメル》を。あなたの囚人番号の頭が4《チテリ》だったことだけはザイオンツ、今でも私はよく覚えている。

ダル・モジェジィ

その白鳥は
大阪港に集った白鳥たちのなかでも
いちばんめだたない白鳥だった
しかし最も若々しく　忍耐強そうで
無口で朴訥な
北国から来た少年のようだった
彼はポーランドの市民たちのカンパで造られたのだ
ダル・モジェジィとはポーランド語で
若者たちの贈り物という意味なのだそうだ

わたしにはわかっている
そのために破れた鞄を新調するのを断念《やめ》た
大学教授が居たことを
ウオツカを三ケ月飲むのを我慢した老人が居たことを
夏の休暇《ウルロップ》にその青年がどこにも行かなかったことを
わたしにはよくわかっている
貧しいが誰よりも自分の国を愛し
誇り高く忍耐強いあの国の人たちのことが

その日わたしはダル・モジェジィの上で
ポーランドの美少年《ワドナーホピイエツ》たちと話をした
もうほとんど忘れかけているあの国の言葉で
少年たちの一人はグジェニィの港に帰った時
迎えに来た母親に話すだろう

ニッポンでポーランド語を話す日本女《ヤポンカ》に会ったよ　十年前亭主《モンシュ》の
仕事でカトヴィッツェに住んでいたんだってさ
もうほとんどポーランド語を忘れていたけど　完ぺきな発音で最
後にこう云ったよ
「わたしたちは美しいポーランド　ポーランドの美しい人たちの
ことを生涯忘れない」って

そう　わたしたちは忘れはしない
かつてあの国で共に生き
今は他人《ひと》の子の父であるひとも
わたしも

＊大阪国際帆船祭に参加して。

マグダレーナ・メディチの指輪

もう十年も昔のことである。春まだき二月の朝だったフィレンツェのポン・テ・ヴェッキオ〈古い橋〉のアーケードの下に並ぶ骨董店をかねた小さな宝石店のショーウインドウに　わたしはその指輪をみつけたのである縦長の菱形をした彫金風の鈍い光沢の金の中央に　ダイヤモンドで花十字をあしらった　繊細典雅な意匠の指輪であった　わたしは重いガラスの扉を押して内部《なか》へ入った

〈Bonjour《ボンジュール》 Mademoiselle《マドムアゼル》 qu'est-ce《クウエス》 que《ク》 vous《ブ》 désirez《デジレ》〉

銀髪の小柄な老婦人が一人で店番をしていて　流暢なフランス語でそう呼びかけた　〈あの十字架の指輪を見せてくださいな〉〈十字架の指輪ですって〉老婦人はけげんそうに首を傾げた　〈あの花をあしらったようなダイヤモンドの十字形の指輪ですわ　マダム〉〈Oui《ウイ》 je《ジュ》 comprends《コンプラン》 Mademoiselle《マドムアゼル》〉老婦人はうなずきながら白い細い指でその小さな指輪をつまみ　ガラスケースの上にそっとのせた　〈この意匠《デザン》は花十字ではありませんの〉〈Non《ノン》 Mademoiselle《マドムワゼル》〉　老婦人は首を振り　囁くように小声で云った〈メディチ家の紋章をアレンジしてあるのですよ　メディチは初代薬問屋をしていたのです

　この六つのダイヤモンドは丸薬の印なのです　フィレンツェの街を気をつけて歩いてごらんなさい　この丸薬の紋章のある建物がいたるところにありますから〉それ

から老婦人の声はもっと低く優しくなった　＜とても古いものですよ　おそらくは十七世紀頃の…メディチ家の令嬢がつけていたものに違いありません　マグダレーナソフィー　カテリーナ　マリルイーザ…値うちものですよ　でも特別にお安くしてさしあげましょう　マドムワゼル　あなたは遠い東洋からおいでになり　この指輪に目をお止めになったのですから＞わたしはその＜由緒ある＞指輪を指に嵌め　フィレンツェの二月の街を歩いた　風は冷たかったが　微かにえもいえぬ花の香が漂っていた　深い酩酊がわたしを襲った　気がついてみると六つの丸薬の紋章のある建物の内庭にわたしは迷いこみ　マグダレーナ・メディチその人になりきって　去って行った恋人を想いながら長い間彷徨していたのであるこんなことばを切れ切れに呟きながら　＜媚薬も　毒

薬も　メディチは作ったけれど　さすがのお祖父さまも　愛する人を　忘れさせる　お薬だけは　お作りに　なることは　できなかったのだ〉

ガロ神父

八月の或る午後　物憂い午睡の後
散歩をしていると
〈ガロ神父〉という名の
イタリア料理店ができていたので入ってみた
これはそこで起ったちょっと不思議なお話
赤と白の格子のテーブルクロスの上には
白いくちなしが
一輪ずつ差されてあり
薄暗い室内に微かに匂っていた

栗色の髪と瞳を持った混血の美少年が
お給仕をしていて
テーブルにうやうやしく出された
ホカホカのボンゴレスープの
おいしかったこと
冷たく冷やしたサラドのレタスはみずみずしく
トスカーニュ地方の夜明けの草のようで
信じられないほど薄く切られた赤いトマトは
一角獣の舌のよう
パンはカリッと香ばしく焼かれていて
デザートの洋梨のタルトは魔法菓子のように
口の中でトロッと溶けた
二杯目の香りのよいコーヒーを
ゆっくりと味わっていると

飴いろの柱時計がボーンと四時を打ち
それと同時に柱の蔭から
赤い頬をした太ったガロ神父が現れ
椅子に腰かけると
十字を切り
厳粛な面持ちで
ミネストローネを啜り始めた

La mer est proche 〈海は近い〉

長い夢から目覚めたとき
わたしは裸にされ
白いリネンのシーツの上に寝かされていました
躰の芯から力が脱けていて
起き上ることもできないのです
ベッドから見える室内は
絨毯《タピ》が敷かれていない木の床と
ガラスの嵌められていない
木の壁をくりぬいた大きな窓

扉のない出口
枕もとには粗末なナイトテーブルの上に
ぼんやりと灯りの点いたアルコールランプが一つ
窓の外にはガス灯が点り
女が一人立っているのがわかります
室内には二人の女が居て
モーブのローブを身にまとい
小さな壺から香油を
水の入った金盥の中に垂らしている音が聞えています
そのときわたしにはわかったのです
わたしがもうすぐ死ぬのだということが
香油の香りに混って潮の匂いがします
そのとき一人の女が掠れた声で呟きました
La《ラ》 mer《メール》 est《エ》 proche《プローシュ》

〈海は近い〉　と
わたしはいま息も絶え絶えに
その言葉を繰り返しています
La《ラ》 mer《メール》 est《エ》 proche《プローシュ》
〈海は近い〉
〈海は近い〉　と

＊ポール・デルボー展 La mer est proche〈海は近い〉を観て。

オシュヴェンチム

オシュヴェンチム
オシュヴェンチム
ドイツ語ではアウシュヴィッツ

淋しい町

ポーランドの南西部
私の住んでいるカトヴィッツェから
車で一時間の所にその町は在る

見渡す限り　鉄条網が張りめぐらされ
荒涼とした台地が続くなか
朽ちかけた木の小屋が点々と建っている
その内部《なか》へ入った時
埃と黴の匂いに混じって
異様な臭気が鼻を塞がせた
畳一畳半ほどの板が何段も連なり
その板の上に何十人もの人達が折り重なって眠ったのだ
厳寒の真冬にも毛布一枚与えられず
数え切れない人々が凍死したのだ

オシュヴェンチム
オシュヴェンチム

おぞましい町

資料館へ入った時まず目に入ったのが
ガラスの向うにある松葉杖と義足と子供の靴の山
まず力の無い者　弱い者　幼い者達が裸にされ
ガス室で殺されたのだ
その次に目に入ったものは大きな写真だった
骨と皮だけになり　腹部が異様に膨れあがった裸体の女性の肩を
頑健な看護婦のような女性が両手で摑んで前を向かせている
救出された人の写真なのだと思っていた
英語で記された説明書を読んだ時
口中に酸いものがこみあげてきた
飢餓状況を実験中のナチの写した写真だったのだ
人間と呼ばれる者がこれをしたのだ

虐殺した人々の身体の脂肪から作られた石鹸で
彼は毎晩自分の身体を洗い
その皮で造られたランプシェードの下で
彼女はタンホイザーを聴きながら眠ったのだ

オシュヴェンチム
オシュヴェンチム

湿気の多い町

ここに来る時にはいつも
湿地帯に霧雨が降っていた
ここで六百万人のユダヤ人　ポーランド人　ハンガリー人
オーストリア人　ドイツ人が虐殺されたのだ

鉄条網に沿って生気の無い白い花が
雨に濡れていた
死んで行った人達の骨のような
青白い花が

ラ・トラヴィアータ

一九五八年　三月
リスボンのサンカルロ劇場で
世紀の歌姫マリアカラスと
若き日のアルフレードクラウスが共演した
ラ・トラヴィアータを
深夜　ライブレコードで聴いた

静寂《しじま》のなかを優雅な前奏曲が流れる
目を閉じて耳を澄ますと

リスボンの婦人たちのたてる
夜会服の衣ずれの音や囁き声
男たちの咳《しわぶき》の音さえ聴えてくる
華やかなカラスの笑い声
宴のざわめき
ヴィオレッタとアルフレードの甘美な二重唱

リスボンの三月
アマンドの花咲く樹の下で
二人は恋に落ちたのだろう
つかのまの　甘美な恋に

同じ年の三月　私は八歳だった
森のような邸の庭の奥の

花の咲かない桜の樹の下で
一人ぼっちのおままごとをしていた

とりまき達の去った後
幼い妹まで追放して
死期の近かった姉はバルコニーの窓を開け放ち
くり返しくり返しラ・トラヴィアータを聴いていた
その調べは
花の咲かない桜の樹の下まで流れていた
いったいあれはどこの国の歌姫の歌う椿姫だったのだろう

一九五八年の三月　私は八歳だった
森のような邸の庭の奥の
花の咲かない桜の樹の下で

一人ぼっちのおままごとをしていた

＊ラ・トラヴィアータ＝仏語で「道を踏み誤った女」という意味がある。

テレーズ・デスケルウ

そのことばは
あの当時
わたしの唇から
押えても　押えても
洩れてくるのだった
夫とそのちちははの
夕餉の食物を胸に抱え
冬枯れた野面を歩いているときも
夕暮　米を研いでいるときも
物憂い朝の目覚めにさえも

テレーズ
テレーズ　デスケルウ
喘ぎのように
吐息のように
呻きのように
テレーズ
テレーズ　デスケルウ
真夜中
曠野《ランド》に吹き荒れる
風の音に
そそのかされるように
夫を毒殺しようとした
アルジュルーズの
あの女

天国の風

わたしが最も幸福だった夏、丘の上の、白いフェンスに薔薇が絡まり、赤葡萄酒色の三角屋根の瀟洒だった西洋館に、父と母とわたしと、同い年だったお手伝いの少女と犬と、たいそう幸福に暮していた。真向いに道をへだてて、丘のそのまた小高い丘の上に白亜の教会が建っていて、家の階段の上の踊り場に磨硝子の入った細長い窓があり、その窓を開くと、教会の庭でポプラの木がザワザワと葉音をたて、気持のよい風が家の内部《なか》いっぱいに入りこんできた。わたしたちは誰云うともなく、その風のことを〈天国の風〉と呼んでいた。七月の終り頃、暑さもたけなわになってくると、〈そろそろ天国の風を入れましょうか〉とか、〈もう天国の窓を開ける季節ね〉などと云うのである。日常生活にはにぶい父でさえもが、朝、食卓でみずみずしい葡萄の皮をむきながら、さわやかに吹きわたる風に指をとめ、〈おや、天国の窓を開けたのかい〉などと云う。お手伝いの少女とわたしと母が声をあげて笑う。そんな夏が何年続いただろう。

ある日犬が死に、お手伝いの少女は海辺の村へ帰り、気がついてみると、わたしは結婚していた。鈍色《にびいろ》の結婚生活を送っていたポーランドに、海辺の村から少女の手紙が来たことがある。〈結婚しようか、すまいか、悩んでいます。〉そんな文面だった。返事を出さなかった。

丘の上の西洋館にわたしが帰ってきたのはそれから数年

後だった。天国の窓の閉め切られたままの夏が何年も続いた。家族の誰もが、屋上に登って天国の窓を開け放つ気力がなかったのである。そんな或る夏の夕暮、電話のベルが鳴った。海辺の町に住む三人の子持ちになっている少女からだった。〈皆さんお元気なのかと、急に気になって…〉わたしはとっさに嘘をついていた。夫がまた異国に行っていて、里帰りをしていると。子供はまだできないけれど、大事にされていると。そのとき少女が懐かしい声で云った。〈もう天国の風が吹きわたっている頃ですね〉その夜、わたしは屋上に登り、錆付いている鍵をひねり天国の窓を開いた。それから暗闇にうずくまり、祈った。〈また天国の風をお送りください。そして御心《みこころ》ですならば、あの幸福だった夏の日々を再びわたしにお返しください〉

黄金の秋

九月の終り頃から
十一月の始めにかけて
ポーランドの
村という村
街という街は
黄金一色になる
それは
〈波蘭《ポルスカ》の黄金《ズオーテイ》の秋《イエシエニ》〉と呼ばれる季節である

黄金《きん》色の鱗のように
黄金色の小鳥のように
黄金色の天使のてのひらのように
落葉が舞う

黄金色の森の中
黄金色の落葉のタピスリの上で
きのこ採りをしていたのは
十一年も昔のわたしだった
もうポーランド語で
茸を何というのかさえ忘れてしまったが
黄金色の髪の人たちのなかで
ひとり不調和の思いに耐えながら
黒い髪を風になびかせ

幸福を捜すように
黄金色の落葉の下を一心に探っていたのは
たしかに十一年前の
このわたしだったのだ

夏の旅

倉敷にあるO美術館に私が初めて行ったのは、八歳の夏休みだった。それは母と共に行く私の初めての旅行であった。その夏の日の事を、私はなぜか或る胸の痛みを伴った感動なしには思い出すことができない。物心ついて以来その〈夏の旅〉まで母と呼ばれる人と共に〈生活〉したという経験がほとんどなかったからである。思い出すのはまず真夏の白い光と波頭の高い濃緑色の海、高い空洞の井戸の底のような青空の記憶である。美術館の内《な》部《か》は薄暗くひんやりしていて、大きな教会堂の内部《なか》のようだと子供は思った。母は女子神学校時代の後輩のT牧師と私を真中にして、話しながら歩いていた。ことばが館内に木霊していた。＜彼は神の小羊の中の最もエゴイストよ　彼は私からすべてをとりあげたわ　アウグスティヌスを読むこと　バッハを弾くこと　樹の下で瞑想すること　この子と過すことさえも…でも　今彼はアメリカ　アメリカ合衆国　私は自由　自由なのよ…＞母は濃紺の細かい襞のあるジョーゼットのドレスを着て、大理石のような首に水晶の首飾りをつけていた。その日の母はとても美しかった。八歳の子供はひどく緊張していた。いくつかの絵を通り過ぎ、母の足が止った。＜さあ　これがエル・グレコの受胎告知の絵よ＞その声は天上の声のように高い所から響いてきた。八歳の子供はその暗く運命的な絵の前で目を見張り、立ち尽していた。ちらと母の横顔を盗み見ると、その顔は謎めいた微笑を浮べたきり沈黙しているのだった。その後どの絵の前を通っても、あの深い神秘な絵と母の謎めいた微笑を浮べた横顔が目の中を交錯し、深い静寂《しじま》のなかを三人の足音だけが館内に木霊しているのだった。美術館を出ると、あの運命的な絵と同じ名の喫茶店に連れて行かれた。古びた磨りガラスの嵌めこまれた黒光りのする木の扉を開けると内部《なか》は薄暗くひんやりしていて、やはり小さな教会堂の内部《なか》のようだった。和服を着た小柄な婦人が近づいて来てT牧師と小声で話し始めた。プリミティブな彫刻のほどこされた黒光りのする古びた木の椅子に座らされ、固くなっている子供の前に、氷の浮んだ黒色の不思議な液体の入ったグラスが置かれた。ストローを口に含み吸い込んだ瞬間、舌を潤したあの甘く冷たいこの世のものとは思われない神秘な味わい。

〈この　お嬢ちゃんはグレコのマリア様に似ていらっしゃるわ　ちょうどこんな風に私を見上げている表情が〉

T牧師が相づちを打ち、母は黙っていた。あの謎めいた微笑を浮べた冷たい横顔を見せたまま。

夕暮、波の強い埠頭で網にかかった甲蟹が漁られているのを見た。その海辺の街で、母はたくさんの人々から〈先生〉と呼ばれていた。その呼びかけには、家で父が彼の社員達から呼びかけられる尊称より、ずっと尊敬を込めた響きがあるのだった。その日の母はとても美しかった。母は私の手を繋いでいた。波頭が烈しかった。その頃、私は朝目覚めるとまず鏡を覗き込む子供だった。日によって鏡の中の少女は美しかったり醜かったりした。波の強い埠頭で母に手を繋がれ風に吹かれながら、八歳の私は一心に祈っていた。〈エスさま　母であって母でない人　母でなくて母である人　この人と一緒に居る間だけは　私をこの人の子供にふさわしい綺麗な子のままで居させてください〉幼い者の祈りは〈夏の旅〉の間中、聞き届けられた。

スペインの桜

アマンドの花は
スペインの桜です
烈しい風景の続くなかに
ときおり見受けられる
濃い緑のオリーブ林
そのなかに　てんてんとほの見える
淡々しい桜いろ
〈ああ　あれがアマンドの花なのですか〉

厳しく乾いた風土のなかに
ようやく優しさをみつけてほっとしました
セビリアからリスボンに向かう二月のバスの中で
ふた月早いふるさとの春を見ました
七年ぶりに旅に出た異国の田舎道で
バスに揺られながら
果しなく長かったようにも思われ
つかのまのようにも感じられる
半生を思いました
さあ　これからだ　という思いと
もう　十分だ　という思いが交錯して
わたしの目の裏側がほんのりと
淡々しい桜いろに染りました

アマンドの花は
スペインの桜です
セビリアからリスボンに向かうバスの中で
ふた月早いふるさとの春を見ました

わたしを癒さないで

わたしを癒さないで
わたしは赤い血の玉をつけた
一羽の鶸《ひわ》
でも　かわいそうに　などと云って
あなたの柔らかなてのひらに載せ
やさしく軟膏を塗ったりなど
なさらないでください
血を流しながらも　破損《やぶ》れた羽で
海峡に落ちる

一羽の鶚で
わたしはありたいのです

わたしを撫でないで
わたしは青空を突き刺す
一本の樹木
たとえ淋しい秋の霖《りん》雨に
そぼ濡れる
埋《うもれ》木になっても
いじらしい　などと云って
わたしを撫でたりなどなさらないでください

わたしを消さないで
わたしは冬の夜に燃える

一束の松明
それは冬の闇を照らしているのでも
あなたを暖めているのでもない
みずからを火炙りにして
燃え尽きる
一束の松明で
わたしはありたいのです

クリスチーネ

クリスチーネは金髪碧眼、ポーランド人の少女特有の白蠟の肌をして、かわいそうなくらい遠慮深かった。彼女はあの当時わたしの夫だったひとの勤める、ポーランド国有工場〈シルマ〉の、日本人専用英語通訳のアルバイトをしている、カトヴィッツェ大学の学生だった。わたしたちはソスノヴィッツの人もまばらな初夏の公園の、煤で汚れたベンチに腰かけ、固苦しいキングスイングリッシュで話をした。三十分もたつと、二人の貧しい語学力では会話は尽き、重苦しい沈黙がわたしたちを支配しだした。わずか三十分の間にも、わたしの白いレエスのパンタロンには煤煙の微細な粒子が降りつもり、手で払おうとすると、それは灰色の影のようにわたしの膝に拡がった。そのときクリスチーネ、わたしは舌打ちした。クリスチーネ、それはわたしがあなたの国に来て、わずか七日目の正直な告白だった。わたしはあなたの街、あなたの国に幻滅していた。ショパンのピアノコンチェルトの流れる夕暮の街角、マダム・キューリーの誕生《うま》れた国、雄大な叙事詩人ミシュケヴィッチが生き、コペルニクスが青い石畳を散策した街——憧れは煤煙の粒子で染まった鳥影のように、私の全身を重苦しい幻滅で覆った。クリスチーネ、そのときあなたは静かな声で云った。

「ミセスO、白い色《ピアウエコロル》は美しいけれど、この街にふさわしくありません。そしてあなたも…」「ええ《ターク》、クリスチーネ」あのときわたしはこう答えた。「ターク、クリスチーネ」と。豊かな国から来た、東洋の若妻の驕りに満ちた声音で。クリスチーネ、あれから十年が過ぎました。わたしはもはや美しくなく、たくさん苦しみ、たくさん傷つきました。クリスチーネ、あなたはいま、太くなった両腕に馬鈴薯《ジムニヤツキ》二キロと玉葱《ツェブラ》一キロの入った袋をさげ、あの頃あなたの母がよくしたように、眉根にキュッと深い皺を寄せ、一ケ月につき鶏卵《ヤイコ》一人三個の配給の長い行列に並びながら、あの日のことを、もう憶えてはいないのだろうか。

*ソスノヴィッツ＝ポーランド南部シレジア地方・カトヴィッツェのなかの小さな街。地面の下全体が石炭である。

紅い雪

――一九八一年十二月十三日ポーランドに戒厳令が布かれた夜に

紅い雪が降る

シレジアの炭鉱に
グダニスクの造船所に
クラクフの教会の中にさえも

軍靴は響く
兵士たちは追って来た

まだ少年のような炭鉱夫の
磁器のような白いひたいが
二つに裂け
鮮血が　汚れた地図のように
金髪に拡がった

夕暮になると
手回しオルゴール奏きの鳴らす
カタリナの物哀しい音色が
聖マリア教会の
妙なる鐘のしらべと合奏して
街全体に侵しがたい気品が漂っていた
モーブ色をした

典雅で静謐な
あの小さな古い都に
戒厳令が敷かれ
青い石畳は
嵌めこまれた石の数ほどの
労働者たちの血で
紅く染まる——

ポーランド
最後の青春

いまわたしは歩いている
記憶の街路のなか
獣皮の襟を立て

凍てた石畳に足を滑らせながら
夜の静寂を破り

馬車の鳴らす鈴の音
ウオツカの瓶を片手に
年老いた炭鉱夫のうたう
パルチザンの唄声

それもいつしか消えて
しじまのなかに
一発の銃声
女の悲鳴
戦車の軋る音

街路という街路に
紅い雪が降っている

マレクとヨランダ

彼女がコロラトゥーラソプラノで唄えば
彼はボーイソプラノで応える
彼がフルートを吹くと
彼女はピッコロを奏でる
「いま学校でチェンバロを練習しているの」
彼女が言えば
「僕はコントラバス」
すかさず彼が言い返す
マレクとヨランダ

パン・ノヴィツキー家の美しい双生児たち
ひかり波うつ金髪
沈潜した白蠟の肌
冷徹な青い瞳
ヨランダの十五歳の胸の豊満は
ブラウスの第二ボタンをはじきかえす
マレクの十五歳の手首は
片手にあまるほど細い

いま三月
ビスワ川の氷が割れる
それを合図に
ソスノヴィッツに春の予感
あつく息苦しい毛皮の寝床

充たされない
熟しきれない
二つの夢
オレステスとエレクトラの
それのように

＊パン pan＝ポーランドで男性の姓の上につける敬称。

使者

——ポール・デルボー展〈ジュール・ベルヌへのオマージュ〉を観て

りいいん　ごおおん
りいいん　ごおおん

冥府の鐘が鳴っています

この街は　夜明けのような　日暮れのような
いつも青い靄に包まれていて
海の底に居るような気がする
なぜなら　ここは冥府に最も近いから

盲いた鳥が飛んでいます
終ることのない交尾をくりかえしながら
羽ばたきの音でわかるのです
ペトリデス夫人
ドクターシュミット
用意はできていますか
青白い二人の裸身の少年を連れ
隠微な赤い花飾りのついた帽子を被り
冥府からの使者として
わたしはここに来たのです

幾何学模様の石の舗道は裸の足に冷たい
海から吹いてくる潮風が

わたしの全身を冷やしていきますが
冥府に吹く風はもっと気が滅入るような冷たさなのです
ペトリデス夫人
決してその黒眼鏡を外してはいけません
あなたはとても臆病なのだから
冥府の鐘が鳴っています
リーデンブロック博士
さあ　急ぎましょう
羅針盤の無い帆船が近づいて来る気配です
闇はますます濃くなりますが
わたしに付いてくるのです
隠微な赤い花飾りのついた帽子と
私の白い裸身が目印です

メフィストワルツ

その女が入って来たのは、谷の教会堂の鐘が二時を打ったのと同時だった。青紫の夜会服《ソワレ》から覗くあらわな肩も首も胸も、透き通るような青白さだった。波打つ漆黒の髪にふちどられた蒼白な頬、色のない唇、邪悪な黒い瞳、だが気味が悪いほど女は美しかった。フランツは持っていたシャンパングラスをかたわらのグランドピアノの上に置くと、夢遊病者のように女に近づき、フランス語で〈踊っていただけませんか〉と云った。あの当時、ボヘミアとポーランドの国境にある、この小さな村でも、社交語にはまだフランス語を使っていた。〈あなたの婚約者がいいとおっしゃるのなら〉しわがれた声で女は云った。〈Je vous en prie《ジュブザンプリ》〉わたしは即座に答えた。女は燃えるような瞳でフランツをみつめ、しわがれた声で云った。〈メフィストワルツを〉楽団は憑かれたように、今までわたしが聴いたこともない、奇妙な曲を演奏し始め、フランツと女は踊り始めた。谷の教会堂の鐘が三つ打った時、女は踊るのを止め、フランツの手をゆっくりと振りほどくと、吹雪いている扉の外へ出て行った。翌晩、谷の教会堂の鐘が二時を打つと、また女があらわれた。不思議なことに夜会服《ソワレ》は赤紫に色が変っていた。透き通るように青白かった肩や首や胸も血の気がさし、蒼白だった頬と唇は薔薇色で、女は息を飲むほどの美しさだった。フランツはまた夢遊病者のように女に近づき、ワルツを申し込んだ。女は昨夜と同じことを云った。わたしは即座に答えた。〈Je vous en prie《ジュブサンプリ》〉わたしがそう云ったのはプライドからだった。〈メフィストワルツを〉女はしわがれた声で云い、楽団は憑かれたように不思議な曲を奏で始めた。女が華やかにターンした時だった。赤紫の夜会服《ソワレ》の裾から黒い色をした、毛むくじゃらの、細長いものが覗いた。そのとき、谷の教会堂の鐘が三つ鳴った。女は吹雪いている扉の外へ出て行った。三日目の夜、それは私達の婚約祝いの最後の舞踏会の夜だった。フランツは二晩のうちにひどく痩せ、肌の血の気がまったくなくなり、病人のようになっていた。

谷の教会堂の鐘が二つ鳴った。女があらわれた。夜会服は深紅に変色していた。あらわな肩や首や胸は燃えるようで、頬は紅潮し、唇はルージュを塗っていないのに血がしたたるように赤かった。悪魔の美しさだった。フランツは顔面蒼白でヨロヨロと女に近づき、ワルツを申し込んだ。女は同じことを云った。

〈Je vous en prie《ジュブサンプリ》〉わたしがそのときそう答えたのは、プライドからというよりは、好奇心からだった。谷の教会堂の鐘が三つ打った。女は出て行った。フランツは絨《タ》毯《ピ》の上に倒れ、息絶えていた。

わたしがこの谷の教会堂の神父に自分の罪を告白したのは、フランツの葬儀の終った夜のことだった。

〈わたしが病没した伯父から譲り受けた広大な領地や財産をすべて捨て、この教会堂の会堂守になったのは、あの当時人々が云っていたような、フランツを喪ったという哀しみからではなく、罪を償うためでした。人間の心のなかに巣くう罪のなかでも最もおぞましい、自尊心と

好奇心という二つの扉。それがフランツを殺したのだということを、わたしだけが知っていたのです＞

今は廃堂になっている谷の教会堂で、老婦人が語り終えた時、吹雪いている窓の外では夜が白み始めていた。僕は激しい好奇心に駆られ、古びたピアノに近づき＜その曲はこういう曲ではありませんでしたか＞と云ってリストのメフィストワルツを弾いてみずにはいられなかった。そのとき老婦人が今までとはまったく質の違うしわがれた声で云った。

＜そんなものではありませんよ。Monsieur《ムッシュー》　あのとき楽隊が演奏した曲は　もっと　奇妙な　もっと　気味の悪い　もっと　蠱惑的な…この世のどんな音楽家もつくることのできない曲でしたよ。だって　Monsieur《ムッシュー》　それは悪魔がつくった曲だったのですから＞

王国

春の日曜日だった

母に去られた子供とその父親は
しっかりと手を繋ぎあい
仏蘭西菓子屋のガラス扉を押して
内部《なか》へ入った
内部は真白だった
子供の胸のなかで
突然ヴィオロンが鳴りだした

多くの菓子のなかから迷いながら
典雅な白鳥の形をした
プティット・シュー・ア・ラ・クレームを
子供はついに選んだ
白鳥は十羽　白い箱に入れられ
金と白の包装紙に包まれ
薔薇色のリボンで結ばれて
王国のように飾りたてられた
両手に美しい王国を捧げ持ち
子供は待ち切れず
坂の上の彼の家まで走った
箱はひどく scramble された

家へ帰って子供が箱を開くと
白鳥はいず
そのかわりに十匹の蛇が
かまくびをもたげていた
泣きだした子供に
父親が云った

おまえはまだ小さくてわからないだろうが
愛もまた…

春の殺戮

はるになると
海の潮がひいていくので
子供たちは潮干狩りに夢中になる
そういうふうに
わたしのなかでも潮がひき
まだ生れない子供たちが
わたしのなかを掘るので
それでわたしはこんなにくるしい
わたしの湿った砂のなかから

小さなあかい蟹がほりおこされ
からだじゅうを逃げまわる
だからわたしの胸はこんなにさわぐ
わたしの腹部にはりついている
ももいろのいそぎんちゃくを
幼いひとがスコップで抉ろうとやっきになっている
だからわたしのこのみやはこんなにいたむ
砂のうえにころがっている
捕獲された半死のあさり
ばか貝
くったりした海星《ひとで》
わたしのなかの
春の殺戮

トマトの日時計

グラナダ　午前十時
アンダルウシアの灼熱の太陽の下
トマト娘は今日もまた
素焼の水甕から
したたる水を飲む

ヴェネツィア　午後四時
名も知らぬ逢引の相手は去った
伯爵夫人はシーツにくるまり

冷たいトマトを齧りながら
ゴンドラの軋みに耳傾ける

ミュケーネ　午後一時
トマト畑の目印は
向日葵の花

コルドバ　午後三時
ジプシーの少年アントニオが
広場の真中に
トマトの時計をつくり
客を待ち始める時刻

ザコパネ　午前七時

別荘番の娘カシャが
ワルシャワから来た奥様の好物の
プチトマトを森の市場に買いに行った帰り
森の小径のマリア像の前にひざまずき
　サンタマリア　願わくばおやさしい奥様の
　　胸の病を癒したまえ
と十字を切り
ヴィナスの唇ほどの
プチトマトを一つ供えて帰る
終りの夏の避暑地の風は冷たく
霧を含み
明日はもう
九月

凍てる薔薇

冬の野に　薔薇が一輪
美しい性格破綻者
ふるえている
たえている
一人では　滅びることもできないのか
こんなに　滅びたいのに

テーバイの城門の前で
謎《スフィンクス》は
おそらくは

己《おのれ》を滅ぼしてくれるものの到来を
喜びと怖れに震えつつ
じっと待っていたのだ

冬の野に薔薇が一輪
美しい拒絶症

ふるえている
たえている
一輪では　散ることもできないのか
こんなに　散りたいのに

散らずに
凍てている

冬の海

つややかな黒曜石の瞳を見開き
おまえが息絶えたとき
わたしは好きでもないひとと
冬の海辺に旅していた

〈朝から何にも口をつけなくなり
ひどく辛そうで
夕方から血尿が出はじめました〉

わたしのなげやり
わたしのぜつぼう
わたしのだらく
つややかな黒曜石の瞳を見開き
すべてをみつめ
おまえは死んだ

海辺では
午後に近く目覚め
夕餉には
香ばしく焼かれた海老や螺や蛤を食べ
蟹の甲羅の入ったみそ汁を啜った
どの海料理もひどく美味だったが
口中にいくばくかの苦味が残った

あの旅の間中　わたしはずっとおまえのことを思っていたのだよ
こんどの冬の旅には必ずおまえを連れて来ようと
冬の砂浜でおまえと抱き合って横たわり
眠るように息絶えることは
どんなに心地よいだろうと
翌朝　犬と心中している女を見つけ
土地の人々は何と語り合うだろう

△朝早く見に行きますと
小屋から半身を乗り出すようにして
死んでいました
小屋の内部《なか》を汚すまいと
最後の力を振り絞ったのでしょう
死ぬ際の際まで

清潔な犬でした〉

聖フランシスコのように

生きているのがいやになったとき
いっそのこと死ねば楽になるのにと思うとき
目を閉じて　思い出そうと試みてみる
ポトマック川上にアメリカのジャンボ旅客機が墜落したとき
己《おのれ》の為につり下げられたヘリコプターの命綱を
二度にわたり他人に譲り渡し
自らは沈んで行った　頭髪の薄くなった
一人の中年男のことを
あの小さな新聞記事を読んだときの

感動はいまでも忘れない
彼は神父でもなく
大学教授でもなく
ドクターでもなかった
一人の市井に生きるサラリーマンだった
後になって彼の名前が判明したが
その名をもう私は憶えていない
ただ彼のことを思うとき
私は私の愚かしさや弱さ
身勝手なエゴイズムに心から恥じいるのだ
彼はかつて生きる為に
他人を傷つけたことがあっただろう
日々の糧を得るために
他人を欺いたことさえあったかもしれない

しかし　あの日彼の内に埋もれていた
聖なるものが噴出したのだ
そんな彼のことを思うとき
どんなに人生が辛いものであっても
生きなければならない
額に汗して働き続け　もしできることならば
己の為にではなく
他人《ひと》の為に生きなければならない
と強く自分に言い聞かせるのである

ポトマック川上で己の為に降された命綱を
二度にわたり
救いを求めている他人に譲って
死んで行った

一人の頭髪の薄くなった
中年男のことを思うとき

輪舞

ナタリーウッド　サンフランシスコ
真夜中の海上で溺死　四十三歳
ロシア貴族の血をひく黒い瞳に
緋色《スカーレット》の似合う女優だった

ジーンセバーグ　パリ　早朝
白いフォルクスワーゲンの中で変死
四十三歳
セシルカットと小麦色に焼けたしなやかな肢体には

やはり白がよく似合った

ロミーシュナイダー　パリ　未明
自宅のアパルトマンの机《ビュロー》にうつぶせになり
薬物中毒により死亡　四十三歳
誰かに手紙を書く途中だったらしい
ルキノ・ヴィスコンティの監督した〝ルードウィヒ〟の
エリーザベト皇妃役の白馬にまたがった
黒いレースとチュールの衣装《コスチューム》姿が忘れられない

三人とも好きな女優だった
若い頃少年のような衣装がよく似合ったが
実際はあまりにも女らしい人たちだった
気性は激しいが　脆かった

神経があまりにも過敏で　不器用だった
四十三歳という年齢は女がかろうじて美しさを
保ち続けられる限界線なのではないだろうか
彼女たちは実人生で演戯《ロール》することがひどく下手だったので
この試練を乗り切ることができなかったのだ

彼女たちはいま冥界で手をつなぎ
輪舞《ルンデ》をしている
緋色《スカーレット》と白と黒の衣装《コスチューム》を着て
わたしがもし同じ年になった時
彼女たちの居る所へ行けば
輪舞《ルンデ》の仲間へ入れてくれるだろうか
冥界では富も名声も消え去り
わたしたちは対等だ

よく似た神経と同じ欠点を持ち
最後に同じ運命を選んだ
一人の女として

冬の光

今年八十九になる父が
ラパンのちゃんちゃんこに
外出用のカシミアのマフラーを首に巻き
二月の庭を散歩している
両手をふところに入れ
ゆっくりした足どりで芝生を往復する
目を離したすきに動きが止った

庭の片隅に冬薔薇が咲いていたのだ

冬枯れた庭のなかで
それだけが異様に紅い
老人は不自然な姿勢でかがみ込んだまま動かない
匂いを嗅いでいるのだ
「野苺」のイサク老人のように
わずかに残された時間のなかで
死の裏側にある生の匂いを

＊「野苺」＝イングマール・ベルイマン監督映画。

天使の生成

わたしはただ　冬の或る日
あたたかい石に腰かけて
あなたとふたり
冬の日溜りのなか
死につつある天道虫を
終日　看取りたかっただけなのでした

春のある朝
まだあまりに早すぎて

誰もいない避暑地の廃園で
単調な虫の羽音を
あなたのそば
崩れたヴェランダに腰かけて
物憂い哀しさのうち
一日中　聴いていたかったただけなのでした

それが何故あんなに困難だったのでしょう

アナタハ冷タイ冷タイ冬ノ夜更ケ
星座《ホシ》ノナイ天体《ソラ》ノヨウナ真暗ナ室ノ内デ
荒廃《アレ》タ瞳《メ》ヲシテワタシヲ要求《モト》メ
ワタシハ拒否シソノ時アナタハ笑ッテ外国ノ
唄ヲ口ズサミワタシハ死ニタイト想ッタ

わたしが求めていたものは小さなものでした

古都の秋の黄昏のなか
落葉のモザイックを
あなたと踏んで歩く
レモンの二片はいった
湯気のたつ紅茶をふたりで飲む
にせあかしあの咲きごろ
濡れた黒馬の背のような林道で
風に飛ぶわたすげを
ひかりが飛び影が走る
移ろいやすい山の天気を
クレーの「天使の生成」を

黙ってわたしはあなたに示す

陽炎がたっています
草がたっています
花が　雲の影が
木がたっています
そしてあなたとわたし
ただ黙って
二本の木のように
立ち尽していたかっただけなのでした

詩人の墓

ヨーロッパの最西端
ロカ岬の先端にたたずみ
ヨーロッパはここに始まる…
とうたった
ポルトガルの詩人
カムンニスの墓は
ジェロニモス寺院の内堂に
ヴァスコ・ダ・ガマの墓と向い合うようにして
横たわっていた

観光客たちのたむろしている
ガマの墓とは対照的に
カムンニスの石像はひっそりと眼をつむり
ステンドグラスの窓の外の雨の音に聴き入っているように
心もち首を傾げていた
その墓に近づいて行ったとき
心が震えるようなものを見た
眠っている石像の組み合わされた指の中に
名も知らぬ野花が　少し闌《すが》れて…
リスボンにもやはり詩を書く少女が居て
詩の精進のため
休みのたびに野花を持って
この寺院に参りに来るのだろうか
なんという至福だろう

詩人であるということは

雨が止んだらしい
紅いステンドグラスに陽が差し込んできて
大理石の彼の頬を薔薇色に染めだした
あたかも少女に花を挿してもらったための
羞恥のように

正直な書き手

吉原幸子

桃谷容子さんに、お会いしたことはない。

一枚の写真は目にする機会があった。この詩集の版元である、嵯峨信之氏から見せていただいたのだ。

「冬の海」という作品は特に好きな一篇だが、彼女はあの詩の中の〈わたし〉のように少し投げやりな悲しみを漂わせて、まさに冬の海辺に立っていた。美しい人だった。華やかな伯爵夫人のようにも、また同時に、八歳のさびしい少女のようにも見えた。

嵯峨さんは「僕は詳しく知らんのだが、二十代ではないかな」と言われた。

「そんなことはないでしょう」と、私は答えた。

＊

作品を通読して、この書き手の正直さ、直截さに最も打たれた。外国語の多用などで、時として装飾的な印象を与えることがあるかもしれないが、本質的には、彼女はレトリックを必要としない詩人だと私は思う。暗号もあるが、非常に解きやすいコードで用いられている。

彼女はまず、〝物語〟の語り手なのだ。それもフィクションではなく、事実そのものの中にある〝事件〟（ドラマ）を詩の角度から切りとってくる、という形の伝達者として。その意味で私は、先に挙げた「冬の海」や、母への憧れと恨みを率直に反映した「夏の旅」「王国」などの幼時ものに、〝事実の重み〟への感嘆と、あえて言えば深い興味とを特に感じる。

＊

もう一つ注目すべき系列の中に、「春の殺戮」という作品がある。これは一応暗喩の形式をとっているのだが、ほとんど直喩と受けとってよい〝直截〟さ、大胆さをもつ。表現に奇を衒う書き手の多い詩の世界で、このような素朴はむしろ小気味よい。自らを〝物語〟に託すとすれば、たとえば「メフィストワルツ」のようにややもすれば舞台装置過剰に見えるものよりも、この詩の非観念性・肉感性を、私は推したい。

それにしても、彼女の見出す〝事件〟というのは、ほとんどすべてが、人と人との関係に限定される（「聖フランシスコのように」にも、私は共感した）。私自身がそうであった

（ある？）ように、ここにも〝人間中毒患者〟がもう一人いた、ということは、私にとって多少面映い、しかし嬉しい発見である。

あとがき

〈私が八歳の春、母親代りだった一番上の姉が病死し、しばらくして溺愛してくれていたばあやが姿を消しました。森のような邸の庭の暗黒に一人、私はとり残されたのです。子供心にもう自分を愛してくれる者は誰も居ない——そう思いました。その時味った深い喪失と空白の感情は、八歳の子供にとって身にあまるものでした。私は溺れかけている者が何かに必死で捉まるような思いで、黴臭い書庫の中で一日の大半を過しました。そして題名の気に入った本を何冊もとりだしては、庭の奥の花の咲かない桜の樹の下で読書に耽溺しました。(半分以上は何がかいてあるのかわからないままに…)云わばボードレールやヴァレリィ、達治や露風が、私の第二の母代りになったのです。…〉

これは詩誌アリゼ創刊号での「詩への抱負」というページに私が書いた冒頭のことばです。

処女詩集をこのたび出版することになり、では私が詩を創りだしたのは、いったい何歳ぐらいのことだったのかしらと思い返してみますと、帝塚山学院高校で、庄野英二先生に現代国語を指導していただいたことがきっかけではなかったかと思うのです。先生の現代国語の時間には、たくさんの古今東西の名詩を暗誦させられ、私はそのひとときが楽しみで楽しみで仕方がなかったのを今でも覚えています。しかしその当時、私が本当に目指していたのは、やはり作家である先生の影響かロマン（小説）を書くこと、ロマンシエ（小説家）になることでした。ですから大学二年の夏、京都大学新聞の募集した懸賞小説に応募して、「1967年のDEMON――或る少女の日記より」が運よく紙上に掲載された時の喜びは何物にも替えがたいものでした。

しかしそれはまた両刃の剣のようなもので、選考委員のお一人であり、今は亡き高橋和巳氏に〈女性でありながら、女性であることをこれだけ残酷に描ける人はそれだけでも凄い才能だと思う〉と批評していただいたそのことばが示すごとく、私にとって小説を書くということは骨を削るような所業であり、それを発表するということは、はやり選考委員だった野間宏氏と井上光晴氏が批評してくださった〈自己の内臓をさらけだす〉〈本当に苦しみながら書いている〉ことを認識する結果となってしまったのです。

私はその時から小説を書くことをやめ、詩を書くことに転向していきました。そのようなわけで、私が詩を書くことは、小説を書かないことに対する逃避のような思いがどこかにあり、なんとなく後ろめたい思いのするものだったのです。このたびようやく第一詩集を上梓することができ、その後ろめたさから解放されたような気がします。

学生時代からの憧れの人だった、吉原幸子先生に跋文をいただき、夢のようです。ありがとうございました。

また詩集出版に関して大変なご助力を賜りました詩学社の嵯峨信之先生、人生面でも、詩人としてもまだ未熟な私をあたたかく見守り、励まし続けてくださった「アリゼ」詩の会の皆様、本当にありがとうございました。

ギャラリーレセプショニストをして六年になります。毎年春龍展でお世話をさせていただいている黒木邦彦先生の美しい絵で、カバーと中扉を飾らせていただきました。お礼を申し上げます。

最後に私の幼い詩心を育んでくれ、私などよりもはるかに文才の誉れ高かった、夭折した姉にこの詩集をささげます。

桃谷容子

一九八八年九月

『カラマーゾフの樹』

1994

見よ　わたしは火をもってお前を練るが
銀としてではない
わたしは苦しみの炉でお前を試みる

——イザヤ書四十八章十節

I

夕暮　子供と犬が

夕暮　子供が邸の奥の庭の片隅の　丸く平たい石の上に　坐らされたまま置き去りにされている　午後　使用人達に連れて来られたままの姿勢で足を投げ出し　毛糸で編んだ水色のロンパースを着せられ　そろいの帽子を被せられている　犬は朝から乳母のように子供の側を離れない　子供はまだ幼くて起き上がれない　昼から同じ姿勢のまま　毛糸の帽子の紐が顎をしめつけて痛いのに耐えている　子供は見ていた　昼下がり　子供の横を天道虫が走り過ぎるのをいやらしい蜥蜴が膝の上をゆっくりと通り過ぎるのを　丸虫が犬の前脚に押えられ　丸くなったまま動かないのを　日が翳るまで　最

も悲劇だったのは　子供が身体中でＳＯＳを発しているのを　その
邸では誰もが気づいていないことだった　犬だけがそれを感じてい
て　子供の周りをグルグル回っている　犬にはそうすることしかで
きないのだ　誰もが　子供を邸の庭の奥の丸く平たい石の上に坐ら
せたまま　忘れていた　石は昼間は暖かかったが　すっかり冷たく
なっていた　ザワーと風が騒いで樹々が呻き声をあげだした　森の
ような庭がやがて暗黒になることを子供は知っている　子供は泣く
ことを精いっぱい堪えている　泣いて泣いて咽が嗄れきった思いを
味わったことがあるから　子供は泣くことにも諦めて　待つことに
も諦めて　小さな身にあまる恐れと悲しみに身体中で耐えている

廃園 I

バッハのト短調フーガが裏庭に流れている
それは母がこの屋敷のどこかに居るというしるしだった
しかし母が呼んでくれないかぎり
私はその場所に行くことができなかった
裏庭の無花果の樹の繁る母の書斎の窓辺に近づく
ト短調フーガが大きくなる
窓には鉄の格子がはめ込まれていて
その隙間からゴブランのソファに凭れている
母の横顔が見えた

向かいの安楽椅子には
母の神学校時代の親友のT牧師が坐っている
T牧師は白に紺のストライプのサマースーツを着て
キャサリン・ヘップバーンのように皮肉に笑い
母は忘れな草の小花模様の水色のローンのドレスの裾を
ふわりと広げて　バーグマンのように坐っていた
〈あの子にはいつも落胆するわ〉
三日前　純白のスーツに身を包んだ母が
初めて授業参観に出て来た日
先生にあてられて　答えがわかっているのに
もじもじと項垂れて　どうしても答えられなかった
〈あの子は私にちっとも似ていないわ〉
小さなこぶしを握りしめて
無花果の葉陰でひっそりと子供は涙を流した

バッハのト短調フーガの流れていた
あの夏の廃園

廃園　II

あの裏庭の奥の奥には庭師の小屋があった。庭師はいつもカーキ色の作業着に同色の帽子を被って、黙々と枝を切ったり芝を刈ったりしていた。私はあの頃、彼の後姿か横顔しか見たことがなかった。庭師には七人の子が居て、八畳一間の家に住んでいた。

その日あの裏庭と本庭への曲がり角の、父母の寝室になっていたお座敷の庭廊下に愛子と私は立っていた。愛子、庭師の末娘だった、私より一歳年下の赤茶けた髪をした七歳の女の子。溺れるように愛していた日向の匂いのするおかっぱ頭。愛子と居る時だけ渇いた私の魂は癒されていた。夕暮が迫っていた。香ばしい夕餉の香りが庭師の家の方角から流れていた。愛子は家へ帰りたくてソワソワしていた。座敷の雨戸は閉じられた魔王の唇のようにどこまでも続いていた。魔王の唇の端っこにもたれ、野ざらしの廊下に二人は立っていた。＜お家に帰る＞涙声で言う愛子の耳元で私は猫なで声で囁いていた。＜愛ちゃん　この石を二人で転がそうよ　そうすればこの下の壺の中に幸福が入っているのよ＞＜お家へ帰る＞＜幸福になりたくないの＞＜愛子は幸福だもん　お母ちゃんとお父ちゃんと兄ちゃんと姉ちゃんがいて淋しくないもん　優子ちゃんみたいに淋しくないもん＞

憤怒が青白い蛇のように私の胸の内に這い上がってきた。背の高かった私より頭の分だけ小さな愛子の柔らかな胸を私は突き飛ばしていた。赤毛のおかっぱ頭は、庭廊下の下の腐った落葉の堆積の上に落ち、火のように泣き出した。汚れた割烹着を着た太った愛子の母が走って来て愛子を抱きかかえた。＜お許しくださいませ　お嬢ち

ゃん　愛子はまだ小そうございますから〉母娘の去って行った夕暮の裏庭にとり残され、涙をこらえながら一人であの大きな石を転がしたのだ。愛子と共に転がすことによってのみ意味のあったあの幸福の閉じこめられている大きな石を。〈ドスン〉と音立てて石は転がり落ち、壺の汚水の中からゴボゴボと神の悪意のようにメタンが立ち上がってきた。

廃園 III

子供の頃、女中に連れられて遠い市場へよく行った記憶がある。そこへ行くには広い枯れ野原を横切って……。晩秋か冬の初めだった。野原の途中で私は急に立ち止まったのだ。さみしい風が吹いていて、あたりは一面琥珀色の枯れ野原。〈お嬢ちゃんどうしたの　そんなとこに止まって　早くおいでなさい　放って行きますよ〉握っていた女中の手は暖かく、私はそれを離すまいと強く握りしめるのだが、その暖かい手はツルリと私の悴《かじか》んだ手を離してしまうのだ。それはまるで人生と私の関係に似ていた。私とこの世界との違和。言い知れぬ悲哀の感情。その初めての認識らしい経験がそれだったのかもしれない。その時の私の淋しさ。その存在の本質にまで浸み渡っていく淋しさの感情は、薄ぼんやりとではあるが、記憶のあるものだった。しかし私はその記憶の原型をまだどうしても思い出すことができない。ただ私はその時、子供ながらにはっきりと認識したのだ。それは今まで手を握っていてくれた人は、見知らぬ他人なのだということ。私はこの琥珀色の野辺に一人きりなのだ。その人の意志通り歩いて行けば手は放されないのだが、その動いている手を自分の気まぐれで、あるいは切実な願望で止めようとした時、当然のことのようにその手は放され、このような苦い悲哀と孤独の感情が与えられるのだと。幼い私は、もう遠い、歩いている小さな人形のようなその人に向かって、殆ど蒼白になって走り出し後を追いかけるのだ。何といっても、まだ私は頼りない小さな子供なのだったから。近づいた私にその人は笑いかけ、また手を握ってくれるのだが、もうその手は冷たく、前のものとはまったく違うのだ。野原を出た所がパン屋の裏口になっていた。窓から流れてくる香ばしいパンの焼ける匂いや、心の底まで暖まってくるような蒸しパンの香りは、幼い私の一瞬冷却された心を暖め、夢見心地にさせてくれた。市場の買物のすんだ黄昏時、パン屋の裏口から、にこにこ笑った赤ら顔のおじさんにパンを包んでもらうのが、あの頃の日課だったが、女中と歩きながら食べるそのパンは、どれも、私の胸をあれほどまでに高揚させたあのパンの香りとは違うのだった。私はいつもそれらのパンを二口三口齧ったきり、邪険に地面に捨てた。〈まあお嬢ちゃんまた　バチが当たりますよ　そんなことなすっちゃあ　世の中にはこんなおいしいパンを食べられないでお腹を空かしている子がたくさん居るんですから〉〈だってこれおいしくないんだもの　もう欲しくないんだもの〉幼い私の言葉では、そんな物言いしかできず、いつもそんな時、子供心に絶望感を味わい、自分のこの切なく裏切られた心を何故この頬の赤い女中はわかってくれないのだろう、と心が波打ちしゃくりあげるのだ。暮色が迫り、小さな子供の涙で霞んだ眼の前に茫洋と広がっていた、枯れ野原。

廃園　Ⅳ

あの頃私の住んでいた家は、まわりから〈森の家〉と呼ばれていた。その邸内の裏庭の奥に植木屋の小屋があった。愛子はその植木屋の末娘だった。愛子は赤茶けた髪をした、いつも汚れた貧しい服を着た子供だったが、あの頃の私の遊び相手だった。時々市場へ行く女中と私の後から付いてくることがあったが、そんな時、一つだけ与えられたパンを、両手で大切そうに持って、それは大事そうにゆっくりと味わって食べるのだ。それは美味しそうに、幸福そうに、一心に。私はそういう愛子の姿を見て思ったのだ。〈私と愛子とは違うのだ〉と。〈愛子は幸福を与えられていて　私は与えられていないのだ〉と。愛子の内部は充実し、潤い、ひなげしの花が咲き乱れていて、私の内部は空洞で、荒廃し、淋しい、冷たい風が吹いている……。子供心に私はそう思ったのだ。そんな時、私は愛子を激しく憎んだ。

私はもうあの頃から、外から見れば何でも与えられている恵まれた子供だった。上等な服を着て、フワフワしたペルシャ猫のぬいぐるみの手提げを抱いて。道行く人は振り返り、時には優しい声をかける見知らぬ女の人もいた。愛らしく、富んでいるということ、それだけで他人は私の欠点のすべてを許した。私はあの頃から人を傷つけ、愛らしく富んでいるというだけで、それがいつも許される不幸な子供だったのだ。〈愛子は何も持っていない　私のようなビーズで薔薇が刺繍されたビロードのバッグも　白鳥の形をした水晶のブローチも　水色のオーガンジイのドレスも〉私は心の中でそう思おうとした。〈私は愛子よりずっと可愛らしく金持ちだ〉と。それでも私の心の内部《なか》は淋しい風が吹き、荒んでいたのだ。あの広大な邸の奥の渡り廊下の向こうに母の室があった。その栗色に光るチークの扉はいつも閉まっていて、鍵がかけられていた。金属の大きな鍵が黄昏の光に金色に光って……。私は長い間、渡り廊下の手前から金色に光る鍵のかけられた扉を見つめていた。言い知れぬ悲哀と絶望の感情の中で。それから急に狂暴な怒りの発作のようなものが、盲いた蛇のように私の胸の内部を旋回しながらせり上がってきた。気がついた時、姉達の室の渡り廊下に通じる扉に嵌めこまれている、百合の透かし模様のある磨り硝子を、力まかせに右肘で突き破っていた。激しい肘の痛みと、おびただしく流れ落ちる血。ブラリと肉塊が肘からたれさがって……。女中達が悲鳴を上げて走って来た。女中頭に抱きかかえられ、医者へ走っている間中、叫んでも決して届く所に居ない人の名を叫び続け、虚ろな瞳《め》で空《くう》をみつめていた、あの春の廃園。

神託

〈おじょうちゃん〉　物憂い春の午前だった　邸の高い石塀に沿った遊歩道を　植木屋の娘の愛子と歩いていて　私はあの老人に出会ったのだ　片方の目が潰れた老人の乞食だった　灰色の破れた服にパックリ前の開いた黒いブカブカの革靴をはいたその老人は　はっきりと私に向かって近づいてきた　〈おじょうちゃん〉　思いの他やさしい声だった　私はすくんでしまい　追いつめられた獣のように石塀にべったり背をはりつけ　目を見張っていた　かたわらで愛子が大声で泣き始めた　〈おじょうちゃん　あんたの瞳《め》　青い瞳《め》だ　わしの片目と同じ青い瞳《め》だ　あんたこれからこの青い瞳《め》で　哀

しいものたくさん見なきゃいけない　人間が見ちゃあいけないもの
　奴らにゃ見えないもの　それ　みんな見なきゃならない　あんた
みたいな可愛いおじょうちゃんが……わしらの瞳《め》　青すぎるんだ満
足できないんだ　この世の生温《ぬる》い幸福にゃあ　慣れるってことにが
まんできないんだ　己《おのれ》が作ったもんを　己《おのれ》で破壊しちまうんだ
盲になれないんだ　修羅場を見るように生まれついてるんだ　死ぬ
までな　見ない為にはな　目潰すしかないんだ　わしみたいにな
三人目の女が首くくった時　台所から包丁持ち出してきて　抉った
んだ　もう見たくない　そう思ったんだ　だけど　その途端にな
やっぱりこの片目で見たい　そう強烈に思ったんだ　業だよ　おじ
ょうちゃん　その二つのきれいな青い瞳《め》でな　死ぬまで見続けるん
だ　あんたの内と外の地獄をな　その瞳《め》はな　内と外と　両方見る
んだ　刺し通すんだ　自分も他人もな　容赦しないんだ　見過ぎる
んだ　わしら　わしらみたいな瞳《め》持った者はな　何も彼もが過剰な

んだ　過ぎるってことはな　おじょうちゃん　神の刑罰だよ〉愛子の泣き声で邸の中から走り出て来た植木屋に　老人は引きずられヨロヨロと二、三歩前につんのめるようにして歩き出した　〈もう大丈夫ですぜ　おじょうちゃん　あの乞食　昔はヤソ教の牧師してたってことだが　女に狂って　とうとう己《おのれ》も狂っちまったんでさ〉　あの時　見上げた私の瞳に侵入してきた空の青さ　水色の空限りなく冴え渡った　高い高い水色の空洞

調和の幻想　I

ラ・フォンテーヌは何故　蟬を蟻の家へ行かせたのだろう　何故いさぎよく凍てつく冬の道に行き倒れさせなかったのだろう　幼い頃からわたしは少し変わったところのある子供だった　あのコバルトブルーの――あの当時カラードの屋根は非常にめずらしかったので白髪の老嬢だったY園長の何よりの自慢だった――ドイツ製のピカピカ光る瓦屋根の瀟洒だった白亜の円形幼稚舎の内部で　森で捕えられた生まれたばかりの柔毛《にこげ》の獣のように周囲になじまず　孤独でたよりなげなまなざしを宙にさまよわせていた幼年時代から　わたしは遅生まれだった為　ミドルクラスの〈ひまわりの間〉を与えら

れていた　上級の〈ライラックの間〉の生徒たちは半年早く生まれたというだけで　わたしには手の届かぬほど大人に思われた　それは結局のところわたしより一年多く　初級組のやわらかなミルク色がかったサアモンピンクの壁紙の張られた　〈アマリリスの間〉で生活した経験の結果だったのだけれど　あの頃の幼いわたしにはそんなことはわからなかったのだ　そしてそれがたとえわかったとしても結局は同じことだろう　他のほとんどの人たちには与えられる経験による習慣　〈慣れる〉ということに　わたしは無縁の人間だったのだから

とりわけわたしに限りない憧れを呼び起こさせたのは　その〈ライラック〉という優雅な呼称と　その名にふさわしい美しいラベンダーの小花模様の壁紙の張られた　典雅な室の様子だった　その色を初めて見た時　確かにわたしはエクスタシーを味わった　色が人間の感覚に与える衝撃の神秘さ　わたしはそれが性的な世界に属する

衝撃だということをもう知っている　それはほの暗く生暖かい　香の匂いの漂う閉めきられた茶室の中で　幼いわたしの行う秘密の儀式の瞬間《とき》のように　肉体と魂の奥底にとめども尽きぬ快感と　或るうしろめたさを与えたのだ　あの小室の鼻をつく真新しい畳の緑と若紫の絹の座布団の　官能的なコントラスト　わたしはその色を好きだということを　なぜか大人たちには言わぬ方がいいと思い　教師たちの出払った昼休み　運動場で生徒たちが悪鬼のように戦闘をくり返している真最中　黄色い壁紙の張られた〈ひまわりの間〉をこっそりと脱け出すと　誰にも気づかれずにその室を覗きこんだのだ　その時のわたしの顔は　思う存分放埒な感覚世界にのめり込んだ　恍惚と酩酊に満ちた表情をしていたに違いない

調和の幻想　II

冬の野に　薔薇が一輪
美しい　性格破綻者

谷の遊園地の観覧車は、私が犬を連れて散歩する時、いつも止まっていて、犬はちっとも言うことをきかず、丘の中腹で私はいつも疲れてしまって、別れた男達もきっと疲れていたのだろう——そんな時ふと思ったりする。野原はすっかり冬枯れていて、一面セピア色だ。

une rose dans la land
d'hiver, une belle maniaque.

こんなフランス語が口を突いて出てくるのはそんな時だ。

冬の野に　薔薇が一輪

美しい　性格破綻者

＜心が荒むのです＞　＜どのように荒むのですか＞　＜始めはいつも悲哀の感情からなのです　原因は……わかりません　悲哀の感情から出発して行き着くところは……荒廃感なのです＞　＜どんな悲哀の感情なのですか＞　＜自分が他の人達とはあまりに違う　異端者というか……この世界との永遠の不調和という長い苛酷な旅に疲れきり　行き倒れた浮浪者であるような……もうどこにも救いのない冷たい風の吹く袋小路　絶望感　深い諦念の感情なのです＞　＜もっと具体的に＞　＜例えば　私が或る人を好きになるとします

当然普通の人間なら　その対象と合体したいと願うはずです　結婚し　子供を産み　幸福な家庭を築きたいと……ところが私の場合は違うのです＞　＜その人と一緒に暮らしたいと思わないわけですか＞　＜願望はあるのですが　できないと思うのです＞　＜何故ですか＞　＜わかりません　わからないのですが　とにかくできないと思ってしまうのです　自分にはそのような資格がない　というか　というより　自分とその愛する対象とは異人種だ　星と人間ほど世界が違うのだ……というような　深い諦めの感情なのです　自分が異形だという感覚　自分が神が創造される時に手をお滑らしになった失敗作品だという感じ　自分とその対象との間には厚い壁があって　それは私自身が作っている氷の厚い壁で　それに手を触れた人間はすべて凍傷を負ってしまう……荒廃しきった冬の野に咲く一本きりの凍てる薔薇のような……＞　＜凍てる薔薇＞　＜その凍てる棘で近づく者をすべて拒絶して　自らも自分の内部の孤独と冷酷

に荒んで凍りついていく　凍てる薔薇のような……〉　〈いつ頃からですか　その感情がうまれたのは〉　〈このように分析できるようになったのは　最近になってからですが　十年　いえ　もっと以前からあったような気がします　多分　幼年時代から……この言い知れない悲哀の感情は……〉

谷の観覧車はなぜ動かないのだろう。壊れているのだろうか。あんなに美しいピンクのパステルカラーで塗られているのに……。子供でも、恋人達でも、一目見れば乗ってみたくなるはずなのに……。冬だから、客が来ないのだろうか。冬の谷の動かない観覧車――愛されていない美しい女のようだ。

冬の野に　薔薇が一輪
美しい　拒絶症

調和の幻想　III

八月のあの物憂い午後　庭では蟬の鳴き声が原始キリスト教徒達の祈り声のように響き渡っていた　永遠の不調和のようだったあの八月の気怠《けだる》い昼下がり　私は暗く湿ったひんやりとする台所の出口の濡れた石のたたきに立っている愛子に　冷蔵庫を開け　冷たく冷えた赤いトマトを手渡したのだ　愛子の柔らかな白いてのひらに　冷えた重量のある赤い果実が載せられ　両手でそれをつかむと　愛子は獣のすばやさで口に近づけ　音を立ててむしゃぶりついた　ザクッという生生しい歯の果肉を嚙み砕く音　赤い透きとおった汁が愛子の顎をしたたり落ちる　私はその光景を薄暗い台所の片隅で　かたずをのんでみつめていた　愛子はなんと美味しそうに　その冷た

い官能的な色と形をした果実を味わっていただろう　愛子はあの果実と合体していた　我を忘れて私はみとれていた　私はあの夏　愛子が冷たいトマトを食べるのを見るのが限りない悦びだったのだ　暑く長い終わりのない悪意のように続くあの夏　それを見るのが孤独な子供の唯一の慰めだったのだ　ああ　あれはなんと暑く長い苛酷な夏だったろう　そして愛子の口元で　あの果実は何と美味な色と形をしていただろう　愛子は知っていたのだ　あの巨大なルビイのような果実の味を　私の知らない甘美な味わいを　愛子はあの冷えた赤い果実と調和していた　永遠に調和していた　愛子の去った後　急に空虚になった台所の暗がりの中で　私はそっと冷蔵庫を開け　最も美味そうなヴァミリオンの半透明の塊を手に取ると　両手で捧げ持ち　おそるおそる　しかし期待に満ちた祈るような思いでひとくち齧りついた　突然口の中に拡がった青臭い違和　黒いたたきに私はそれを吐き出した

調和の幻想　Ⅳ

〈La vierge, la vivace, et la belle aujourd' hui,〉
〈処女にして　生気あふれる　美しい午後　ステファン・マラルメですね〉
〈Mais la tristesse en moi, monte comme une mer,〉
〈だが　私のなかを　哀しみは　海のように満ちてくる　シャルル・ボードレールか……あなたはこんなに爽やかな　こんなに美し

い秋の朝でさえ……哀しいのですか〉　Sの瞳は真剣で、訴えるように激しく問いかけていた。私達はSの八階の研究室のテラスに立っていた。あれは本当に爽やかな秋の朝だった。

〈ご結婚なさって何年でした〉　〈五年でした〉　〈その間ずっとviergeだったといわれるのですね〉　医者の声は低く囁くようだ。おそらく訓練によるのだろう。ほとんど動きのない顔だ。〈好きでなかったわけですか　御主人のことを〉　若い男は愛ということばを使わなかった。〈嫌いではありませんでした〉　〈では好きだったのですね〉　〈いえ　好きでも嫌いでもありませんでした〉　〈……では何故結婚したのですか〉　〈退屈していたのです〉　若い男の瞳に初めてあるかないかの怒りの色が走った。〈他につきあっていた人は居なかったのですか〉　〈居ました〉　〈何故その人と結婚しなかったのですか〉　〈飽きていたのです〉　再び若い男の瞳に微かに憎しみの波が走った。ああ何故あの頃の、空気の希薄な真暗な長いトンネルの中を、手探りで歩いていたような苦しさを、このようなことばでしか表せないのだろう。〈前の人に飽きた時に今の御主人が現れた　そこで結婚したというわけですね　二人は同じタイプでしたか　それとも違いますか〉〈全く違いました〉〈どう違うのですか〉〈前の人は貧しいインターンでした　私達は三年間交際しました　彼は何でも言うことを聞いてくれましたまるでしもべのように〉　男の瞳にはっきりと憎悪の光が宿っていた。あの懐かしい、焼けつく真夏の午後の石のようなジリジリ焦げる瞳。〈あなたはつまり　愛されていたわけですね〉　とうとうこのことばが使われた。受動態である為に、それほど不自然でなく、するりと私の内部に侵入してきた。私はもう観念していた。男の瞳はいつのまにか、また静かな水のように変質していた。〈ええ　彼の愛の範囲内で　私は愛されていたのだと思います〉〈それはど

ういう意味ですか　彼の愛とあなたの愛の観念が違う　という意味ですか〉　深い、知的な瞳だった。もしかしたら、救われるかもしれない——その時そう思ったのだ。

あのクリニックには何回通ったのだろう。何という忍耐力だったたろう。始めは遊びだったのだ。いつもの退屈しのぎでしかなかったのだ。それがいつか……本気で救済を願いだしていた。

谷の遊園地の足の悪い管理人の老人に、尋ねてみる少女が居るかもしれない。夢見がちの黒い瞳をした、青白い肌の女の子。昔の私のようだ。〈どうしてこの観覧車は動かないの　こんなにきれいなのに〉　〈どうしてって　嬢ちゃん　これは昔　男を乗せて回っていて　急に狂いだしたのさ　それでその男は地面に振り落とされて頭を打って死んだんだ　だからもう動かさない〉　〈人殺しの観覧車なのね　なのにどうしてこのままにしておくの〉　〈美しいからさ美しい人殺しは見世物になるからさ　もったいないじゃないかもとは取らなきゃ　実際この人殺しは呼び物だったんだから　丘から見えるこの人殺しに魅きつけられて　客は谷まで降りてくるのさ＞

冬の野に　薔薇が一輪
美しい　偏執狂

競争

幼い時から競争が嫌いだった

小学一年生になった秋
運動会で　強制的に並ばされ
不快なピストルの音と同時に
無理矢理走らされた
観客席の父兄たちは一斉に立ち上がり
我が子の名を大声で叫び立てる
隣を見ると

目がつりあがり
唇を歪めて
醜く顔を紅潮させた　別人のような
クラスメートの姿があった
私は走りながら急速に醒めていった
その子の暴力的なひじが　意図的に
私の肩と腕を押しのけた時　子供心に
おぞましい　と思った
＜おお　いやだ＞
運動場の真ん中で
私は走るのを止め　歩き出した
観衆がどよめきたった

成長してからも

誰かが自分に競争する気配が見えてくると
急速に私は醒めていった
そういう時　目を閉じると
みんなが一番になろうと必死で走っている運動場で
複雑な心の内を
誰にも理解されず
孤独に歩いている
幼い私の姿が
奇妙な淋しさの感情を伴って
浮かび上がってくるのだ
担任の太った男の教師の怒声とともに

＜M　おまえはなんて不真面目なんだ＞

或る写真

この頃　疲れてベッドに横になっている時
思い出す一葉の写真がある

母と私の写っている写真だ
小さな私を椅子の上に立たせて
母はその背後に坐っている
子供は丸々と太っているのに
その背後の母親は幽鬼のようにやせ衰えている
私は子供の頃　アルバムに貼られたその写真が嫌いだった

美しくあるべき母が別人のように醜いのが
とても嫌だった
私は或る日　その写真をアルバムから引き剝がし
こっそりランドセルの中にしのばせ
翌日　学校のごみ箱に放り捨てた
そしてそれきり忘れていた

この頃疲れて横になっていると
その写真がありありと私の脳裏にあらわれてくるのだ
その時私が涙を流しながら確信することは
戦後数年のまだ食料不足にあえいでいたあの森の家で
母は　まず宗教的エゴイストだった夫と
五人の継子に
食物を与え

そして我が子にも命がけで食べさせ
自らはほとんど食べていなかったということだ

そして私が涙を流して確信することは
かつて有能な婦人牧師だった母が
信者たちが先生、 先生と敬い食物を提供して来る
あの海辺の夾竹桃に囲まれた牧師館に帰らずに
牢獄のような高い石塀に囲まれた森の家に残って
次々と襲い来る受難に死にもの狂いで耐えぬき
生きていたのは　他ならぬ
私のためだったということだ

そして再び私が涙を流して確信するのは
その母の愛のこめられた思い出の写真を

小学三年生の時　私はアルバムから引き剝がし
ランドセルにしのばせ
校庭の　破れたスリッパやみかんの皮や蛙の死骸やらが
捨てられている　大きな朽ちた木のごみ箱の中へ
放り捨てたという事実だ

II

風花

ワルシャワ発　ショパン特急二十時十八分　帝政時代の貴婦人のような白狐の帽子にマフをした　長い髪の東洋の少女は　ウィーンへ旅立った　途中の駅チェコスロヴァキアで　赤鼻のサンタクロースのようなおじいさんが　太りすぎのダックスフントを連れて　ヨタヨタ乗り込んで来て　少女の真向かいに坐った　〈ジンドブレ〉ポーランドの王女のように微笑んで　少女は挨拶した　赤鼻のおじいさんは　人の良さそうな丸い瞳をいっそう丸くして　〈ジンドブレ〉と答えた　ポーランド語とチェコ語はよく似ていたのだ　ポーランドから来た東洋の少女とチェコのおじいさんは　けっこうぺちゃくちゃよく喋った　そのあいだに　少女が片方だけ脱いでいた黒

皮のブーツの縁を　ダックスフントが噛みちぎっていたというハプニングがあったが……　おじいさんもダックスも鼻に汗をかいて申しわけなさそうにうつむいているので　少女は怒ることもできなかった　ウィーンとの国境の駅で　おじいさんとダックスが降りた時　窓の外は風花が舞っていた　〈ドヴィゼーニア〉と叫んで手を振った後　噛みちぎられたブーツを見降ろし　少女は舌打ちしながらミディのベルベットのスカートの裾を降ろし　傷を隠した　〈風花の舞う駅も　この傷も　いつかポーランドとチェコスロヴァキアの思い出になるだろう〉と心を慰めながら　いわくつきの傷のある黒いブーツは　とうの昔にどこかへ消えてしまったが　一九八一年十二月　もう少女でなくなった女の受けた心の傷は　昏く　深い
一九八一年十二月　ポーランドに戒厳令が布かれ　それにprotestした民衆達五十人以上が殺害され　〈家〉にprotestした女は夫と別れ　すべてを失った

エリザベスという女

大学時代、私は急にこの世のすべての事に執着がなくなる、という時期があった。すべてが空虚で、最後には存在していることは無意味だ、という想念に行き着くのだ。朝起きてカーテンを開いている時、夕暮電車の中で窓外の風景を眺めている時、それは突然やってくるのだった。私はそれを秘かに〈白い闇〉と呼んでいた。四回生になった、そんな或る冬の夜更け、私は友人と街を歩いていて、塵芥車を引いているボロをきた老女を見かけた。破れた帽子を被り、左右色の違う男物のブカブカの靴を履き、五匹の猫を連れていた。〈未来の私が歩いている〉なぜかそのとき私は啓示のようにそう思ったのだ。何年か後結婚して、ポーランドのカトヴィッツェという街で三カ月間ホテル住まいをしていた頃、何人かの高級娼婦達と顔なじみになったことがある。彼女達は夜になると、外国人の泊まっているあのホテルへやって来た。何度も顔を合わすうち、〈今晩は《ドブリベーチョ》〉と一言だけ言葉を交わす間柄になっていた。彼女達は皆美しかった。モンローを小型にしたような魅惑的なアンナ、キム・ノヴァクに似た神秘的なドミニク、そしてあなたはどの女優にも似ていなかったが、最も美しかった。あなたはエリザベスと呼ばれていた。ふさふさと波打つブロンド、深い海と空の色をした瞳、白蠟の肌、スラリとした長身。初め私はあなたを娼婦だとは思わなかった。なぜならどんな美しい娼婦にでも認められる、卑しさの烙印があなたにはなかったからだ。あなたは清楚で気品があり、理智的な瞳をしていた。あなたが娼婦達の中で一番高価な女であるのは、外国人の私にさえすぐにわかった。あの貧しく暗い街で、あなただけがとりわけ高価な衣装を身につけ、とりわけ美しく高貴だったから。あなたは会う度に異なる外国人の男にエスコートされ、ある時は銀色のシルクの夜会服にパステルミンクのケープをはおり、ある時は樺色のスウェードの乗馬ズボンに同色のカシミヤのスウェーターを着て、ライラックの花を一輪手に持っていた。あの頃私の目はいつもあなたに吸い寄せられたのだ。それはあなたが特別美しかっただけではなく、あなたの姿には何か投げやりな感じ、ある種の不幸感のようなものが漂っていて、それに激しく私は惹きつけられたのだ。〈このポーランドの高級娼婦と私は似たところがある〉私はそう思ったのだ。あなたはいつも男達にとりまかれ、グループに入っていることはほとんどなかったが、或る朝めずらしくあなたがアンナやドミニクとコーヒーショップに坐っていたことがあった。その時あなたが紅茶《ヘルバータ》を飲む手を止めて、窓の外を振り返りながらこう言ったのだ。〈見て　私の未来が歩いて行くわ〉あなたの投げやりな視線の向こうには、窓の外をあの国にはめずらしいボロをまとった乞食の老女が猫を抱いて歩いていた。エリザベス、あの時私は悟ったのだ。あなたと私は同じ種族なのだということを。私はあなたと話をしたいと思ったが、それからすぐ待っていたアパートが出来上がり、私と夫はソスノヴィッツという街に引っ越しをし、話をする機会を失ってしまった。二年間のポーランド生活で、時たまワルシャワやクラクフへ出かける折など、ホテルのロビーで菫色のベルベットの夜会服を着たあなたと、ある時は薔薇色のシフォンのアフタヌーンドレス姿のあなたとすれ違うことがあった。しかしあなたはいつも外国人の男が同伴だったし、私には夫が一緒だった。あなたに話しかける機会を与えられないまま私は帰国した。エリザベス、あなたと二人きりで話す機会を持てていたなら、あの時私はこんな話をしたかったのだ。〈あなたと同じ年頃の女達が　一日中立ち通しで　額に汗して馬鈴薯《ジムニャツキ》や鶏卵《ヤイコ》を売っている時　あなたは牛乳《ムレコ》

の湯舟につかり　タブーの香りに包まれて絹の夜着を着て眠る　しかしあなたの閉じられたまぶたの眉間に　あるかなきかの苦渋の皺が刻まれているのを私は知っています　エリザベス　あなたは私の国の作家で　ポーランド訳も出ているN・Sを知っていますか　彼はこう言っています　ある種の人間には　発狂か　自殺か　それとも神に向かうか　この三つしか道は与えられていないのだと　あなたも私もそういう種族なのではありませんか〉と。エリザベス、日本へ帰ってからの十三年間、それは私にとって、狂わない為の、死なない為の、熾烈な闘いでした。神は私を幾度も耐えがたい試練にかけました。あのヨブにしたように。私はこれほどまでに私を痛めつける神を、ある時は憎悪し、ある時は呪いさえしました。それなのに現在《いま》私は神に絶望の言葉を投げている瞬間、神に最も近い所に居るのではないか、と思う時があるのです。存在することの苦痛に耐え難く、床《とこ》に身体をのたうたせている時、私は彼の気配を身近に意識するのです。エリザベス、ライラックの花が好きで、投げやりで、あんなにも不幸そうだったエリザベス、最近眠られぬ夜、私はあなたのことを思い出します。現在《いま》あなたはどうしているのかと。年をとり、醜くなったあなたを想像することはとても怖しい。しかしあなたももしかしたら現在《いま》、壁の剝がれ落ちたアパートの一室で、破れた毛布にくるまりながら、苦悩のどん底で、この私のように神を感じているのではないか、と想像すると私は救われるのです。なぜならエリザベス、あなたはポーランドに居るもう一人の私であり、私は日本に居るあなたなのですから。

工場長コッホ

あなたはポーランドでとても偉い方だったので、私はあなたになかなかお会いすることができませんでした。でもあなたのお噂は夫から、夫の同僚から、よくうかがっておりました。工場長《キエロブニック》コッホがどんなに人格者であるか。この国がどんなに官僚主義で、従って我々日本側と取引している国営工場〈シルマ〉が、どんなに高圧的に、日本側に理不尽な要求を突き出してきても、工場長《キエロブニック》コッホがいるかぎり、交渉の余地はあると。彼ほど公平で、私利私欲が無く、誠実な男《ひと》を我々は知らないと。工場長コッホはポーランドの良心だと。私があなたにお会いしたのは、ポーランド《ポルスカ》の黄金の秋《ズオーテイイエシエニ》がそろそろ終わろうとしている十一月の午後でした。広い、しかしとても簡素な工場長室で、あなたは黒いカイゼル髭を生やし、穏やかな微笑を顔中に浮かべながら、長身の身体を椅子から立ち上がらせ、私を迎えてくださいました。身体中からにじみでる気品と優しさ。そう、あの慈父のような柔和な暖かいまなざし。北の異国の炭坑街ソスノヴィッツに唯一人の日本女《ヤポンカ》として住み、生活習慣の違いと不自由な言葉、そしてひどい物不足にささくれだっていた刺々しい心を、あなたのあの穏やかな微笑が溶かしたのです。〈ポーランドの人達は皆親切で暖かです。そしてポーランドの黄金の秋は本当に素晴らしい〉たどたどしいポーランド語で、しかし一生懸命私はあなたに答えていました。誰があんな慈父のようなまなざしで自分を迎えてくれた人に、買物の行列の不満や不快なエピソードを話す気になるでしょう。あの瞬間、私の言ったことは真実になり、ポーランドという国に対する憤りのようなものは消えてしまったのです。後で夫が言いました。〈コッホに会った人は誰でもそうさ　あの人の前では誰でも素直な子供のようになるのさ　それがあの人の人徳なのだよ〉　あれから一年半の年月が立ち、私達が日本へ帰る一ヵ月前、あなたが工場長を首にされ、一介の労働者に格下げになったことを知りました。〈コッホはね　我々日本人に味方した為に　人格者であった為に　誰よりも公平であった為に　格下げになったんだ　みせしめのために朝四時に起きて　汽車で四時間もかかる僻地の工場に毎日通わされているんだ〉　私は夫の涙をその時初めて目にしました。何という不当な、何という理不尽な、何という卑劣な弾圧。この二年間の、ポーランドという国に対する矛盾が、激しい憤りとなって私の胸にこみあげてきて、私は涙を流しながらいつまでも皿を洗い続けました。〈今日コッホに会ったんだ　白くなった髪に帽子を被り　風に吹かれながら　歩いて来たよ　《ミチ　心配することはない　私は正しいことをしたのだから　後悔はしていない　唯私がこうなったことでこの国を嫌いにならないでくれたまえ　私《ヤー》はこの国《コハネン》を愛し《ポルスカ》ている　ミチ　さようなら《ドヴィゼニア》≫　と言って　また風に吹かれながら去って行ったよ　その後ろ姿がとても淋しそうだった≫

党第一書記ヤルゼルスキ

十五年前、夫の赴任地であるポーランドに私が暮らしていた二年間、時の共産党第一書記は、ゲーレックだった。その前年、ゴムルカ政権の冬、食肉の値上げが原因でポーランド全土に大暴動が発生し、五十人以上の民衆が死亡した。その事件の責任を取ってゴムルカ政権は解散し、ゲーレック政権が誕生したのだ、と商社Mの所長夫人であるY夫人は、ワルシャワ郊外の閑静な邸宅で、森のバザールで手に入れたマイセンのティーカップを優雅に傾けながら、私に話し続けた。〈暴動が始った時　私はワルシャワのホテルの一室でふるえておりましたのよ　暴動は一週間も続き　ホテルの中も危険でレストランも閉鎖され　私達は買いだめしていた野菜だけで　お手洗いでインスタントカレーを作り　いただいておりましたの　メイドが室に入って来る度に　野菜をトランクに押し込んで隠したのですけれど　ある日人参のしっぽがトランクからはみだしているのをメイドに見られて……それはもう恥ずかしい思いをいたしましたのよ　あなた達はいいわ　ポーランドの経済状態が一番良い時にここにいらっしゃして……〉　まだ二十四になったばかりの血の気の多い若妻だった私は、〈一年前にこの国に来ればよかった　一つの国が大揺れに揺らいでいる様をこの目で見たかった〉と不遜なことを心の中で思っていた。あれからの二年間、ポーランドの経済状態が一番安定していた時期とはいえ、買物は常に行列。めずらしい物を買う時にはいつも二、三十人の行列に一時間以上も忍耐強く並び、あげくの果てに〈もう無い《ニィエマ》〉と言われる日々が続いたのだ。真冬には零下二十度にもなる厳寒の地で、右手に馬鈴薯《ジムニャツキ》一キロ、左手に玉葱《ツェブラ》二キロの入った袋を下げ、凍てつく道を滑り止めのついた防寒靴をはいて歩く日々。いかに若かったとはいえ、豊かな国ヤポーニャから来た奢侈に慣れた若妻には、ポーランドでの二年間は苛酷だった。日本に帰る日が近づいた時、親しくなったポーランドの友人達と別れることは心残りだったが、帰国してしばらくすると、日本の繁栄のただ中で、私は徐々にあの国のことを忘れていった。党第一書記がカーニャに変わったことを新聞の片隅で知った数年後、連帯とワレサの名が紙上をにぎわせだした。私の関心はまたポーランドに向かっていった。〈やっとあの国も雪どけが始まったのだ　クリスチーネやエリザベスやノヴィツキーやドクターシュミットは　どんなに喜んでいるだろう〉　過去のポーランドの友人達が、苛酷な日々から自由になり、もっと幸福になれることが心底嬉しかった。一九八一年十二月十三日、ポーランド全土に〈戒厳令〉が布かれた。テレビの画面にあなたが映し出され、初めて私はあなたの名と姿を知った。ポーランド労働党第一書記ヤルゼルスキ。ヤルゼルスキ元帥。あなたは陰気な黒眼鏡をかけ、無表情な顔と抑揚のない声で、全土に〈戒厳令〉を布いたことを述べていた。かつて写真やテレビで見知っていたゲーレックの、俳優のような大柄で精悍な陽性の容貌とは対照的な、酷薄で陰気な風貌。これが私の正直なあなたへの第一印象だった。翌日、〈戒厳令〉に抗議した市民達が軍隊や戦車によって轢き殺され、死傷者は五十人を越えているらしいというニュースを聞いた。私はあなた、ヤルゼルスキを憎悪した。ヤルゼルスキ

ヤルゼルスキ　ヤルゼルスキ　この名は悪魔の名のように私の耳元で反響した。

すべてがあなたの名の下に遂行され、ポーランドに長い沈黙の時が流れた。それから九年後、一九九〇年十二月、私はテレビで〈連帯の十年〉という番組を観た。〈連帯〉の過信と独走の裏側で、大国ソ連との板ばさみになり苦悩する党指導者達——リタイアした元党

第一書記カーニャが登場し、モスクワでの党会議の席上で、ブレジネフがカーニャ達ポーランド党指導者をどれだけ激しく弾劾したかがあらわになった。現役だった時の猛々しい獅子のような顔つきのカーニャと、人の好さそうな赤ら顔の初老の男との驚くべき対比。そしてその後、あなたが登場したのだ。十年間暗黒のヴェールに隠されていたあなたの素顔。軍隊の先頭に立って颯爽と行進するあなたの肉体はバネのようにしなやかで、生粋の軍人あがりのエリート青年将校そのものだった。窮地に陥ったポーランドの最後の切り札として、あなたはポーランド共産党第一書記に選ばれ、モスクワに何度も呼びつけられ、ブレジネフの激しい攻撃と威嚇にもかかわらず、断固として屈せず、立ち向かっていったという当時のソ連党首脳部の回想。あの頃あなたは全身全霊で、ソ連の戦車を自国へ迎え入れることを阻止していたのだ。そうだったのか、あなたは、自国を守る為に＜戒厳令＞を布いたのだ。＜全責任を私は負うつもりで

した　私はすべての責任を負ってポーランドに戒厳令を布きました

もうそうするより他に道はなかったのです〉あなたはうつむき物思いに耽りながら、一語一語ゆっくりとかみしめるように回想していた。一瞬画面に黒眼鏡を外したあなたの顔がクローズアップされた。その時現れた小動物のような瞳の優しさに、私は激しく胸を突き動かされると同時に、ある想念が脳裏に顕現した。そうだ。あなたはその弱々しいとも言える瞳の優しさを隠すために、あの陰気な黒眼鏡をかけていたのではなかったのか。きっとそうだったのだ。そう思うまもなく、画面はまた黒眼鏡をかけたあなたの顔に変わっていた。しかしあの幼児のような、ひたむきな汚れのない優しさに満ちた瞳は、透かしのように黒眼鏡を通して私の前に浮かび上がって来るのだった。幼児《おさなご》のように少し突き出た下唇を動かして、しみじみと過去を述懐するあなた。あなたは最後にこう言った。〈キリスト教では　天国と地獄の中間に　《煉獄》という場所がありますこの十年間のポーランドは　まさに《煉獄》だったのです〉と。ヤルゼルスキ元帥、いや今は唯のヤルゼルスキと呼ばれるあなたの姿を、もう一度見たいと思いながら、私はその時映したビデオを手に取っていない。桜の花盛りの四月、花冷えの厳しい日本の、暖かすぎる居間の居心地の良い椅子に坐って、暖衣飽食している私が、〈煉獄〉の中で耐えぬき、生きてきた、あなたを再び観ることは、冒瀆のような気がして。

＊ポーランドは社会主義国でありながら、国民の九〇パーセントがカトリック教徒である。

コペルニクス通りで出合った少年

あなたの訃報を知ったのは、仕事帰りの電車を待っている時だった。斜め横に立っていた男性の開いているスポーツ新聞の見出しに、〈P・K・O派遣で最初の死者〉という字が踊っていた。〈国連ボランティアの二十五歳の青年、ポルポト派の銃弾に倒れる〉何と気の毒なことだろう。私の胸は激しく痛んだ。しかしまだそれがあなただとは気づいていなかった。家へ帰って夕食を取りながら九時のニュースをつけた。〈UNTACの日本人のボランティアの男の子が殺されたのよ〉母が言うのとアナウンサーが記事を読み上げるのと同時だった。あなたのカンボジアで活動中の写真が現れた。

それでも私はそれがあなただということに気づかなかった。〈この男の子、子供の頃父親の仕事でポーランドに住んでいたんだって〉〈それいつ頃のこと〉〈十六年前って言ってたわ〉私は慌てて新聞を開いた。まだ詳細は書かれていなかった。翌朝起きるとすぐに新聞を開いた。あなたはポーランド在住時代、両親にアウシュヴィッツに連れて行かれ、そこで大量虐殺の事実を視た時、世界平和に目覚めたという。日本へ帰って初めて書いた作文には、国連大使になるのが夢だと書かれてあった。私があの当時二十五歳で視たものを、あなたはたった九歳で視ていたのか。あなたはクラスメートから〈POLA〉と呼ばれていたという。ポーランドに子供の頃住んでいて、とてもポーランドを愛していたから。その時ようやく私は思い出したのだ。あれは私がポーランドへ来て五カ月目の十一月の寒い朝だった。ワルシャワのコペルニクス通りを、ラムのコートのポケットに両手を突っ込み、歩いていた時だった。遠くの方から一人の八、九歳くらいの日本人の少年らしいのが歩いて来た。空色のスウェーターに黄色いアノラックを着た少年は、キラキラ輝く利発そうな瞳で私をじっと凝視《みつ》めた。その瞳と口元は何か話したげに動きかけた。しかしその瞬間私は少年から目をそらした。あの頃私は見知らぬ同国人と話をするのがわずらわしかったし、子供が苦手だった。私達は十六年前の十一月、コペルニクス通りですれ違った。九歳のキラキラ光る瞳を持った、未来への希望と愛に満ち溢れた少年と、希望を捨てた光の無い瞳をした二十五歳の女と。二人はコペルニクス通りですれ違った。そしてほとんど同時に同じものを視た。十一月の凍てつくワルシャワの街路を、美しい古い街《スターレイミャスト》を、ワジンキ公園を、そしてオシュヴェンチム*を。

私達はコペルニクス通りですれ違って、それぞれの十六年を生きた。あなたのような崇高な魂を持った子供に恵まれるかも知れない至福の可能性を捨てて、私はこの十六年を生きた。出来すぎた子供を与えられた恍惚と不安。その子を奪われた悲嘆と慟哭。その二つとも無縁の半生だった。キラキラ輝く希望と愛に溢れた瞳は永遠に閉じられた。わずか二十五歳で、そしてあなたとコペルニクス通りですれ違った二十五歳の女は、十六年後のいま、ようやくあなたと同じものを持てるようになりました。

＊オシュヴェンチム＝アウシュヴィッツのポーランド語。

III

フィロパポスの丘

＜フィロパポスの丘で会おう＞　とあなたは言った　＜フィロパポスの丘の石碑の前で二人だけの結婚式をあげよう　二人で日本を捨ててギリシャで暮らすのだ　用意のため明日僕は日本を立つ　十日後の八月七日午後五時　フィロパポスの丘の石碑の前で再会しよう　僕を信じすべてを僕にゆだねて欲しい＞　あなたが闇の中で私を抱き締めそう言った時　私は優しかった夫も　一生の安楽を約束してくれていた家庭も　父も母も　生まれた国も　捨てる決意をした　九日間あなたに会えない苦しみを私は耐えた　八月六日　夫と両親に手紙を残し　私は日本を立った　機内で熱病を患った人のよう

にあなたを思っていた
アテネ午後一時　暑かった　ホテルの浴室で日本から持ってきた薔薇の香りのソープで全身を時間をかけて洗った　室内にはブラームスの弦楽曲が流れていて　私の胸をいっそう苦しくさせた　あなたが好きだと言った薔薇色のリネンのドレスを身につけ　丹念に化粧を整え　最後に薔薇色のルージュをくっきりと引いた　鏡の中の私は美しかった　午後三時　あなたに会うのにまだ二時間待たねばならなかった　おろしたての白いハイヒールをはき　ロビーに降りてよく冷えた白ワインを注文した　隣に坐っていたハンガリー人の老婦人が話しかけてきた　〈あなたは日本からいらっしゃったの　あなたの長い黒髪に薔薇色がよく似合う　あなたはとても美しい〉
異国の老婦人に称賛されたことは　神の祝福のようだった　私はまだ自分が美しいことを神に感謝した　午後四時　私は立ち上がった
フィロパポスの丘まで三十分　アクロポリスに向き合った丘の上

に向かって　オリーブの林の中を私は登った　木々をかきわけ丘を
登りながら　あなたに会える喜びに酔っていた
丘の頂上にたどりつき　その石碑の前に立った時　戦慄が背筋を走
った　怖しい光景だった　首の無い馬にまたがった首の無い男　そ
れは何という無気味な石碑だったろう　何故あなたがこのような気
味の悪い石碑の前で会おうと言ったのか　わからなかった　あと三
十分後にそれがわかる　私ははやる心を押えて待った　五時　あな
たは来なかった　不安が全身を貫いた　五時半　あなたは来ない
暮色が迫っていた　六時　あなたは来ない
それでも私は待った　そしてさっきあの老婦人が私の背後で言った
言葉を思い出していた
〈気をおつけなさい　マダム　この国の神々はとても妬み深いので
すよ〉
あの女は巫女だったのだろうか　気がついた時　漆黒の闇だった

私はあなたに騙されたのを知った　もう下へ降りることもできなかった　漆黒の闇の中で遠くにアクロポリスが白く光っていた　風が出てザワザワと樹々を騒がせ　微かだがその音に混じってギリシャ語で囁き交わす男達の声が聞こえた

私はこれから襲い来る自分の怖しい運命と共に　私をこのような目にあわせたあなたに　もう一度会いたいと激しく思っていた

崖

I

私は崖の縁《ふち》に膝をついていた。その縁から下を覗き込むと、底なしで、気を失いそうになる深さだった。崖下から声が聞こえていた。＜Mちゃん　助けて　お願い＞　その声は哀願していた。尖った岩にくいこんでいるくちなしのような白い指。＜お願いだから　助けて　Mちゃん＞　その声はまだ哀願していた。＜待って　何とかするわ　もう少しの辛抱よ＞　そう囁きながら、私の十三歳の指はくちなしの指を摑み上げるのではなく、岩から引き剝がそうとしていた。渾身の力を込めて。闇を引き裂く悲鳴。十三歳の私は寝床から起き上がっていた。脂汗が噴き出していた。

忘れていた記憶が不意に甦ってくることがある。十三歳の私は夢の中で人を殺したのだ。クラスメートの或る少女を……。猫のような仕草で、猫のような声で、誰にでもすり寄って来る、教師にも、同性の友達にも、少年達の固い心の中にも、するりと要領よく入り込んでいく。嫌いだった。大嫌いだった。自分には無い力を持っているその少女が。私は十三歳の幼さで同級生を殺したのだ。そんな私がどうして責めることができるだろう。現在《いま》わたしを崖の縁から突き落とそうとしたその人物を。ましてそれが意識上の行為ではなく、無意識の深層心理の奥底にあるリビドーという名の怪物のなせる業《わざ》なのだとしたら、なおさら。

崖 II

私は崖の下に立っていた。見知らぬ獣の匂いのする毛皮を身にまとって。それでも寒かった。見渡すと、どこか異国の街角のようだった。街は夜更けで、店はシャッターを閉め、薄暗い街灯が一つ灯っているだけだった。目が慣れてくると、崖の上に人が立っているのがわかった。闇の中に佇む黒い影が夫だということが、何故か私には確信できた。彼は黙って崖の上の端に立っていた。私は叫ぼうとした。〈あなた　ここまで降りて来て私を上へ連れて上がってください　私は一人で上へ登ることができないのです　私は多分いま病気で　とても寒く　孤独なのです〉　しかしどういうわけか声が出なかった。夫は黙って崖の上に立っていた。どれぐらいたったのだろう。崖の上の影が去って行く気配がわかった。私は一人、崖の下の見知らぬ異国の夜更けの街角に置き去りにされたのだ。

ポーランドに住んでいた頃、こんな夢を見たことがある。目が覚めても、私の心の不安な鼓動は長い間鳴り止まなかった。数カ月後、奇妙な体験をした。夫と私は冬の休暇を取ってスペインへ旅行した。夜更け、セビリアの街を歩いていて、長い石畳でできた階段を降り、二、三歩歩いた時、急に不安に駆られ後を振り返った。誰も居なかった。

私は崖の下に立っていた。前夜マドリッドで買ったばかりの、ボルドーワインに染められた、見知らぬ獣の匂いのする毛皮を身にまとって。とても寒かった。見渡すと、あの夢と同じ夜更けの見知らぬ異国の街角、同じシャッターを閉じた店、同じ薄暗い街灯、同じ獣の匂いのする毛皮、同じ寒さ、崖の上に立つ同じ影。胸の鼓動は高鳴り、足がすくんだ。何分立ち尽くしていたのだろう。崖の上の影が去って行く気配がした時、私の足は動き始め、闇の中をよろめきながら急な石段を登り始めた。不吉な予感に捉われながら。〈私は今夜まだ病気ではなく　崖の上に通じるこの石段を登ることができる　しかし近い未来　私は病気になり　自分でこの石段を登る力がなく　孤独と寒さの中　崖の下の見知らぬ異国の夜更けの街角に一人　取り残されるだろう〉

カラマーゾフの樹

I

目の前で　大礼服を着た父が夕食を食べている
両胸につけた勲章を汚さない為
スコットランドチェックのよだれ掛けをつけ
銀のスプーンでジューレック*を啜る
年老いた赤子のような音を立てて
アンナの神経はそれに耐えられない
窓の外のラージンの森では初　雪《ピエルフシシニエク》が降りしきっているというのに

アンナは両手の人さし指で耳の穴を塞ぐ
幸いにも目がほとんど見えないので彼にはそれがわからない
それに食べることに夢中なのだ
年老いた赤子のように
スコットランドチェックのよだれ掛けを汚しながら
突然　彼を突き飛ばしたい衝動に駆られる
この両手で思いきり突き飛ばし
アンナの視界からアンナの聴覚から抹殺したい
という激しい欲望に駆られ　それを押えるために
歯を食いしばり頭をぐっと上に上げ両耳を強く塞ぐ

幼い時　アンナの内部《なか》に一本のカラマーゾフの樹が芽ばえ
年を重ねるごとにそれは成長し枝を広げ
鬱蒼たる葉が生い茂り

アンナの肉体を突き破ろうとしている
アンナの内部でアンナの肉体よりも大きく茂った
カラマーゾフの樹
その樹を倒すためには
自らの命を絶たねばならない
アンナの内部《なか》の
カラマーゾフの樹

II

アンナの内部《なか》に鬱蒼と生い茂っている
カラマーゾフの樹の内部で
格闘している
アリョーシャーとドミートリィが
死闘をくり返している

スメルジャコフとゾシマ長老が
グルーシェンカとカーチェンカが転げまわっている
永遠の不調和の叫びをあげて
そのたびにアンナの内部《なか》のカラマーゾフの樹が騒ぐ
痛む　痛む
アンナの脳髄が　魂が　肉が

アンナの内部《なか》のカラマーゾフの樹の内部《なか》で
一人孤独にたたずんでいる者がいる
イヴアン　イヴアン・カラマーゾフ
彼には格闘すべき相手がいない
もし一人だけいるとすれば
神さま　それはあなたです
あなただけなのです

この闘いは始めから勝敗が決っています
あの天使とヤコブの闘いのように
なんという救いがたい
アンナの内部《なか》の
カラマーゾフの樹

＊ジューレック＝ポーランド特有の麹《こうじ》を使った白色のスープ。

サラエボ──白い黙示録

天のお父様
十七年前　ポーランドに住んでいた時　隣国のユーゴスラヴィアはポーランド人の憧れの国でした　政治体制も国民の生活も最も西側に近く　他民族が団結して仲良く平和に暮らしていたからです　それが今はどうしたのでしょう　数年前まで互いに助け合い　愛しあってきた隣人同士が　凄惨な殺し合いを続けているのです　十年前サラエボ五輪の会場だった場所は　いま殺戮された人々の墓地に変わっています　どこまでも白い十字架が続いているのです　或る者は信じていた友人に殺され　或る女性は尊敬していた隣人の医師に

エスニッククレンジングされたのです　エスニッククレンジング民族浄化　何という怖ろしいことばでしょう　数百人ものイスラム教徒の女性をエスニッククレンジングの名の下に集団暴行し　キリスト教徒の子を妊もらせようとした　狂気のセルビア人達は　セルビア正教を信じるクリスチャンを名のっています　しかし彼らは本当のクリスチャンではありません　あなたの言っていることと反対のことをしているのですから　彼らは決してクリスチャンではありません　サラエボ　毎日銃弾の音が鳴り響き　無辜《むこ》の人々が死んでいきます　青空市場を染めた人々の血　児童公園を染めた幼い子供達の血　あなたの創られた人間とは　何と愚かな哀しい動物なのでしょう　何故この者達は自分のみを愛し　他者をこのように憎むのでしょう　しかしこのような阿鼻叫喚のなかでさえ　何と人間というものは美しいのでしょう　私は一人の両脚を切断されたセルビア人を知りました　彼は銀行の頭取という高い地位についていました

が　イスラム教徒を殺すことを拒否した為　このようなめに会ったのです　イスラム教徒の医師が彼の脚を手術し　命を助けましたサラエボ　人々の狂気のるつぼ　インテリ階級の人々は　この激しい人間存在の矛盾のなかで　狂っていくしか道はなかったのです精神病棟に収容されたそれらの人々　彼らは狂うか自ら死を選ぶしかなかったのでした　エスニンという名の十四歳の少年は　家庭のために危険を承知で　セルビア勢力支配下の給水所に毎日水を汲みに通っています　彼らはもう二日も食物を口にしていないのです彼はもう死んでいるのかも知れません　天のお父様　どうかお願いです　彼らのすべてに　昔隣人を愛し合い助け合っていた　優しさの記憶を　思い出させてください　もう一度隣人同士が互いの個性を尊重しあい　敬愛し合い　共存し合うことのできる　叡知をお与えください　天のお父様　私はもう眠る前に自分のことばかりは祈りません

サラエボ　砲弾の音が響き　廃墟に雪が降っています　白い黙示録
のように

あとがき

幼い頃から、〈魂の空白感〉のようなものに苦しんできた。それは幼年期の特異な環境と無縁ではないだろう。妻を病で失い、思春期から成年期に向かう五人の子を抱え、実業家であるというよりは、熱心なキリスト教伝道家だった父と、やはりキリスト教の婦人牧師をしていた母は結婚し、私は誕生《うま》れた。

私の幼年期から思春期にいたる期間は、二人の熱心な全国にわたる伝道活動の日々と交錯する。私は、子供にとっては暗い、森のような庭のある屋敷にとり残され、多数の他者に囲まれて暮らしてきた。その特異な孤独すぎる幼年体験が、いかにその後の人生に影響を与えるものであるか……。神のアイロニーについて長年私は考えてきた。

私は現在《いま》、我が子の幸福よりも、他者の魂の救いに、生涯をついやしてきた両親の生き方を肯定している。しかし、父の〈幼児《おさなご》の如き信仰生活〉とも、数ある受難を耐えぬいてきた母の〈信仰による強靱な精神力〉とも、遥か遠い所に立って、私は詩を書き続けている。

掉尾の詩、サラエボ——白い黙示録の冒頭のことば、〈天のお父様〉は、物心ついて初めて、婦人牧師をしていた母に教えられた、キリスト教徒の神への祈りの語りかけである。私はこれからも夜眠る前に、幼い頃母に教わったことばで祈り続けるだろう。いつか至福に至れる時が来ることを願いながら……。

桃谷容子

『野火は神に向って燃える』

2003

I

平城宮跡のトランペット

暖《ぬる》いパン

熱くてもいい
しゅんしゅんに沸いたサモワールのように
熱くてもいい

火傷《やけど》してもいい
暖炉で爆ぜる栗で
王宮の火事で

冷たくてもいい

氷に彫刻された鳩のように
冷たくてもいい

凍ててもいい
ラズベリーシャーベットの入浴で
ラップ地方の寒波で

ただ暖《ぬる》いことだけは許せない

神さえ吐き出した
暖《ぬる》いパンを

ワシントンスクウェアの真中で

自由の女神の背後から
鴇《とき》色の太陽が昇り始める頃
誰も居ない　ワシントンスクウェアの真中で
ペルシャ猫のスカーレットとわたしは
二人きりで　ゆっくりとワルツを踊る

〈アン　ドゥ　トゥロワ〉
クルッと転がって
〈アン　ドゥ　トゥロワ〉
ペルシャ猫のスカーレットは

サファイア色の鋭い瞳《め》を細め恍惚としている
弾力のあるしなやかな姿態は
綿菓子のように柔らかく
両手に熔けてしまいそう

熟れた巨大なトマトのような太陽が
青い空の真中に位置する頃

わたしはスカーレットの柔らかな暖い首を
ゆっくりと締める
スカーレットはわたしの滑らかな冷たい首に
鋭い銀色の爪を立てる

元旦

ジェラゾラ・ヴォラの五月

夫の運転する水色のフォルクスワーゲンは、菜の花畑の中を走っていた。ポーランドの五月にはめずらしく暖い、蒸し暑いような午後だった。〈さあ　ここがジェラゾラ・ヴォラだ〉　ワルシャワから五十キロの郊外にショパンの生家はあった。ショパンは一八一〇年、この家で誕生《うま》れた。プロムナードを歩いている時、ピアノの音が流れてきた。エチュードだった。薔薇園に出ると、開け放されたバルコニーの中の室内は聴衆でいっぱいだった。二十代の初め頃と思われるまだ少年の面影の残っている青年がエチュードを奏でていた。私達は薔薇園のベンチに座って、物哀しいエチュードを聴いた。隣りのベンチに腰かけている上品な老婦人達は、時折フランス語で囁き交していた。

薔薇の甘い香りのせいなのか、蜜蜂や蝿が飛び回っていてうるさかった。私は昨夜、ノヴィツキー家の夜会の席で、エリザベスが言った言葉を思い出していた。〈ショパンはパリで亡くなる前　姉のルドヴィカに遺言したのです。僕の心臓《セルツェ》をポーランドに持って帰って欲しいと。ルドヴィカは彼の心臓を瓶詰めにしてポーランドに持って帰って来たのです。なぜなら　ポーランドでは心臓は《心》を意味するのです〉　ショパンの瓶詰めにされた心臓はどんな色をしていたのだろう。曲はマズルカに変っていた。〈このベンチの横に咲いている薔薇のような淡いピンク色をしていたのだろうか　それとも青年の奏でているピアノの上に置かれている薔薇の花束のよ

うな濃い紅色をしていたのだろうか〉
一八四九年、ショパンはパリで病苦のうちに三十九年の生涯を閉じた。

七月の王女のための挽歌

幼い頃から　わたしの魂は放恣で
にくたいは怠惰だったが
感性は湿っていて　いい匂いがしていた
闌《すが》れた薔薇のからまる王宮の内部《なか》に
魅せられ　おとこたちは侵入してきたが
その暗黒に　美しい荒涼に
癒しがたい破壊のありさまに
瞳《め》を見張るのだ

漆黒の廃墟のなかを　湿った風が吹いている
微かだが　得もいえぬ花の匂いがする
それは近くの沼から吹いてくる
湿地に咲く花のうえを渡る風の匂いだ
掠《かす》れたように流れ来る　あの唄声は
あれはいったい誰の唄う挽歌だろう

七月の王女のための挽歌

沼に霧が立ってきた
夕闇のなかで　湿地の花は邪悪にあかい

逃げ遅れたおとこたちは
さらに湿った闇のなかに
歩を進めるしかなかった

奥には　無為の網に漁られた
おとこたちの死体がいっぱい

クリスチーネの母

あの日　ソスノヴィッツの七階のアパートの出窓の手摺にも
たれて椿姫《ラ・トラヴィアータ》を吸っていた時　窓の外を葬列が通った
椿姫《ラ・トラヴィアータ》　ドルショップ《ペーカーオー》で買ったフランス製の　パッケージ
にアールヌーヴォー風の典雅な女性の姿が描かれた婦人用の
煙草だった　煙草を吸わない私がパッケージに魅かれて買い
置いていたものだ　前日　クリスチーネの家で体験した事件
が私をそのように駆り立てたのだ

ポーランドの九月の末にしては　不快な蒸し暑さの感じられ

る午後だった　あの日私達はあなたの家に招待されていた四時頃　街を散歩していて　露店の果物屋でこの国ではめったに見られないブルガリア産のバナナを見かけたのだ　そう

あなたがよく知っているように　あの国ではバナナはとても貴重で高価な果物だった　タクシーを降り　大きなバナナの房を抱いてアパート街を歩くと　もう汗ばんできた　さるすべりの花が色褪せていたのを覚えている　あの街では煤煙の為すべての花々が色褪せていた　アパートのベルを押すと不在だった　早く来すぎたようだった　どれぐらい待ったのだろう　遠くの方から喪服のような黒衣を着て黒いサングラスをかけた中年の女が歩いて来るのが見えた　片手に大きな黒いバッグを持ち　もう片方の手に馬鈴薯《ジムニャツキ》と玉葱《ツェブラ》の入った重そうな袋を下げ　その女は両肩を落し　疲れ果てたようにゆっくりと歩いて来た　まるで一人だけの葬送行進をしている

ように　どれぐらいたったのだろう　その女は私の前で立ち止り　サングラスを外した　喪の女は　クリスチーネの母あなただった　目の下に隈のできた憔悴し切った顔であなたは私の顔をみつめ　低いしわがれた声で言った　〈ヨーコ来ていたの〉　それはいつものあなたとは別人の女だったその夜の会食はずっと不調和だった　クリスチーネも弟のマレクもいつものように快活ではなかったし　元校長のあなたの年老いた夫も寡黙だった　あなたの態度がひどく不機嫌で投げやりなのを皆が感じていたからだ　不調和な食事が終わり　デザートのバナナが大皿に盛られて食卓の中央に置かれ〈さあ〉　とあなたは投げやりにそれを私達に差し出したあの夜　あなたはなぜか悪意に満ちていた　哀しく凶暴な獣のような瞳を見すえあなたは言った　〈クリスチーネ　あれを持っておいで　あれだよ　あれを　早く　さあ早く〉

躊躇している二十歳の娘をせきたて　クリスチーネが持って来たのは　赤いビロード製の豪華なアルバムだった　〈さあこれを見て〉　あなたが開いたアルバムの中には　若くして亡くなったあなたの最初の夫の葬礼の写真が貼りめぐらされていた　豪華な軍服を着たまだ三十代の端正な顔面をした男が柩の中で眠っている　多くの兵士達の敬礼に見送られて　黒い紗のヴェールに包まれて悲嘆にくれている若いあなたの顔　幼いクリスチーネとマレクのうなだれている写真　嘆き悲しむ多くの人々の顔　若くして高い地位についていた男の　豪華な軍服を着た端正な上半身の拡大された写真　〈見て　見て　これが私の夫《ムイモンシュ》　これが私の夫《ムイモンシュ》なのよ〉　クリスチーネの母よ　あなたは激しく自分の胸を両手で叩き　私達に叫び続けた　まるで激しい病の発作に襲われているように自分の胸を叩き続けながら　あなたの年老いた夫が　両手で

頭を抱え　寝室に去って行った　あのソスノヴィッツの暗く
貧しい真夜中の街を車で走りながら　私達は無言で帰宅した

遠い所から喇叭と太鼓の音が聴こえてくる　いったい何の騒
ぎなのだろう　私は窓から身を乗り出した　葬列だった　年
老いた男達が肩と胸に赤いモールの飾りのついた黒い制服を
着て喇叭を吹き太鼓を打ち鳴らしながら行進している　この
国の葬列はまるで淋しい祭りのようだ　その前を黒にやはり
赤いモールの飾りをつけられた柩が通る　後ろから黒い喪服
を着た人々が項垂れながら行進している　大礼服のような豪
華な衣裳を身につけた老人の楽隊は骨ばった肩と胸を張り
高らかに喇叭を吹き鳴らし　太鼓を叩く　少し音程の外れた
調子で　黄泉の国から来た楽隊のように　遠い喇叭の音が聞
こえる遠くで太鼓の音がまだ聴こえている　いつまでも私の

耳元で　少し音程の狂った喇叭と太鼓の音が聴こえてくる

天国の庭　II

ママン、昨夜ママンの夢を見ました。天国の庭の外れの白樺の木立ちの中にあなたは立っていました。天国では人は若くなれるのですね。ママンが人生で一番充実していた四十代、あの頃あなたが好んでいた水色のジョーゼットのロングドレスを着て。あの優雅にふくらんだ袖の部分に銀糸で忘れな草の刺繍がほどこされていた……神様がママンが天国に来る時の為に大事に取って置いてくださっていたのですね。昨日、十一月二十八日、ママンの誕生日、教会であなたの記念会がありました。ダンカン神父様が〳〵パスカル様は天国で眠っているのではないのです。この世で他人《ひと》の為に献身的にお働きになっていたように、天国でも神様の為、私達の為お働きになっているのです〉と言われました。スイスとフランスの国境にある小さな村の修道院長だったあなたが、ダンカン神父様に〈あなたしかあの受難に満ちた家庭を救える人は他に居ないのです〉と頼まれ、決意して、この家に嫁いできたのは五十二年前の今朝でした。母を喪《うしな》って酷い非行に走っていたピエール兄さんを、寝食を忘れて献身的に指導し、あなたは正しい道に返させました。生れつき重い持病のあったカトリーヌ姉さんの為、幼い私を何ケ月も家に残し、やはり寝食を忘れて献身的に看護し、姉さんは奇跡的に回復しました。しかしそれらの献身の後にもピエール兄さんとカトリーヌ姉さんは、あなたを生涯苦しめ続けました。あなたの評判が亡くなった自分達の母よりも高いことが許せなかったのです。人間って何と哀しい生き物なのでしょう。でも天国の庭に立っているあなたを見てわかったのです。ママンは神様に試されていたのですね。ママンが特別な人だっただけに、神様は烈しくママンを試されたのですね。ママンの半生はキリストに倣って生きることだったのですね。私にはママンのような生き方はできません。そのような能力が私には無いからです。でもこのように非凡な能力を持った、愛に満ちあふれた女性を、母として与えられたということは、神様からの大きな大きな贈り物だったのだと、今朝はっきりと悟ったのです。夕暮れかと思っていたら明け方だったのですね。白樺の木立ちの向うの空がすみれ色に明るくなってきました。美しい小鳥が鳴き始めました。一面に青い美しい花が咲いています。天国には夜もなく、冬も無く、夕暮れから朝に、晩秋から春になるのですね。ママン、いつか天国の庭で、青い花の中を二人で散策しましょう。

夜の果ての旅

夫の運転する銀色のポーランドフィアットは、ジークマリンゲンの二月の極寒の街を走っていた。ホテルを出る時ドアマンが言った零下八度の道は凍てていた。車輪に巻かれたチェーンが凍てる路上を軋む音と車内に流れていたワーグナーのニーベルンゲンの指輪、〈ナチスの愛したこの曲を、セリーヌ夫妻も極寒のこの街で凍てる路上にチェーンが軋む音と共に聴いていたのだ〉　突然、目の前に城が顕現《あらわ》れた。セリーヌが亡命の体験を物語ったドイツ三部作「城から城」のあの城だ。モーブ色の凍てた夕暮れを背景に聳え立つ灰色の城塞。

そのストイックで拒絶的な全貌を見ると戦慄が走った。ワルシャワで買った葡萄色の毛皮のコートの衿を立てていても身震いする寒さだった。〈このジークマリンゲンはフランス亡命政府があった所なんだ〉〈そう、そして「夜の果ての旅」でデビューしたフランスの作家、セリーヌが亡命中に書いた作品の舞台になる街なの、彼は第二次世界大戦中、対独協力者のレッテルを貼られ、妻のリュセットと飼い猫のベベールと共にドイツを経由してデンマークに亡命するの。砲火の中をかいくぐる、決死の旅だったそうよ。戦後、戦犯の罪に問われてデンマークで投獄されるの。でも一九五一年特赦によって帰国すると、亡命の体験を書いたドイツ三部作「城から城」、「北」、「リゴドンの踊り」が生れるの。でも作品は黙殺され、一九六一年、セリーヌは貧困のうちに世を去ったの。しかも司祭からは葬儀の執行を拒否され、墓石には

〈否《ノン》〉の一語だけが刻まれたの。第一次大戦の戦場で負った傷は、不眠と、頭痛と、絶え間ない耳鳴りになって最後までセリーヌを苦しめ続けたの〉　〈あたり前だよ。国を裏切ったのだから〉　〈それは違うの。セリーヌはファシズムやコミュニズム、宗教や民衆、この地上にあるあらゆるものを罵る反逆の作家だったの。それが原因で亡命することになったのよ。でも、それと同時に日々の生活においては、貧しい人々を無料で診察する敬虔な医師でもあったのよ。ここジークマリンゲンでも、彼は安ホテルの自分の室を病院代わりにして、妻のリュセットを看護婦にしたの。毎夜ドナウ川沿いの雪深い道を歩いて往診し続け、亡命の為の費用で薬を買い集めた為、ここで無一文になってしまったそうよ〉

〈当然のことだよ。それだけの罪を犯したのだから…　罪滅ぼしをするのは…〉　夫の運転する銀色のポーランドフィアットはジークマリンゲンの凍てる夜の街を走っていた。ニュルンベルグからバーデンバーデン、ウルムを通ってジークマリンゲンに至るセリーヌ逃亡の足跡を辿る二人の旅は終わりに近づいていた。ポーランドからはるばるやって来たこの旅の途上で、私は夫に、セリーヌのなかには医師と作家が、イデオロギーと宗教が、妻と愛人が、天使と悪魔が、共に棲み、葛藤していることを伝えたかったのだ。

平城宮跡のトランペット

今日、三十五年ぶりにあなたを見た。平城宮跡の、どこまでも続く新緑の野原の中央の苔生した石段の真上で、あなたは若草色のシャツにカーキ色のズボンを穿き、銀色のトランペットを高らかに青空に向って吹き鳴らしていた。三十五年前、私は十七歳、あなたはK大学の法学部に通う大学院生だった。家の向いにある教会の丘の上で、ボーイスカウトの隊長だったあなたはカーキ色の制服に派手なロイヤルブルーの絹のスカーフを首に結んでいた。あなたはあの頃あまりに目立ち過ぎて、気難しい文学少女だった私はあなたに激しい反発を感じていた。日曜日の黄昏時、あなたはいつも教会の裏手の丘の上でトランペットの練習をしていた。琥珀色の光の中でトランペットを吹くあなたの横顔は、大理石でできたギリシャ彫刻のように端麗で、あなたは自分の美しいことをよく知っていた。夕暮れになると、私は犬のチェリーを連れて教会の丘の上に散歩に出かけたが、決してあなたと目を合わせることはなかった。三、四人の青年会の仲間達と教会の庭であなたが話している時、鎖から解き放たれたチェリーがあなたにじゃれついても、私は知らん顔をしていた。〈チェリー〉かん高い声で私はテリア種の雌犬を呼び、チェリーはキラキラ光る黒曜石の瞳で私に走り寄り、私達は教会の裏手の緑の谷へ走り降りるのだ。そんな時〈チェリー〉と呼ぶあなたのかすれた甘い声が私の背中越しに響く。あなたが私に好意を持っていることは十七歳の少女にはわかっていた。あの頃、高らかに青空に舞い上る雲雀のようにトランペットを吹くあなたの横顔を、私はトニオ・クレーゲルがハンス・ハンゼンを見るように憧れと嫉妬の交錯した感情で見ていたのだ。〈Mさんの坊ちゃん　K大学の大学院を出たら外交官の試験を受けなさるそうよ〉　私は黙って銀のスプーンで馬鈴薯のスープを啜っていた。十八歳になった夏の真夜中だった。眠れなかった私は二階の踊り場の窓からあなたと牧師が教会の階段の下で向い合っているのを見てしまった。やがて牧師はあなたの項垂《うなだ》れている頭に手を置いて長い時間祈りだした。あなたのくちなしのような白い顔、項垂れているあなたの百合のように白いうなじ。〈Mさんの坊ちゃん　外交官になることを断念して　牧師になる決意をなさったそうよ〉　私はやはり黙って露に濡れた巴旦杏の皮を剝いていた。やがてあなたは東京の神学大学に行き、私は丘の上の女子大学へ通った。あの四年間ですべてが変容したのだ。私は文学という底なしの淵に足を滑らせ、自分の中のデモーニッシュな部分に真向から対峙し、バランスを崩しかけていた。私は自分が何物であるかはまだわからなかったが、牧師夫人という夢は、もう自分には無縁のものだということだけはわかっていた。大学を卒業した夏だった。〈Mさんのお母様が家にお来しになってね。坊ちゃんのお嫁さんにあなたをいただけないかと言ってこられたの。でもお断りしたわ。うちの娘には牧師夫人はとてもつとまりませんと申し上げて……〉私はやはり黙って鰺のマリネを銀のナイフで切っていたが、口には入れなかった。娘に聞かずに断った母を憎んではいなかった。牧師夫人の日常生活は、婦人牧師をしていた母が一番よく知っているのはわかっていた。私はあなたに魅かれていたが、互いに魅かれあっていても共になれない人生がこの世にはあるのだということを、深い諦めの思いで味っていた。今日、三十五年ぶりにあなたを見た。平城宮跡のどこまでも続く新緑の海原の中央の苔生した石段の真上で、あなたは銀色のトランペットを高らかに青空に向って吹き鳴らしていた。この三十五年間、人間という大海原の中で、何度も座礁し、溺れかけながら、闘い続けてきた三十五年間、信仰だけは捨てなかった。そして理解したのだ。あなたのように青空高く飛び立つ雲雀のように高らかに天に上昇する信仰と、私のように地に這う蛇のように苦しみ模索しながらの信仰があることを……。あの頃もう少し複雑でない魂を私が持っていたら、自身の息子になっていたかもしれない少年の美しい横顔を、日没の平城宮跡でいつまでもいつまでも私は凝視《みつめ》つづけていた。

II

十一月

十一月

十一月

メドックの樽の中で
芳醇なボルドーが
発酵するように

わたしの内部《なか》で
十一月の悪魔が目覚め始める季節

黄金《きん》色の木の葉が落ちる
黄金《きん》色の瀕死の小鳥のように
黄金《きん》色の切断された天使のてのひらのように
木の葉が落ちる

十一月

まだ生きている
暖かな四十雀《メサンジュール》の首を
やわらかなてのひらで
絞め殺すことを
夢想する

十一月

十一月の殺人者

十一月
線路沿いの並木道を　黒いスウェーターに枯葉色の長いストールを纏った〈秋〉が歩いている
遠くの方から小さい女の子が　羽を膨らませた鳩のように
灰色のコートで着脹れて
赤いランドセルを背負って歩いて来る
これからの人生の重荷を全部背負わされているように
見上げると　マグリットの絵のような青空に
薔薇いろの岩の形をした雲が浮かんでいる

黄葉したポプラや櫟《くぬぎ》の木々が
十一月の激しい風の愛撫に身悶えているのを見ていると
〈秋〉の内部に湧き上ってくる
暗く激しい熱情のようなものがある
十一月の殺意

十一月十五日　〈秋〉の四十九回目の誕生日
これで〈秋〉は　誕生日に
十九本のしなやかな植物と
二十一羽の無垢な小鳥と
七人の美しい男を
魂の領域で　殺したことになる

十一月の殺人者は
黒い姿態に枯葉色の長いストールを巻きつけて
酷薄な微笑を浮かべたまま
風に向って歩き続ける

毒と十一月

十一月の雨の中、線路沿いの草原を歩いていて、不意に、昔の或る情景《シーン》が浮かび上って来た。あの日私は黄色い背たかあわだち草が猛々しく咲き競っている池の周りを傘を差して歩いていていた。やはり季節は十一月の初めだった。あの雨の十一月の不吉な光景——すべての魚達が白い腹を出して浮いていた。

〈誰かが毒を撒いたんだ　研究室の中の誰かが…〉　その当時私はO大学の微生物病研究所のH研究室のsecretaryだった。池からは生臭いような薬物臭い匂いが漂ってきて、ハンカチーフで鼻口を押さえていた。
横に立っていた数人の大学院生達が囁いていた。〈出世街道から外された屈折した助手あたりの犯行じゃないか〉〈まあ　そう言ったところだろう〉〈それはわからないよ　犯人は女かもしれないよ　セクの一人が犯人じゃないってどうして断言できるんだ〉　私はふり向いた。〈若くて綺麗だからって　それだけで満足している女ばかりとは限らないじゃないか　もっと複雑な心のセクもこの研究室には居るかもしれないじゃないか〉
いかにも怜悧そうな横顔の若い男だった。あの時あの池に誰が毒を入れたのか、今でもわからない。ただ私はあの時の若い男の言った言葉を生々しく思い出したのだ。あの頃いつも鞄の中に曠野《ランド》に吹き荒れる風の音にそそのかされるように夫を毒殺しようとした、アルジュルーズのあの女の物語を入れていた私の内面を暴きだされたように。

私は二十四年前、O大学の微生物病研究所の横のあの池に、毒を入れてはいない。しかしそのような衝動に近いものは、あの当時私の魂の内部の奥底のどこかに潜んでいたのではなかったのか……。背たかあわだち草の黄色が猛々しく咲き競っている線路沿いの草原に立ち尽して、そう思ったのだ。

最後の六メートル

——マリン・オッティへのオマージュ

ブロンズコレクター　これがあなたに与えられた不名誉なニックネーム　マリン・オッティ　三十三歳　世界陸上選手権の女子最年長者　あなたは過去十六年に獲った十三個の銅メダルに満足せず　その限界に挑戦した　化粧気のないブロンズ色の立体的な顔　大きな美しい瞳　意志の漲った唇と顎鍛錬による贅肉の削ぎ落されたしなやかな鞭の肉体　ピストルが鳴り渡り　あなたは走った　全速力で　躍動する筋肉わずか数秒間の疾　風　怒　濤《シュトルム・ウント・ドランク》　そしてゴール　ディーヴァーズと並んで　いやほんの身一つあなたが速く　あなたは確信

した　ディーヴァーズもあなたを祝福した　しかしその後の
出来事はあなたを動転させた　電光掲示板には一位がディー
ヴァーズ　あなたは二位になっていた　熱狂するディーヴァ
ーズ　何が起ったのか理解できず途方にくれた少女のような
あなたの痛ましい顔　いったいあの時何が起ったのか　私達
観衆も理解できなかった　とにかく力の国アメリカが勝利し
ジャマイカは敗けたのだ　あなたは抗議した　私が一位だと
　勿論うけ入れられなかった　あなたは口惜しかった　しか
し黙って二位の表彰台に立った　その瞬間シュトットガルト
の観衆は　一斉に拍手した　拍手は鳴りやまなかった　いつ
までも　いつまでも　あなたの瞳に涙が溢れた　私には二百
メートルが残っている　あなたは決意した　きっと金メダル
を獲ってみせる　この土地で二個目の本物の金メダルを　一
つは今このシュトットガルトの観衆がくれた鳴りやまぬ拍手

の金メダル　もう一つは神様がきっと与えてくれる　右膝を地面に　左脚を立て　跪いたあなたの姿は　神に祈りを捧げている人のようにみえた　再びピストルが鳴る　あなたは走る　再び激しく躍動する筋肉　再び十数秒間の疾風怒濤《シュトルム・ウント・ドランク》　オッティ疲れた　アナウンサーの叫ぶ声　あなたは最後の十メートルで力尽きたかに見えた　しかしそのとき奇蹟は起った　あなたは再び力が漲り　全速力で走った　ゴールに一位で駆け込んだあなたの喜びに溢れた顔　美しい美しい顔　私はこんなに美しい同性の素顔を今まで見たことがなかった
　あなたの素顔から溢れる笑顔は　ジャマイカの草原を渡る風の匂いがした　マリン・オッティ　あなたは知っていた　最後の六メートルの力を　最初の二メートルはあなたの渾身をふりしぼった力　その次の二メートルはシュトットガルトの観衆の声援の力　そして最後の二メートルは神様の力だっ

たということを

聖フランシスコのように　II

二月末のどんよりと曇った肌寒い午後、三人の男が、同時に、ビジネスホテルの隣り合った三つの室で自決した。それは〈自決〉という言葉がふさわしい死に方だった。Ａ　五十歳、Ｂ　四十八歳、Ｃ　四十八歳。Ａは従業員百九十人を有する中堅企業の、auto 産業の小売業者だった。彼は二十七歳の若さで、自分の会社を持った。彼は有能で、面倒見が良く、〈引きずり落とされても、必ずまた這い上ってくる〉たくましく、男らしい人間だったと、誰もが証言している。Ｂはauto メーカーのセールスマンをしていた時、Ａと知り合い、

Ａの後押しで三十歳の時、独立した。auto メーカーの会社だった。死亡当時、社員九十八人。ＡはＢに物心共に援助を惜しまなかった。Ｃはやはり auto メーカーのセールスマンだったが、Ａと知り合い、三十一歳の時、独立した。死亡当時、社員十九人。ＡはやはりＣにも物心共に援助を惜しまなかった。この十八年間、ＡとＢとＣはいつも一緒だった。クラブに飲みに行く時も、ゴルフに行く時も、映画を観る時も。それはあなた達が若者ことばで言う、〈ツルんでいる〉という言葉が似つかわしい関係だった。バブル華やかなりし頃、Ａは当時競走馬でグランプリを受賞したサラブレッドのオーナーだった。全盛期、Ａは十一頭のサラブレッドを有していたという。

しかし、麗しい日々は永遠には続かなかった。バブルがはじけた数年後から、Ａの会社は徐々に経営が苦しくなっていった。銀行が資金を貸ししぶり出したのだ。BとCの事業は順調だった。BとCはAを助けようと、資金をやりくりした。BとCは自分達の会社の一ヶ月の売上げの三千万を、全部Aに渡し、それでAは会社を一ヶ月存続させ、上った売り上げの三千万をBとCに返した。そのくり返しで、Aの会社はしばらくは存続できた。やがて現金が使えない事態にまで陥った。BとCは手形を切ってAに回すようになった。BとCにとって、それが危険な命取りの融通だという事は十分覚悟の上だった。BとCはA名義の三千万の手形を切り、Aに渡す。一ヶ月それでAの会社は存続する。一ヶ月後、手形が切れる前日、Cは銀行でそれを割引現金化する。その金はCの会社の為の部品を購入したり製造費に使われるべきはずの必要不可欠のものだったのに、それを全部CはAに手渡した。〈こんな無茶なことをしていると三人共イッちゃうよ　切る時は切らなきゃあ＞ 周りの者は忠告したが、＜Ａを助けなきゃあ Ａを助けなきゃあ＞ ＢとＣはそのことで必死だった。やがて三人共にっちもさっちも行かなくなった。三つの会社の倒産が近づいていた。三人は集り、何度も話し合った。そしてある結論に達した。三人に掛けられた生命保険金で、会社を存続させ、部下達とその家族を救うしかないと。二月末のどんよりと曇った肌寒い午後、三人は場末の飲食店で＜並の牛どん＞を三つ注文し、ひっそりと三人でそれを食べた。＜いつもの客達とは違う、上品な、重役風の男の人達＞が入ってきた時の違和感を、その店の店員は今でもはっきりと覚えている。その後三人はスーパーで一番長い洗濯用ロープを買い、ビジネスホテルで休憩用の隣り合った三つの室を借り、Ａの室で缶ビールで最後の別れを惜しみ、Ｃがロープを三等分に切って、二人に手渡した。その時、昔Ａの感化で三人で観に行った鈴木清順の映画のテーマ曲だった、〈チゴイネルワイゼン〉のテープが流れていたことは誰も知らないだろう。〈あの頃は本当に楽しかった　さようなら　また向うで会おう〉　三人は目と目を合わせ別れたのだろう。

ナイフを持って登校するあなた達は、彼等のことを〈馬っ鹿なおっさん達〉と笑い飛ばすかも知れない。しかし、〈馬っ鹿なおばさん〉の私には、どうしても彼等のことを笑うことはできない。彼等の死は、私に十六世紀、アッシジで生きたあの聖人のよく口に出した言葉を思い出させるのだ。友情と部下達への愛の為、自らの命をひきかえにした三人の男達の死に方に。すなわち、〈人がその友の為に自分の命を捨てること　これより大きな愛はない〉という言葉を。ＡとＢの死を賭けた願いにもかかわらず、ちょっとした運命の手違いと銀行のエゴの為、二人の会社は倒産した。Ｃの会社だけが、十九人の部下達の必死の努力で生き残った。Cの壮絶な死後、誰一人、この戦場のような職場を去る者はいなかった。毎朝七時半になると、誰かがCの机の花の水を新しい水に変え、Cの大好きだった香り高いコーヒーを、Cの机の上に置く。そしてCの屈託なく笑っている写真を見ながら、十九人は一緒にコーヒーを飲む。昔のように。そして新しい修羅の一日が始まる。何か不思議に心の充たされた修羅の一日が……。

コソボの桜

一九九八年　四月　花冷えの夜　敬愛する詩人の全詩集出版を祝う会の前夜　女は早くから仕事の休みを取り　その日の為に用意した桜いろのスーツに　ていねいにアイロンをかけハンガーにセットした　遅い入浴の後　入念にカットした爪に　桜貝いろのマネキュアを塗りながら　深夜のニュースを見ていた女の瞳《め》に　それが映し出されたのは　その時だった
〈コソボで　アルバニア系の八歳の少年が　目の前で　父親をセルビア兵に惨殺され　裸にされた父親の死体の胸にセルビアの紋章を　ナイフで切り刻むのを　見てしまった　激

しいショックで　少年はその夜から眠れなくなり　睡眠薬を投与されても　ほとんど眠れなくなった……＞　地獄を見てしまった　少年の　老人のような　空虚《うつろ》に見開かれた瞳《め》　その夜　闇の中でベッドに身を横たえ　女はどうしても眠ることができなくなった　闇の中で見開かれた女の瞳《め》に　アルバニア人の父親の殺戮された青白い胸に　セルビアの紋章が短刀で切り刻まれる情景が生々しく浮かび上り　それを見た八歳の少年の　地獄を見た老人のような空虚《うつろ》な瞳《め》が　目を閉じても　目を閉じても　消えることはなかった　翌朝発熱の為　女はベッドから起き上ることができなくなっていた　一ケ月も前から休みを取り　用意していた敬愛する詩人の全詩集を祝う会の当日　女は病気になり　一日中　寝床から起き上ることができなかった　午後を過ぎ　ほんの少し開いていた窓のすきまから風が吹いてきて　ハンガーに掛けられた桜

いろのスーツの首元に巻かれていた　ジョーゼットの桜いろのスカーフが　風にハタハタと揺れているのを空虚《うつろ》なまなざしで見ていた女は　限りない無力感の中で思っていた　＜現《い》在《ま》　大詩人の祝賀会が華やかに行われている会場の外で　桜の花びらが風に舞っているこの同じ瞬間《とき》　コソボでは　人間の憎悪から成される　殺戮がくり返され　その阿鼻叫喚のさなかでさえ　コソボにも　桜の花びらは　風に舞っているのだろうか……＞と

一九九五年・八月・サラエボ

一九九五年・八月十一日・午後十一時
熱帯夜
摂氏二十二度に冷えた室内で
一年間　額に汗して働いた報酬で手に入れた
ドームのランプの灯りの下で
よく冷えた紅く熟れた西瓜を食べる
優美なモーブのパート・ド・ヴェール*の地に
幻想的な桃色の睡蓮が象嵌された
繊細で典雅な意匠

冷えた紅い果実の甘美な味わい
修羅の日々におけるつかのまの平安

ラジオから十一時のニュースが流れる
〈サラエボに再び激しい爆撃が開始され
砲弾の音は一日中止むことはなく……〉

今このドームのランプを床に粉々に砕いても
クーラーのボタンを止め
三十五度の熱帯夜に何年耐えても
紅く熟れた冷えた西瓜を食べることを
永遠に断念しても
サラエボに爆撃はくり返されるだろう
フランスは核実験を止めることはないだろう

一九九五年・八月十一日・深夜
熱帯夜
摂氏二十二度に冷やされた室内の
優美なドームのランプの灯りの下で
紅く熟れた冷えた西瓜を食べる
激しい渇きと絶望を食べる

ヤスラカニハ　ネムラナイデクダサイ
アヤマチハ　ナンドモ　ナンドモ
クリカエシマスカラ

＊パート・ド・ヴェール＝フランス語・練りガラス。

III

シトリ・レ・ミールの少年のように

アルカディア

昔　ギリシャのG国とQ国が　Q国の王妃をめぐって　争った　Q国の王妃アルカディアは、山羊のような肌と　黒すぐりに似たつややかな瞳を持ち　レスボス島のサッフォーの詩を愛し　自らも詩を吟じたという　G国の王ディオニシアスは　どうしても他国の王妃アルカディアを我が物にしたいと思い　突然予告もなく多数の兵をQ国に向けた　一晩のうちにQ国は滅ぼされ　王も幼い王子も惨殺され　アルカディアは生け捕りにされた　G国の王ディオニシアスは　異国の王妃アルカディアの美しい肉体だけではなく　その高貴な魂も

我が物にしたいと願い　アルカディアを征服しようと考えた
半年前から企んでいたことを従臣に命じた　その朝　城館の
最上階の海に突き出たテラスに　広大な白大理石の寝台が運
ばれ　次に百羽の子白鳥の羽を入れた白絹の蒲団が置かれ
その上には五十人の美しい小姓達が編んだレエスに　五十人
の美しい処女《おとめ》達が刺繍した　純白の麻のシーツが敷かれた
アルカディアは　その上に生れたままの姿で横たえられ　デ
ィオニシアスと交った　眼下の海は朝の白い光の中では銀色
に波打ち　午後になると黄金色に変り　日没が近づくと葡萄
酒色に染った　夜が訪れ　一瞬海は漆黒になったと見る間に
炎と燃え上った　王の命令どおり百人の兵士達が　船上で松
明を頭上にかざしたのだ　アルカディアは夫と息子を殺され
たにもかかわらず　ディオニシアスの腕の中で　美と官能の
極限を味わい　麗しい唇からは無数の詩が流れ出た　その瞬

間ディオニシアスは異国の王妃の身も心も遂に征服したことを知った　明け方　再び葡萄酒色に染った海を凝視《みつめ》ながらアルカディアは言った　〈私の夫は国が滅ぼされるのを悟った時　私の躰の内部《なか》に毒を入れたのです　敵国の王ディオニシアスが　我が妻アルカディアと交った時　毒は両者の体内に流入し　二十四時間後に息絶えるようにと　私達は朝が訪れると死ぬのです〉　翌朝　従臣達は大理石の寝台の白鳥の羽蒲団の上に敷かれたレエスと刺繡のほどこされた純白の麻のシーツの上で　冷たくなった我が王ディオニシアスと異国の王妃アルカディアのなきがらをみつけ　〈なんと　婚礼の宴が葬送の儀式になったとは〉と　嘆き哀しんだという——これはギリシャ時代に多々ある無名詩人の　通俗的伝承詩の一つに過ぎないが　瞠目したのは　主人公が女流詩人だということだった　女が詩人であることの　幸と不幸のアンビヴ

アレンツが寓話《アレゴリー》として顕現していることに　私は深く興味
を覚え　翻訳を試みてみた

シトリ・レ・ミールの少年のように

今朝学校へ行くと、デルフィーヌが風邪で休んでいた。僕の胸は喜びで高鳴った。一ケ月前、ブダペストから転校してきた、黒すぐりのような瞳をしたアガタに近づけるチャンスだと思って。デルフィーヌがもちろん僕は今でも嫌いじゃない。太陽のような金髪と、いつかお母さんに連れて行かれた宝石店で見た、アクアマリンによく似た青い瞳は、天使のように美しいもの。でもジプシーの血が混っている、黒い髪と浅黒い肌をしたアガタが教室に現れた時、僕の胸は騒いだ。真赤なスカートを芥子の花のように広げたアガタとヴィスワ川の岸辺に座って、焼栗を食べ、はしばみの藪の中でベゼをした。家に帰ってから、このことがデルフィーヌにバレやしないかと気になってきた。この事を知ったら、彼女は言うだろう。〈ジャン・ピェール　私達大きくなったら結婚するって約束したじゃないの　ひどいわ　ジャン・ピェール　私達はしばみの藪の中でベゼをしたのよ〉　僕はデルフィーヌを失いたくなかった。でもしなやかな豹のようなアガタとも別れたくなかった。〈なんとかうまく二人を騙して二股かけよう〉

僕は決心した。

こんな事を食堂の柱の陰のチェストに肘をついて考えていた時、柱時計がボーンと十一時を打ち、お父さんが帰って来て、一人で夜食の馬鈴薯のスープを啜り始めた。その時、僕はお父さんが仮面をつけていることに気づいた。耳のつけねの皮がスープを啜る度に、ほんの少しよじれるのだ。誰もが気づかないくらい薄い薄い皮なのだけれど、僕はそれをはっきりと見てしまったのだ。僕はその夜眠らずに室の闇の中で目を見開いていた。午前二時、僕は懐中電灯を持ってベッドから立ち上った。闇の中をお父さんの寝室まで、音を立てず歩いた。懐中電灯の輪の中で、お父さんはよく眠っていた。仮面をつけたままで。僕は細心の注意をはらって、お父さんの耳のつけねから、薄い薄い皮をそろそろと引き剝がしていった。顎、頰、鼻、額、全部引き剝がした時、仮面の内側が懐中電灯の輪の中に現れた。怖しかった。しかし僕は凝視《み》ずにはいられなかった。そこに現れていたものは、我執、虚偽、策術、奸知、所有欲……そしてその中で、お母さんではない若い女の人が、顔を両手で覆って泣いていた。家を飛び出すと、僕は闇の中を走った。どこまでも走った。恐怖と絶望でいっぱいになって。お母さんが行ってはいけないと言っていた、森の奥の沼の辺りまで。僕はいま沼の前に立って、死ぬことを考えている。何故ならお父さんの血を受け継いでいる限り、僕もまたあのおぞましい仮面の内部を受け継いでいくに違いないのだから。デルフィーヌとアガタのことで、今日僕が考えていたように。僕はいま真剣に死ぬことを考えている。あのシトリ・レ・ミールという村で自殺したcarotteと呼ばれていた赤毛の少年のように。

アダムの二つの顔

彼はその名をアダムと呼ばれていた　彼は二つの顔を持っていた　いや二つの頭と言った方が正確かもしれない　前方と後方に　表と裏に　そして彼はその頭を器用に一八〇度回転させることができた　もちろん後方に回った顔は髪の毛で隠されている　ほとんどの人々は彼の表の顔しか知らない　深く彼と関係を持った者だけが二つの顔を見ることができた　彼の表の顔は　善良で慈悲深く　親切だ　彼は妻と三人の子供を愛している家庭を大事にする夫だ　しかしもう一つの顔をもったアダムは美しい女に目がない　彼は常に愛人を持っ

ている　彼は好色で金にも肉にも卑しい　彼は玄人の女とは関係を持たない　病気が移るかもしれないし　第一金がかかる　彼の餌食になるのはいつも素人の美しい女だ　どれだけ金を使わずに肉の欲望を満足させられるか　彼はいつもその抜け目のない顔つきで考えている　半年か一年も経つと　女達は彼の吝嗇と好色にあきれ果て　しかしなす術もなく　怒りにどす黒くなって彼から去って行く　何しろ教会の信者達の前ではその顔を一八〇度回転させて　慈悲深く誠実でごりっぱなアダムさんなのだから　アダムは教会学校の校長をしている　彼は毎日曜日彼の生徒達の為に長い祈りをする　アダムの慈愛と誠意に満ちた祈りに婦人達は目をぬぐうのだ

或る時どうしてもアダムの仕打ちが許せないと思った世間知らずの美しい未亡人が　教会にアダムの行状を訴えた　しかし婦人たちは　〈まさか　あのごりっぱなアダムさんが　嘘

ですよ　あの女は未亡人のくせにいつも胸の開いた赤紫のコルサージュを身につけて　ルージュも濃く塗っていたじゃありませんか　きっとアダムさんに言いよって断られた腹いせですよ＞と言って相手にしなかった　闘いは女の敗けだった

アダムはその夜自室の闇の中で声を出さずに笑った　アダムには恐い者などなかった　なにしろ二つの顔を自在に一八〇度回転できるのだから　しかし或る日異変が起った　アダムが朝目覚めて食堂に降りて行くと　彼を見た妻が悲鳴を上げて持っていたコーヒーポットを床に落した　熱く黒い液体が彼の素足を濡らして流れ拡がった　母親の悲鳴に三人の子供達が走って来てアダムを見ると　やはり悲鳴を上げた＜お化けだ　お化けが家の中に居るよお＞　アダムは洗面所に走って行って鏡の中を覗き込んだ　そこにはアダムの二つの顔の半面ずつが並んでいた　すなわち慈悲深い謙遜な＜ア

ダムの表面〉の半分と　吝嗇で好色な〈アダムの裏面〉の半分とが　頭が途中で回転しなくなったのだ　アダムは自らも大声をあげながら外へ走り出た　〈怪物〉を見ると　人々は悲鳴をあげ　子供達は石を投げつけた　翌朝　森の奥の沼の中に　おぞましい二つの顔を突っ込んだアダムの死体が発見された　誰も双頭のアダムの死体を引き取ろうとしなかったので　牧師が引き取り　村の共同墓地に埋葬した　日曜日教会の説教壇で牧師は説教した　〈私達は皆アダムなのです
　キリストは『まず罪なき者　この女に石を投げよ』と言われました　私達は皆『アダムの二つの顔』を内に持っているのです　それに気づかないだけで〉

若くして娘を喪った六人の母のうた

LISBON のタイルのように
すべすべしていて
希臘《ギリシャ》の小さな港街で啜った
貝スープのように粋な娘《こ》だった

AMSTERDAM の運河に落した
ダイヤモンドのように透明で
ぼへみあのクリスタルのように
切れ味のいい娘だった

SOFIA の夜明けに飲んだ
ヨーグルトのように酸っぱくて
波蘭《ポーランド》の六月の田舎道で買った
巴旦杏《プラム》のようにまだ熟していなかった

SOCHI の海辺で食べた
黒キャビアのように濡れた瞳《め》をして
ハンガリアンレースのように
繊細な娘だったのに

DRESDEN のマイヤーさんの
家で出された
夜食の蒸《ふか》したての馬鈴薯《じゃがいも》のように

あたたかい心の
ふぃれんつぇの美術館で観た
ボッティチェルリの女神《ヴィナス》のように
やさしい面立ちをしていた

凍てつく冬の朝シェルブールの下町で飲んだ
熱いミルクのように
なめらかな象牙色だったあの娘の肌は
MONTEROSA 山に降る初雪のように
青白く変って
積雪の下に
消えてしまった

カトヴィッツェ

ワルシャワは黒羅紗のタキシードに
リラの花束を持って私を迎えたのに
あんたは煤だらけの炭坑服で
毛むくじゃらの手を拭きながら
熊のような声でジンドブレと言ったきり
あんなに洗練されたワルシャワに
あんたみたいな田舎者の弟が居たなんて
おまけに私の結婚相手はワルシャワではなく
カトヴィッツェ　あんただった

結婚式の当日　純白の花嫁衣装は煤煙でたちまち灰色に汚れ
ガラスの靴をはかないまえのサンドリアさながら
カトヴィッツェ　あんたがくれたものは
花開くヒステリア
不眠症にアールグレイティ中毒
千の舌打ち　百のじだんだ
気晴しに薄紫のソワレを着て自慢の黒髪を
ひるがえし度々ワルシャワと密会したわ
そうですとも
私はあの頃自他共に認める悪妻だった
あんたはそれでも黙々と朝暗いうちから石炭掘りに出かけ
夜遅く金髪を真黒にして黙って帰って来た
一年が過ぎたとき　この愚かな若妻は
ワルシャワはドンファンで四方八方に女が居て

あんたは誠実で生一本だということにようやく気づき始めていた
カトヴィッツェ　あんたはそんな私の背信をすべて許して
逞しい両腕に私を強く受けとめてくれた
ああそれからどんなに短い蜜月が私達に残されていただろう
あんたの種を宿さないままに容赦無く時の御使いは現れ
いやだいやだと白貂のマントが
汚れるのもかまわずしがみついているのを
無理矢理ひきはがし連れ去って行った

いま新しい波蘭《ポーランド》であんたがどんなめにあっているのか
あの頃と同じように私は無力でなす術もなく
あんたのことを思うと夜も眠れない

考えるびんずい

生《いのち》の色した
紅い躑躅《つつじ》の満開の下で
一羽の孤独なびんずいがたたずんでいる

びんずいは考えている

〈生きるべきなのか　死ぬべきなのか
　それが問題なのだ〉

びんずいは考えている

〈わたしがいま知りたいのは
どこかに　わたしのように考えている
誰かが　今までに存在《い》たのかということだ〉

びんずいは考えている

生《いのち》の色した
紅い躑躅が
炎のように燃えている下で
沈みこんだ姿のまま

やがて一瞬の後に

小さな脳髄が
打ち砕かれることも知らずに

子供のかまえた
ジュラルミンのライフルが
彼の頭を狙っている

＊山口華楊「躑躅にびんずい」を観て。

Ⅳ

野火は神に向って燃える

幼年

オトウサンナンカキリコロセ
オカアサンナンカキリコロセ
ミンナキリコロセ
丸山薫「幼年　病める庭園」

人は幼年期の記憶の中で、ほとんどの人達はその記憶の原型さえも持っていず、もしよしんば持ってはいても、幸福な生涯を送っていれば、決して思い出すこともなく、生を終えているような、そんな記憶というものを持っているのではないだろうか。
ある種の人間達だけが、襲いかかってくる不幸と必死で闘いながら、死ぬ思いを味って、思い出すというような。それは言わば、〈負の記憶〉と名づけたらいいのだろうか。

私は生れてからこのかた、四十年以上もかかって、ようやくその記憶を思い出したのだ。

下の兄が居る。兄は高校生で背がとても高い。私はまだ三歳になっていない。兄は小さな妹をひょいと抱き上げ肩車にする。お座敷の廊下を兄は私を肩車にして歩いていく。応接間に続く板廊下との境に鴨居がある。応接間の板廊下から母が叫ぶ。〈明さん　危い！〉　兄は気づかぬふりをしてそのまま歩いて行く。鴨居の飴色の板と土壁が目の前に迫る。

〈恐い〉　幼児は思う。その瞬間、激しい痛みで頭の中が破裂する。目の前が真暗になり、意識がもどると、幼児は恐れと痛みの為激しく泣き始める。しばらくの空白時、幼児は脳震盪を起していたのだ。〈ごめん　ごめん〉　兄はびっくりしたような無邪気さを装って、私の頭を撫でる。幼児の瞳に、邪気のない、にこにこ笑った優しい兄のまなざしが映る。それはあの頃何度も執拗にくり返された、怖しい、危険な遊戯だった。

＜小さなあなたの額と頭に　こぶがいっぱいできて　アキラさんはわざとあれをやっていると言って　おばさんが泣いたの＞

お座敷の廊下に立っている私に、兄が笑いながら近づいて来る。それだけで幼児は激しい不安に襲われた。二度とあんな怖しい痛い思いは味わいたくないのに、大好きな兄はそれを欲している。幼い子供は三歳になるかならないかで、激しい魂の二律背反を味わっていたのだ。それが私を幼年期からあんなに不安定にしていた要因だったのか。

　オニイサン　アノトキアナタハ　ハラチガイノチイサナイモウトニ　ナニヲシタノ

もう一つの記憶がある。中学生の下の姉が、表玄関に面した畳廊下を、ヨチヨチ歩きの私の両手を握って歩いている。幼児はつぶらな瞳で大きな姉の瞳をみつめる。突然、中学生の少女は赤ん坊の妹の両手を人形のように持ち上げると、頭の上でひっくり返す。そして手を離す。赤子は逆さまに畳廊下に落下する。

＜赤ん坊のあなたの顔が土色に変って　ぐったりして死んだかと思った。私はあなたを抱いて急いでお座敷の洗面所へ走って行って　頭を洗面台の中へ入れ　水道の水を思いきりかけたの　しばらくしてあなたがワッと泣き出したの　麗子姉さんはあなたが可愛くて仕方なくて　おんぶしようとして失敗してしまったのね＞

嘘だ。中学生のあなたが、わざと小さな腹違いの妹を殺そうとしたのだとは思わないけれど、とにかくあなたはあの時、人形をあつかうように乱暴に、ヨチヨチ歩きの赤ん坊の柔らかな腕を両手でひきずり上げ、ふりまわしてひっくり返し、その手を離したのだ。

　破婚をひきがねに　周期的に襲ってくる

　苦しく執拗な　depression

お兄さん、お姉さん、あれはあなた達のせいだったのだ。お姉さん、あなたはあの日のことをすっかり忘れて、今日も胸をはり、ショパンのピアノコンチェルトを弾いている。お兄さん、あなたはあの日々のことを一度も思い出すこともなく、雪の中にピッケルを突き刺し、今日もモンテローサ山に登っているのか。

三十代で死んでいれば、決して思い出すことはなかった、私を更に激しく苦しめるこの〈負の記憶〉

　オニイサンナンカ　キリコロセ

オネエサンナンカ　キリコロセ
ミンナ　キリコロセ

春のたくらみ

四歳の頃だったか、五歳になっていたか、下の兄と一緒に豆まきをした記憶がある。節分の夜だった。長く開けられたことのない、ペパーミントブルーに塗られた大門を兄が力いっぱい左右に開け放した。ギィーと軋んだ音を立てて青い大扉が交互に開かれていったときのあの響き。子供の小さなてのひらにザァーと音立てて流れ込んできた豆の新鮮な感触を私は忘れてはいない。小さな私は兄に教えられたとおり、〈鬼は外　福は内〉と大声で叫びながら、たくさんの豆をまいた。二月三日の夜の闇は冷たかったが、庭の梅林から流れてくる梅の香りが夜風に混じっていて、微かだが春の気配が漂っている、不思議に官能的な夜だった。

その季節、下の姉はいつも早く寝床に就いていた。兄と二人きりの豆まきが終わると、姉の部屋に通じる真暗な〈お次の間〉を通って、姉の寝ている〈お居間〉の襖を開けると、姉は牡丹色の絹の羽ぶとんの中で、純白のシーツに長い黒髪を扇のように広げて眠っていた。小さな私は姉のふとんの中へもぐりこんで身を擦りつけた。牡丹色の羽ぶとんの中はえも言えず柔かく、暖かかった。姉はすぐ目覚めて、〈服のままで入ってきてはいや〉と小さな私の腕を強く抓った。もう私は二人の兄姉と母が違うことを人から知らされ知っていたが、そんなことは小さな子供にはどうでもいいことだった。あの頃、小さな子供は兄や姉からどんなに邪険にされても、二人が好きだった。それは〈愛〉という言葉が最もふさわしい感情だった。私はあの頃、すべてのものを愛さずにはいられない子供だったのだ。そして幸福だった。

この二十年、節分の夜になると、私は居間のガラス戸を開けて、夜の大気を胸いっぱいに吸い込む。すると私の閉ざされた心の扉が開かれ、その中に微かだが梅の香りが漂ってきて、その瞬間だけ不思議な幸福感に襲われるのだ。どんなに不幸な境遇にいても、どんなに悲嘆にくれている時でも、どれほど人を憎んでいる時でさえも……それを私はこの二十年間、秘かに〈春のたくらみ〉と呼んできたのだが、現在《いま》、それはもしかしたら、天上においでになるあの方がなさってきた、つまり、〈神のたくらみ〉だったのではなかったのかと思い始めている。

記憶——ウィストリアの天井の下で

五月の風薫る朝　藤色のウィストリアの花片が散っていた
藤棚の下の記憶　モニカは何歳だったのだろう　モニカはア
ラベスク模様のタイルでできたポーチの床に横たわっていた
　見わたす限り紫の花房　藤色の花の天井　開けはなされた
ステンドグラスの扉　洋館から流れていたワーグナーのパル
ティファル　蜜蜂の羽音　一緒だった兄はあの時もう大学生
になっていたのだろうか　兄は美しい青い瞳《め》をしていた　モ
ニカはあの頃腹違いの兄が好きだった　大きくなったら兄の
お嫁さんになりたいと思っていた　しかしあの儀式は嫌いだ

った　兄はあの時モニカに何をしたのだろう　〈目をつむって　モニカ　目をしっかり閉じて〉　〈お兄さま　何をするの　何をしているの〉　一面藤色の闇だった　〈もう目を開けてもいいよ　さあモニカ　目を開けてごらん〉　美しい青い兄の瞳　藤色のウィストリアの天井　甘い藤の香り　蜂の羽音　開け放されたステンドグラスの扉の中から流れていたワーグナーのパルティファル　忘れていた記憶　少女時代ワーグナーを聴くと　モニカは不安定になった　蜂の羽音も　藤色のウィストリアも　モニカの精神を甘美な恍惚感で満したが　ワーグナーの曲が流れると　モニカは不安定になった　五月の甘い藤の花香る朝　藤色のウィストリアの花房の下で　アラベスク模様のタイルの床にモニカは横たわっていた　ラベンダー色の　ライラック色の　紫陽花色の　甘美で　何故かとても不安定になる　幼年期の記憶

記憶——赤紫のつつじの壁

あの頃　父母の寝室になっていたお座敷の縁側から見える庭には　赤紫のつつじが　壁のように咲いていた　幼い子供の眼には永遠に続くように思われた　赤紫の壁　五月の午後お勢ばあやと縁側に座って　その壁を見ていると　いつも息苦しくなった　お洋館のポーチのウィストリアの紫の天井とは対照的に　それは猛々しく燃えさかる　赤紫の炎の壁だった　時たまその壁の前に　庭師の娘のハルミとサキが立っていることがあった　二人は赤紫の小さな炎をつみとると　花芯を口に持っていき　一心に蜜を吸っていた　〈あの赤紫の

炎の蜜は甘くてとても美味しいのだろう〉　ハルミとサキは
口元を赤紫に染めていた　あの恍惚とした　二人の陶酔の表
情　〈あの二人の真似したらあきまへんで　おじょうちゃん
あんなもん吸ったら　死にますで〉　お勢ばあやは呪文のよ
うにその言葉をくり返した　お座敷の縁側に座って　ガラス
越しに見ていた　赤紫の壁　五月の赤紫の官能　燃えさかる
赤紫の炎の記憶

記憶――紫の提灯

あの庭のつつじの壁の向うには、紫の紫陽花の茂みがあった。六月になると、ぽっ　ぽっ　と、青紫や赤紫の提灯が灯るように紫陽花の花が咲いた。六月の篠つく雨に打たれた青紫と赤紫の花の提灯、赤紫と青紫の無数の花のぼんぼり――時おり、その前に、身体の弱かった一番上の聖華姉様が立っていることがあった。姉様の好きだった紫の着物を身につけて……ほっそりとした両肩を落して、ふしめがちに、少しうなだれて……夢二の絵のように、グスタフ・クリムトの描く絵の中の女のように。聖華姉様も瞳の中の白い部分がやはり青かった。〈M家の遺伝なのよ〉　麗子姉様が囁いた。

聖華姉様のお葬式には紫陽花ではなく、白い百合の花が、教会堂の中一面に飾られていた。篠つく雨の降る紫陽花の季節だったのに。なぜ聖華姉様の好きだった、青紫と赤紫の花の提灯が灯っていないのか、哀しかった。〈この子はちっとも泣かないわ　あんなに聖華姉様には可愛がってもらっていたのに〉　一番下の麗子姉様が中姉様の桂姉様に言っているのを、黙って七歳の子供は聴いていた。

翌年の六月、雨に打たれて紫陽花が咲いた。青紫と赤紫の提灯がぽっ　ぽっ　と灯るように紫陽花が雨に濡れていた。お座敷の廊下に立って、初めて八歳の子供は涙を流した。ひっそりと一人きりで長い間子供は泣いた。

テレーズ・デスケルウ

テレーズ、私があなたに初めて出会ったのは、あれは十四歳の晩秋のことでした。家の書庫の中の膨大な書物の中から、私は「夜の終り」という題の小さな本をみつけたのです。自我に目覚め始めた、十四歳の孤独な少女の胸に、そのことばは痛いほどに染み通ってきました。私はそのセピア色になったパラフィン紙に包まれた薄い本を、本と本の間から苦労して取り出し、年月の埃をはらい、あのぶ厚いすりガラスの嵌めこまれた書庫の扉を開けて、外に持ち出したのです。それを持って晩秋の庭に出ると、中庭の藤棚の下の木洩れ日の中で、私はむさぼるようにその書物に読み耽りました。それはあなたがあの怖しい事件を起した後、アルジュルーズを離れ、パリにアパートを借りてからの、言わばあなたの晩年の物語でした。今でも鮮明にあの書物の内容を私は覚えています。老境に近づいた病気がちのあなたは、早い床に就いている。女中のアンヌが男との逢い引きの為、高いヒールにはき替えたコツコツという足音が、隣室の床に響いているのをあなたは横たわりながら聞いている。＜アンヌ　雨が降っているのに　おまえ　外出するのかい＞　＜はい奥様　でもお具合が悪いのなら　よしますけれど＞　若い女中は未練の残った顔つきで、テレーズの側に来て言う。＜いつもの心臓が少し苦しくなったような気がしたのだけれど　大丈夫だよ　行っておいで＞　女中はあきらかにほっとした様子でいそいそと出て行き、やがて扉の閉まる音がする。＜あんな女　男に捨て

られて　雨の路上で行き倒れになればいい〉　テレーズは心の中で呟く。
それは何という業の深い、自我の濃い女の物語だったでしょう。熱心なクリスチャンだった両親の書庫から、その本が出て来たことが不思議でした。更に驚いたことには、解説を読んだ時、あなたを描いたフランソワ・モーリアックがキリスト教文学者であるということでした。そしてこの「夜の終り」の前篇が、「テレーズ・デスケルウ」という書物であり、そこに若き日のあなたの犯した罪の物語が記されていることを、初めて私は知ったのでした。ああ、それから何度私はその書物の中であなたの姿を捜したことでしょう。広い額の下に輝く、険しく哀しい瞳をした獣のように、あなたは家庭という檻の中で、もがき、動き回っていた。あまりにも単純で俗物すぎる夫に苛立ち、その瞳の中に不安の色が兆すのを見たいが為に、夫に毒を飲ませようとした、あなたの痛ましい姿。テレーズ、テレーズ・デスケルウ、そんなあなたに私はどれほど魅かれていったか。それは私がテレーズなのか、テレーズが私なのか、わからないくらいでした。娘になってから近づいてきた男達が、どんなにあなたの夫、ベルナールに似ていたことか。私はそれらの男達に無意識のうちに、ベルナールをみつけようとしていました。そして気がついた時、その中でも最もベルナールに近い男と、結婚していました。そう、あれはあなたと同じように家と家の結婚でした。そして、あなたと同じように自我の強い娘だった私には、それを拒否する事も可能だったのに、私はあなたと同じように、自ら檻の中へ入ろうとしたのです。結婚式の間中「ふだんは魅力そのもののようだったその若い女が、別人のように、まるで化け物のように見えた」と、モーリアックが記したように、私も結婚式の間中、白く塗られた墓のように立ち尽し、死に至る絶望を味わっていたのです。次期、Premier ministreが確実だと言われていたO氏が媒酌人だということが、誇らしくてたまらないといった顔をした夫になる若い男の横で、その光景が耐えられなく、消えてしまいたいと思っている若妻。結婚式の当日、私はこの結婚が確実に失敗だということを悟ったのです。しかしもう遅すぎました。私はその時、私のこれから閉じ込められる檻の扉が閉じられる音を、絶望の中で聞いていたのです。ベルナール、ベルナール、私達のような複雑な精神の女と共にならなければ、他の女達からは尊敬に満ちた瞳で眺められたかもしれない若い夫。私達はどちらかが加害者になるか、被害者になるか、その二つの一つを選ばなければならない運命だったのです。しかしポーランドに住んでいた二年間、私達はどんなに互いに助け合い、いたわりあってきたか。異国での苛酷な生活がその事を忘れさせるほど厳しかったのです。私達はいじらしい二人の兄妹のように肩を寄せ合い、困難な生活を共に乗り越えてきました。しかし日本に帰ったとたんに、ベルナール、あなたは元のあなたに変っていました。あなたは自分の妻が、激情にかられると〈ああ　あの耐えられない結婚式〉という言葉が、どうしても理解できませんでした。ベルナール、ベルナール、私はテレーズのように器用にあなたの子を妊ることができなかった。私はテレーズのように、あなたに毒を盛ることはしなかったが、気づかずにそれ以上の苦痛を与えていたのです。あなたと別れ、一人になった時、私は自分がテレーズ・デスケルウだということに初めて気づいたのです。この世の幸福と無縁の人間だということを、はっきりと悟ったのです。その時私は真剣に修道院に入ることを考えました。もうそこにしか私の行く所はないと思ったのです。しかし残酷な現実がそこに私を待っていました。心身共に弱い自分には、修道院に入る資格がないという自覚でした。それを自覚させる私の心身の不調の始りでした。修道院に入るしかもう道がないとわかっているのに、それができず、この世俗で生きていかねばならないということ。地獄でした。ああ、いっそのこと、あのアルジュルーズの荒野に迷い込んで、松林の樹海の中に身を沈めることができたら……。しかしキリスト者の私にはそれは許されないことでした。テレーズ、それが神が私に与えた罰だったのです。この十五年間、私は自分の世界ではないこの世俗の中で、生きてきました。苦しみながら。しかし、この苦しみが、神が私に与えたものならば、きっとこの苦しみには意味があるのだと、私は最近思うようになってきました。もしかしたら、それが信仰というものなのかもしれないと……テレーズ、私はこれからもこの世俗で生きていきます。いつかは救われたテレーズ・デスケルウになれることを信じて。

〈カラマーゾフ〉の父

幼い頃
私はあなたに突き飛ばされたことがある
あなたの両手によってではなく
あなたの言葉によって

腹違いの大きな姉達に虐められて
私はあなたの居るお座敷の書斎に走って行き
泣きながら訴えようとした

その時あなたはマホガニーの机の上に
大きな羊皮の聖書を開いて座っていた
そしてこう言ったのだ

〈優子ちゃん　僕はいま神様のことを考えているんです
お願いだから僕の邪魔をしないでくれませんか
泣くのなら外へ行って泣いてください〉　と

私はあの時
あなたに突き飛ばされたのです

あなたは現在《いま》九十五歳になった
私はあなたの歩く足音　あなたの発する声
あなたの物を咀嚼する響き　あなたの独り言《ごと》

あなたの存在そのものが
耐えられないのです
私はそういうあなたを突き飛ばしたい衝動に駆られる
私はその衝動を渾身の力で抑える

あなたはあなたのせいであなたの娘が
苦しんできたことを知らない
決して認めようとしない

〈カラマーゾフ〉の父が
イヴァンやスメルジャコフの苦しみに気づかなかったように
そういうあなたを
私の内部《なか》の無意識の何かが激しく憎悪するのです
イヴァンとスメルジャコフが苦しみのなかで

父親に殺意を抱き
とうとう殺してしまったように

あなたの小さく縮んだ骨ばった身体を
この両手で抱きしめたいのに
私の内部《なか》の何かがそれを拒絶するのです

あの時　あなたが小さな私の身体を
その両手に抱きしめていてくれたら

しかしあなたが死んだ時
私は激しい悲しみに身もだえるでしょう
カヤパの邸《やしき》の中庭で
鶏が鳴く前に三度焚火の炎に照らされてイエスを拒絶した

あのペテロのように
激しく泣くでしょう

天国の庭　I

五歳の時、ヴァイオリンを習いたいとせがんだのに、あなたは私にピアノを習わせようとした。幼い心を傷つけられた子供は、姉達の居るお居間の柱にしがみついて泣き叫び、ピアノのレッスンを拒み続けた。七歳の時、バレリーナのトゥーシューズに憧れていたのに、あなたは私に声楽を習わせようとした。ねえやに手を引かれて、近所の教室にいやいや通った。幼い新芽はことごとく摘み取られた。その度に子供は冷たい母を恨んだ。あなたはいつも吾が子に冷たかった。母と娘の間にできたわだかまりは、あれから四十年経っても埋まることはなかった。

お母さん、あの頃あまりに幼すぎて、私にはわからなかったのです。あなたが小さな自分の娘に、吾が子が願っている小さな栗色のヴァイオリンを、どんなに買ってやりたかったか。立派なピアノはステンドグラスの扉のある応接間に置かれていて、大きな姉達がレッスンしていたから、小さな子供は習うことが可能だったのです。バレリーナの高価な衣裳やトゥーシューズは、小さな子供に贅沢すぎると、兄姉達が非難するのがわかっていたから、費用のかからない声楽をあなたは吾が子に習わせようと思ったのです。婦人牧師を辞め、三十七歳でこの家に嫁いできて四十八年、いつもあなたは五人の継子に遠慮して生きてきました。あなたの夫であり、私の父である人がこの世に居なくなれば、その絆から解放されるのに、あなたはあの人をとても大切にして、長生きさせました。

二年前から関節炎を患っている痛い足を引きずりながら、あなたは八十六歳三ケ月まで、九十六歳十ケ月の夫を一人で世話し、それが原因《もと》で転んで、もう杖がなければ歩けない身体になりました。あなたが産まなかった六十歳を過ぎた異母姉達は、そんなあなたを不注意で怠慢だと非難するのです。お母さん、現在《いま》あなたの娘は、あなたが責められているのを側で見ているだけで、どうすることもできません。実の娘がかばえばかばうほど、あなたへの責めが増幅されていくのを知っているからです。昔あなたが吾が子をかばえず、かたわらでさいなまれる様を、苦しみながら見ているしかなかったように。もうすぐ九十七歳になるあの人が生きている限り、この胸が抉られるような日常は続いていくのでしょう。

お母さん、天国に行ったら、私たち生き直しましょう。実の母と娘、誰に遠慮することもなく、もう一度最初から生き直しましょう。天国の庭で、五歳の私はあなたに買ってもらったつやつや光る栗色のヴァイオリンを両手に抱きしめ、あなたの好きなメンデルスゾーンのヴァイオリンコンチェルトを奏でます。白いチュールのチュチュとオデット姫の衣装を身につけ、絹のトゥーシューズを結んだ七歳の私は、あなたの前でSWAN LAKEを踊ります。天国の庭で私たち母娘《おやこ》がそうすることを、神さまは、きっとお許しくださるはずです。

悲のみどりご

みどりごが母の胎内で受胎した時　母はあんまり悲しみ過ぎたので　みどりごは悲しみを媒体にして育っていった　十月《とつき》十日《とうか》　母は毎日悲しんだので　みどりごは悲のみどりごとして　母の胎内から誕生《うま》れでた　だから　みどりごがこの世に生を受けて　初めて感じたものは　悲しみだった　悲のみどりごは成長し　悲の子供になった　子供は長調の楽しい曲よりも　短調の悲しい曲を好んだ　とりわけパガニーニのチェロ組曲や　セザールフランクのピアノ曲を聴くと　子供は涙を流した　悲の子供は成長し　悲の少女になった　少女は悲

劇が好きだった　花と共に川に沈んだオフェーリアや　荒野をさまよう老いたキングリアの物語は　少女を夢中にさせた
悲の少女は成長し　悲の女になった　女の恋愛はすべて悲恋に終わった　むろん結婚も破婚した　人生も半ばを過ぎて
悲の道を歩みながら女はふと立ち止り　思った

三角錐は球にはなれない
悪魔は天使にはなれない

でも　そうなのだろうか　悪魔の子だって悪魔として誕生《うま》れたかったわけではない　天使になりたいと心から願い続ければ　神様はその切なる願いを聞き入れてくださるのではないだろうか　悲の女だって　悲のみどりごとして誕生れたかったわけではない　その母も悲のみどりごを妊りたかったわけ

ではない　幸福になりたいと　女が心から願って生きて行けば　いつか歓びの女になれるかもしれない　球になりたいと願う三角錐がこの世に居るとすれば　限りなく球に近い三角錐になれるかもしれない　限りなく球に近い形の三角錐人々にはそれがいかに不様《ぶざま》に見えようとも　限りなく球に近づいた三角錐は幸福だろう　そして限りなく歓びの女に近づいた悲の女も……。

野火は神に向って燃える

闇の中を走る
灯りの点いていない登山電車

しかし列車は闇の裾野をどこまでも走り続ける

高原の秋の霖雨《りんう》にうたれている
一本の病んだ白樺

しかし樹木は空に向って立ち続ける

冬の闇の中で自らを火炙《あぶ》りにして
荒野《ランド》に燃え拡がっていく野火

しかし野の火事は永遠に消されることはない

神を探して　私は世界を旅し
異国の教会の重い扉を叩いた
黎明《しののめ》　カスピ海や黒海に面した教会の
潮の匂いのする　陽に晒された
朽ちた木の扉を押したこともあった
真夜中　死海の辺りに佇む教会の
小さな噴水から水の音のしている
見知らぬ花の香りが漂う中庭に

立っていたこともあった
しかし　なぜだろう
どこにも神の気配は感じられなかった
そしてようやく理解したのだ
私の歩んできた四十九年間のこの険しい道が
神に近づくための長い軌跡だったことを
私の進む曲りくねった暗い隘路《あいろ》の向うに
神は忍耐強く私をずっと待ち続けていてくださったのだ

〈もうすぐなのですね〉

神に辿り着いた時
登山列車に灯は点されるだろう
癒された白樺の樹の上に陽は降りそそぐだろう

そして業火のように
私の裡で燃えつづける野火は
神の手によって
ようやく消されるだろう

あとがき

大学時代、ギリシャ悲劇が好きだった。とりわけ苛酷な運命に抗って、果敢に闘ってきた、ソフォクレスの「オイディプス王」に魅かれてきた。彼は自ら望まずに父を殺し、母と交わる。すべてが白日の下に曝け出された時、彼は激しく絶望し、自らの両眼を自ら剣で抉り取る。これ以上苛酷な運命を見ない為に……。そんな彼の頭上で、ギリシャの空はあくまでも青く澄みわたっている——

何故あの頃、あれほどまでにこのギリシャ悲劇に魅かれたのか、最近になって私は理解できるようになった。それは私自身が、誕生する前から苛酷な運命に立ちあわされる星の下に置かれていたことを、無意識に感じていたからなのではなかったのかと。

人は自身の出生を自分で決めることはできない。人は父を選ぶことも、母を選ぶことも、兄や姉を選ぶこともできないのだ。私はクリスチャンホームで誕生《うま》れ、育てられてきた。

成人してから、幾度も苛酷な運命に出会う度に、神というものは本当に存在しているのだろうか、と考えてきた。あの「カラマーゾフ」のイヴァンのように。しかし最後まで絶望せず、かろうじて信仰を捨てず、懸命に生きてきて、四十代の終わりに至ってようやくこの詩集のタイトルポエムが誕生《うま》れたのは、やはり神の恩寵ではなかったかと、いま私は思っている。なによりも心身ともに虚弱だった私が、この年代まで生きることができ、このような境地に立って第三詩集を編むことができたことを、素直に神に感謝したいと思っている。

またこの十七年間、画廊に勤務して、古今東西の本物の美術品を身近に手に触れることのできる生活に恵まれてきたので、時たま自身の詩の中に、それらを小道具として使うことができた。例えば「一九九五年・八月・サラエボ」の〈ドームのランプ〉も、実は私の室の机上にあるものは、数千円で買った別のランプである。本当の私はそんな余裕のある大金があれば、世界の飢えている人の為に少しでも役立てたいと考える現実主義者である。しかしせめて詩の世界でぐらいは、優雅な生活をしても許されるのではないだろうか。最後にこの詩集を、私を詩を創る者としてこの世に誕生させてくれた両親に贈ろうと思います。

一九九九年十月

桃谷容子

『野火は神に向って燃える』賛
——そのパラドキシカルな文体

以倉紘平

桃谷容子の第三詩集『野火は神に向って燃える』は、一九九九年の秋にまとめられ、私はその原稿についての意見を求められた。そのとき私は、まだ書かれていない作品があると感じ、あと一、二年時間をかけることをすすめたのであった。こういう場合、きわめて素直で謙虚な彼女は、私のいう意を理解して即座に同意してくれたのであった。

結果としてI部に収めた作品（II部は当初計画された作品）が生れた。なかでも「暖《ぬる》いパン」「夜の果ての旅」「平城宮跡のトランペット」など、幾度読みかえしても、彼女以外に書けない傑作だと思う。

体内にすでに死を宿していた彼女は、二〇〇二年の二月に、それと気づかずに「夜の果ての旅」を書いていた。

＜夫の運転する銀色のポーランドフィアットは、ジークマリンゲンの二月の極寒の街を走っていた〉で始まるこの作品は、対独協力者で亡命作家・セリーヌの足跡を辿る旅を描く。〈モーブ色の凍てた夕暮れを背景に聳え立つ灰色の城塞。そのストイックで拒絶的な全貌を見ると戦慄が走った〉に至ると、私はこれが晩年の桃谷容子の自己認識であると同時に、体内に育ちつつあった死の影の本能的な認知であったという気がしてならない。

　彼女はこの作品が死ぬ前の二作目になるとは露知らず、二十畳は優にある広い、天井の高い、石油ストーブが一つしかない寒々とした居間で、たった一人、故知らぬ闇の力に促されながら書いたのである。

〈…セリーヌ逃亡の足跡を辿る二人の旅は終わりに近づいていた。ポーランドからはるばるやって来たこの旅の途上で、私は夫に、セリーヌのなかには医師と作家が、イデオロギーと宗教が、妻と愛人が、天使と悪魔が、共に棲み、葛藤していることを伝えたかったのだ。〉

〈夫〉も、世間も、私たちのアリゼの同人でさえ、彼女の魂のこの相剋の深さを真に理解できたひとは皆無であったといってよい。誰にも理解されることのなかった、孤独な相剋多き自分の人生の旅について彼女は書き留《とど》めておきたかったに相違ない。日本人の淡白で楽天的な思考法とはまったく異質なものを彼女はもっていたのである。

　両親が共に敬虔なクリスチャンであったということの影響は決定的であった。それは、高校三年の終わりに、帝塚山学院の庄野英二先生に連れられて、同志社大学の神学部を訪れ、神学徒としての学生生活の内容を聞きに行っていることからもわかる。

自分の内面の悩みを解決する目的だけでは駄目だ、人に奉仕することを考えなくてはと言われて、彼女は断念したそうだが、すでにその頃、彼女には他人のことより自己の内面に関するのっぴきならない問題が自覚されていたと推測できる。

それは彼女の家庭環境から芽ばえたものである。桃谷順天館の経営者の一人としてまた某キリスト教団の会長としての父親と、その人の先妻の子供五人を育てるべく嫁いでこられた、伝道師としての母親と、異母兄姉、お手伝いさんに囲まれて育った彼女の幼年時代はすでに第二詩集『カラマーゾフの樹』あるいは本詩集にも繰り返し描かれている。

そのテーマのひとつは両親への愛憎である。幼い頃、伝道の仕事と先妻の子供たちの養育とで、実母から盲目的な、本能的な愛情を受けたことがないという心理的欠損をかかえた彼女は、母親を慕い、母親を憎む。精神の不調和の原因のひとつはそこにあると思う。しかし憎むと同時に自分はなんと心ないひどい人間だろう、悩める人のために忙しく、帰宅しては育ちざかりの子供たちと、父の世話をする非のうちどころのない母親を責めるなんてと自己を否定するのである。こういう二律背反を彼女はキリスト教の、善と悪、神と悪魔の対立葛藤という思考法の枠のなかで悩み抜く。

淡白で、おだやかで、丹精こめた盆栽の木のような生き方や作品は桃谷君の言葉で言えば〈暖《ぬる》いパン〉ということになる。なぜ〈暖《ぬる》いことだけは許せない〉か。それは偽善者と写るのである。神との対話をしない、どこか都合よく自分をごまかして涼しい顔をしていると彼女は考えるのである。呪詛の言葉を投げつけて苦しむ。その懊悩に神を感じる。彼女はそういうキリスト者なのだ。このパラドキシカルな思考の原型をおさえないと、彼女の過剰な言葉の出所がよく理解できないだろう。〈暖《ぬる》い〉ものではなくて、激しいもの、パラドキシカルなものを求めることが、彼女の生の証であったといってよい。

彼女の絶筆は、「平城宮跡のトランペット」である。二〇〇二年、五月十二日のアリゼ合評会に姿を見せ、その月末には、腹膜ガンの末期で、余命一週間という残酷な医師の宣告を、義姉と私が聞くことになったのだから、全作品中、私はこの作品がもっとも忘れ難い。

三十五年前、広々とした平城宮跡で、トランペットを吹く青年がいた。〈高らかに青空に舞い上る雲雀のようにトランペットを吹くあなたの横顔を、私はトニオ・クレーゲルがハンス・ハンゼンを見るように憧れと嫉妬の交錯した感情で見ていたのだ〉とある。

二人は好意を抱きあっていたが、青年は神学校に、彼女は〈文学という底なしの淵に足を滑らせ、自分の中のデモーニッシュな部分に真向から対峙し、バランスを崩しかけて〉いる。やがて先方からプロポーズされるが、それを娘に相談せずに断った母親の報告の言葉に続けて、彼女は次のように書く。

〈私はやはり黙って鯵のマリネを銀のナイフで切っていたが、口には入れなかった。娘に聞かずに断った母を憎んではいなかった。牧師夫人の日常生活は、婦人牧師をしていた母が一番よく知っているのはわかっていた。私はあなたに魅かれていたが、互いに魅かれあっていても共になれない人生がこの世にはあるのだということを、深い諦めの思いで味っていた。〉

〈この三十五年間、人間という大海原の中で、何度も座礁し、溺れかけながら、闘い続けてきた三十五年間、信仰だけは捨てなかった。そして理解したのだ。あなたのように青空高く飛び立つ雲雀のように高らかに天に上昇する信仰と、私のように地に這う蛇のように苦しみ模索しながらの信仰があることを……。〉

私は広い平城宮跡の青空に流れるトランペットの音色に耳を澄ます。その朗らかですこやかな音色と同じ色の人生に対する憧憬を抱きながら、それを〈深い諦めの思い〉で断念した彼女に、私は深い悲しみを禁じえない。

つい最近まで、私の思いはそこまでであった。私は彼女の死後も、その悲しみに桃谷容子を感じていたと言ってよい。しかし、近頃の私は、彼女が抱いた〈深い諦めの思い〉のかたわらに、彼女は神の眼差し、神の気配を感じていたのではないかと思うようになっている。

彼女は生前〈神さまは私をお好きではないのだ〉と言っていたが、言い方を変えると、どうして神はかくも厳しい試練を私にお与えになるのだろう。神は深く私を愛しているのだという意味であって、そのパラドキシカルな表現こそ、彼女の信仰告白であり、彼女の文学ではなかったかと思うようになっている。

私の歩んできた四十九年間のこの険しい道が
神に近づくための長い軌跡だったことを
私の進む曲りくねった暗い隘路《あいろ》の向うに
神は忍耐強く私をずっと待ち続けていてくださったのだ

〈もうすぐなのですね〉

神に辿り着いた時
登山列車に灯は点されるだろう
癒された白樺の樹の上に陽は降りそそぐだろう
そして業火のように
私の裡で燃えつづける野火は
神の手によって
ようやく消されるだろう

神の恩寵が、彼女の心に届いたのかどうか凡庸な人間である私には容易にわからない。

二〇〇二年九月十九日午後九時五十五分、桃谷容子は天理病院六階、産婦人科病棟個室で亡くなった。神の最大の試練をくぐった彼女の信仰にゆらぎはなく、その四ケ月に及ぶ闘病生活は、飲食の楽しみすら奪われていたが、音楽と読書を好み、ほとんど泣きごとをもらさなかった。看病にあたったものに幾度も感謝の言葉を残し、この世の美しさを〈官能的〉という言葉で書き記した。あの四ケ月、苦しみのかたわらに神を感じている者でなければ、あのような立派な闘病生活ができなかったのではないかと私は思う。

絶筆の二つ前の作品は、「天国の庭　II」である。〈ママン、昨夜ママンの夢を見ました〉で始まるこの作品には次のような暗示的な一節がある。

〈ママンは神様に試されていたのですね。ママンが特別な人だっただけに、神様は烈しくママンを試されたのですね。ママンの半生はキリストに倣って生きることだったのですね。私にはママンのような生き方はできません。そのような能力が私には無いからです。でもこのように非凡な能力を持った、愛に満ちあふれた女性を、母として与えられたということは、神様からの大きな大きな贈り物だったのだと、今朝はっきりと悟ったのです〉

彼女の体内に育ち始めた死の影が、母に倣って神の試練を受けることを促していたとすれば、彼女はあのつらい闘病中、母を感じ、神を感じていたと私はやはり結論づけたいと思う。

　桃谷容子のような逆説にみちた、ダイナミックな思考と文体を持った詩人を私は他に知らないのである。第三詩集を手にとることができず旅立ってしまったことには大きな後悔がある。しかしI部の作品がつけ加わったことで、〈美しい小鳥が鳴き〉〈一面に青い美しい花が咲いてい〉るという天国の庭で、愛する母親と二人、好きな紅茶を飲みながらもうすっかり元気になった彼女はこのなりゆきを了承してくれると思う。

『小説・エッセイ篇』

1967年のDEMON
——或る少女の日記より

霊はイエスに願って言った、

「わたしどもを、豚にはいらせてください。

その中へ送ってください」。

イエスがお許しになったので、けがれた霊どもは出て行って、豚の中へはいり込んだ。すると、その群れは二千匹ばかりであったが、がけから海へなだれを打って駆け下り、海の中でおぼれ死んでしまった。

マルコ伝第五章十二〜十三

一九六七年六月二日

今月、クラブルームから靴箱へ向う途中、ガラス戸の前で黒い犬が横になっていた。狐のような険のある目と細長い鼻を持った犬で、産後で弱っていた。萎《しお》れた乳房が薄汚れた色をして干果実のようにカラカラに乾いてぶら下がっていた。それはつい二週間前には、その三倍ほどにふくれ上がり、薄紅い毒々しい色をみせて蠢《うごめ》いていたのだ。確かにそれは、やせ衰えた牝犬の唯一の〝生〟のように見えた。

彼女が歩くと、その醜悪な紅い怪物は、今にもポチャリと音立てて潰れ落ちそうに、タプタプ左右に揺れるのだった。

腐敗した果肉の臭いが漂ってくるような錯覚に襲われ、思わず私は息を止めた。それから急に不快の念が波のように襲ってきた。なぜだかあの犬の姿に自分を見たような気がしたのだ。

近頃歩くのが物憂い。ふくらはぎが異様に腫れて、五六歩歩くともう軽い息切れが襲う。このふくらはぎは、今前を歩いている産婦のふくらはぎと、少しも変るところはない。しかも私の胸は、肋骨がそれとわかる醜い線を浮上がらせているのだ。多分私を初めて後から見る者は、私を妊産婦か、産後の女と思うだろう。前からの私のイメージ、少女っぽい童顔ののっている繊細な首、華奢な肩、細長い腕、そこだけがほんの少し丸味を帯びている長い腰、そして細くも太くもない脚。実に前から見ると私の脚は正常な、健康な少女の脚をしている。この前からのイメージが私を美しい少女と、少年っぽい娘と、彼等に呼ばす原因となり、私の自然な前の演技が、彼等の目に、無邪気で素早い、しかも優雅な娘として映るのだ。

だが私の演技も後ろにはまわれない。頭を隠して尾を晒している獣のように。私の病的な後ろ姿は、いつも少女の傷一つない笑顔の背後にへばりついている。唯、誰もそれをみつけないのだ。

長い階段を喘ぎ喘ぎ登り、ようやく玄関のベルを押した時、ドッと抑えていた疲労が背後から襲いかかり、思わず鉄のノブにしがみついた。男のような女中の太い声がしてカチリと内から錠を開く音が響く。この声と音を聞くといつも私は物憂い後悔の念に襲われるのだ。一瞬前には家の中に帰り着くことが唯一のいのちであったのも忘れて……。

ドサリと大きなビニール袋を床に倒すと、——上半身がスッポリと入り込むような大きなこの手下げは、腹の立つくらい雑多なものが入っている。無精な女主人の忠実な従者のように。いつも彼は肥満した図体をヨタヨタ不均衡、前後にのめらせ、そらせながら、つき従ってきた。私とこの手下げとは憎み合っているのだ。カコの多くの主人と従僕のように。時々私は道の真中で、肩まで痺れさすこの重い怪物を投げ出してやりたい欲望に駆られる。ヒステリィのようにその発作は突発的で、執念深く、その発作に襲われるといつも私は声を上げて泣きたくなるのだ。短気な私の唯一の忍耐といえば、この増悪すべき従者を、鋭利な剣で切捨てないことだけだったろう。想像力過剰なこの女主人は、従者を投げ切った時の人々の驚き呆れた様子と、その後にくる七面倒臭い後片づけのことを考えると、身の毛がよだち、まめのできた指をいっそう強く、従者の無骨な指に握りあわせるのだった。——下から見上げている女中の目を意識して、腰をのばして階段を端正に登る。汚れた下着や紙くずやブラシ、髪の毛の塊、ロケット——おびただしい残骸の穴のような狭い室の中は、初夏というよりは残暑の、吐き気のするような色と雰囲気に満ちている。本やペンシルやハンガーの散らばったベッドの上に、じかにドサリと身重のような身体を横たえる。急に吐き気が胃のあたりから突き上がり、喉のところで不快なしこりを目覚めさせて止る。手を胃のあたりにのせてみると、たっぷり腫れて熱がある。

次に毒気にあてられた手を喉にあてて顔をのけぞらす。と、指に大きな突起があたる。医学に無智な、二十歳の娘にありがちな不安が、生暖かい室の中を冷気のようにヒヤリと吹きすぎる。

——少女のままで死ぬのはいやだ。——

こんな時、声にならない叫びが私の胸で赤い旗をひき上げる。死の不安に襲われる時、いつも感じる肉の叫びが、今も強く私の胸を打つ。Ｙのことを思う。Ｙの肌が欲しい。Ｙ

の熱と息が欲しい。死の怖れが、他人の肉を求めるのかもしれないとふと思う。他人の魂ではなく、肉なのが私をたまらなく不安にする。

口を半ば開いて、Ｙのことを夢想しよう。口を開くと、私の顔の緊張という緊張が解けて、鼻腔は広がり、目は輝きを失い、頬の筋肉は下がり、人間の顔ではない、物体があらわれる。鏡を見なくとも、私には自分の物体化した顔がわかるのだ。自分の後ろ姿を鏡に映さずとも知っているように。

夜眠っている時、多分人は皆物体に化しているのにちがいない。そして夢想している時、一人で居る時。――夜・眠り・夢想・一人――私の胸を不意に恐ろしいものが襲う。――もしかしたら、これは人間自身なのかも知れない。――そんな不思議な覚醒のようなものが、時々私の心を混乱させる。しかし、次の瞬間にはそれは冬の日に背中の中に入れられた、氷の断片のように、強烈なショックと共に、ゆっくりと、だが安全に消えて行く。

私にとってのＹ、それはちょうど子供の時、バラバラになったダンボの身体を完全にしていく作業のように、種々の断片があらわれ、やがて徐々に輪郭が構成されて行く。笑った時のやさしい流し目、それは私の目の中で、まるで蕩《とろ》けてしまいそうだ。妙に扇情的な白い小さな歯並び、青いりんごをかじる時のように、私の唇に触れる怖ず怖ずと固い歯は、胸に響く甘い声。たくましい、金色の生毛の生えた褐色の腕――時々Ｙは無意識に両手を強く握り合せる。すると両腕の筋肉がゆっくりと厚い皮の下で蠢き、誘惑的に息づいているのが目を閉じていても感じられるのだ。これらの魅力的な断片が集合し、完全に子供の手で構成された時、なぜかゲームに熱中していた子供は不快になり、不満気に鼻を鳴らすと、狂暴な顔つきで今完成したばかりのダンボの肖像を、再びバラバラにする。なぜだかわからないけれど、子供にはそれは自分の求めていた完全物ではないような気がするのだ。これが完全なのだとすれば、完全は面白くない！　と子供は思うのだ。私にとって、Yは幼年時代のダンボのようなものだった。私はYの全体が不満だった。完成されたダンボのように間がぬけて見えた。

故意に私はYを遠方から見ず、息吹が頬に感じられるくらい近くで見た。自然に私達は二人でいる時、抱擁と愛撫と囁きとで時を過した。私はYを愛していただろうか。子供がダンボの絵合せを愛するように愛していたと私は答えよう。しかし子供が果して何かを愛せるものなのだろうか。私は時たまYを求める、激しく求める。それだけだ。

しかし私とYの間には、厳密な意味での肉体関係はない。私の肉体がYの肉体を求めるのではなく、私の魂がYの肉体を。Yの暖かい広い肩に頭をもたせかけ、太い裸の腕を目が触れるばかりに間近にみつめ、例の鉄錆びた甘い声が私の鼓膜をやさしく刺激し、Yの蕩けるようなまなざしが私の上に注がれているのを意識する。それがすべてだった。

子供が大人に対して取る、暗黙の許しを内在している無意識の利己的欲求を、私はYに要求し、Yは雄々しくも傷ついた兵士のようにしっかりと、それを両腕で受とめていた。神経の塊の子供に接するようにYは私を眺め、繊細なガラスの人形を抱くように私をあつかった。私は愛されている子供に特有な傲慢さと、病的な潔癖と、恐ろしい気まぐれとでYに接した。私はYの声を求め、言葉を拒んだ。Yの腕を欲し、愛撫を打った。時たま、子供のいたずらっ気のように、私はYの頬を押しつけたが、Yが激しい息づかいでその燃える唇を狂人のように押しつけてきた時、私の頬は青ざめ、薄笑いの影さえゆらめかしてYの頬から離れていた。

Yに接する時だけでなく、誰に接する時も私はこのままだった。それが私を知らない成人には異様に見え、激しい憧憬と、魅惑に満ちた反感を覚えさせるのを私は知っている。私はおびただしい彼等の陰口を、あらわな敵意を知りながら、それらが隠している本性を朧げながら感じとっている。

そして彼らは皆、認識を味わえぬ人の哀しさを身体中に発疹させながら、不思議な心の胎動に訝り、やがて何も知らないまま他人の言葉に先導されていく。無意識の他者暗示。

彼らほど見ていて腹立たしい、又愛すべき人種を神はよくお造りたもうたことだと思う。その気になれば、彼らを手中におさめるくらいたやすいことがこの世にあるだろうか。Y

がそのいい例だ。
刺のある薔薇、これが友人達の中での私の隠されたニックネームであることを私は知っている。とげのあるばら――何と滑稽な名をつけたものだろう。刺の無い薔薇はどこの世にも存在しない。刺がとれた時、薔薇は死ぬのだ。

一九六七年十一月二十日
今夜、私は突然自分が小説を書けないという事実を知って愕然とした。夜が、急に私のまわりで情夫の弱点をみつけた女のように、不敵な笑いを浮べてジリジリと迫ってきた。(何ということだろう。私をこの世界につなぎとめていた、書くという糸が、いつか、どこかで、プツリと切れていたのだ。)
動物油の住処のような、フライパンでいためられた肉入りの焼飯を食べた私の胃は今も異物を外に押し出そうと自暴自棄になっている。精神と肉体と内臓、あらゆるものの不毛、とりわけ私の命であった言葉の失踪は私をこの瞬間白痴に化していた。私は突然、ヒステリィ、というよりは狂気に襲われて短く刈った髪をゆっくりと上下にかきむしった。それからマニキュアの剝げた両手を両耳に持ってゆき、声のない悲鳴を上げた。そしてその姿勢のままムンクの〝叫び〟の絵を思い出していた。「グァーム」。喉の中から発する奇音に怯えながら私は喉が圧迫されて苦しいと思い、やはりガンかも知れないという不安に黒ずんだ。Ｙとの関係を絶とうと思い、たやすくその企てが実行されそうに思う。この夜、Ｙは私の黄金の指を変色させた、赤土色の肉柱を持つ卑猥な性鬼になり、あらゆる欠点という欠点がモザイクのようにひしめきあって、私の目の顕微鏡の中にあらわれた。

私の単刀直入な別れの言葉を聞いた時、Ｙは葉々のように青ざめるだろう。多分フラノの布の中で萎縮している、捨てられた肉片も同じように青ざめているだろうことを、好色な私は想像せずにはいられない。そしてＹの友人一同はそろって口を横に歪め、私の酷薄と好色とをなじるだろう。あの連中達ときたら、女のようにスキャンダルを捜すのが好きで、自分は一番正しいと信じ切っているあさましい馬鹿共のあつまりなのだから。デリカシィを解せず、あまりに鈍感で、ドカドカと人の心の中に土足で上がり込んでくる、近よると鼻をつまみたくなるような——事実私は彼らと共にいる時、息をあまり吸わないようにしているので、小犬のように喘ぎ、彼等に男を知らなさすぎる世間知らずの小娘と誤解されている。このように彼等を私に繋いでいる橋は、誤解という名の極めて危険な偽の糸でできた釣橋で、Ｙはその真中に乗っている哀れな人質だったわけだ。——世俗という名の悪臭が身体中から発散してきて始めの三四回など、私はその俗気にあてられて、失神するのではないかと本気で心配したものだった。

このような、私とはまるきり異質の世界に自ら入って行くほど私の胸がYで埋まっていたかといえばそれは嘘で、最初から最後まで私の胸はYで埋められることはなかった。Yは私にとってある時期必要な止り木、あるいは巣だった。(今夜こそ、私はこの生暖かい、鳥の糞の匂いのする寝床から出ていかねばならない。)

私はつい今まで他人を愛するということはその男(あるいは女)を自分の空間に埋めつくし、異物の詰められた瓶、あるいは箱になることだと思っていた。ジャムの入っていた空瓶がきれいに洗われ、その中へゼリービンズが満される。それは始めジャムいれの中のゼリービンズと呼ばれるが、そのうち唯のゼリービンズになり、遂には再び空っぽになった空瓶は、「ゼリービンズの瓶にまたゼリーを入れなきゃあ。」という具合になっていくのにちがいない。このように自分の中へ他人を挿入することは、結局自分を抹殺することであり、えせクリスチャンである私はそんなお人好しにはなれないだろうし、ましてや博愛主義者などには逆立ちしたってなれっこないだろう。反対に愛されるということ、他人の中へ自分を押込むということは何という魅力だろう。一見自分を喪失したように見えるが、その実相手の中でドロドロと相手を蕩かし、吸収していくことになるのだから……。

もちろん私にも健気に他人を愛そうと決意したことがあったことはあった。それは他の多くの女達のような、セイリテキヨッキュウ、によるシゼンハッセイテキアイではなくて、あくまでも観念上のプラトニックラブなるしろものであったので、それらの女達のようにアイスルことで苦しんだのではなく、アイソウトスルことで言葉にあらわせないほど幾度も死を経験した。

その頃私は十八歳で、肩まである柔らかな髪と白鳥の首を持った、〝美少女〟の系列に入る小娘で、愛をこの世で唯一の実在であり、万物のエッセンスであると信じていた。そしてこの考えだけは今でも変っていない。

とにかく私は一人の美しいが平凡なナルシスを愛そうと思い、一年の間愛そうとすることで苦しみに苦しみぬき、ようやく愛することができたのだった。その一年の間、私は自分を考えられる限りにおいて惨めな立場に立たし、自己から選《よ》るあらゆる欲求を自虐のムチで打ちながら、自己試問をくり返していた。私はあのナルシスの為に命も捨てられるか、私はあの少年が他の女に孕ませた子供を抱しめることができるか、ありとある少年の悪口雑言を私は受とめ、少年の為に神に祈るか、エトセトラ、エトセトラ。

カコの諸々のユグノーやカルヴィン教授達の狂人じみた生活。これは私のカコ一年間の単純持続にすぎない。恐らくはその素朴という名の一生を機械的かつ熱情的におくったのだろう。とにかく私は他人を愛したのだった。そしてその代償として愛した瞬間その持続を放棄したのだ。再びジャムの瓶づめに返った私は今度は誰かの瓶の中に自分を乱暴にも瓶ごと挿入してやろうという欲望でいっぱいになった。そしてその時不幸にもYが目の前に立っていたのだ。だから私とYの関係は、私が計画的に造り上げた筋書をYが思っていた以上に作者の思い通りにアクトしてくれたことによって成立し、進行し、やがて幕を閉じようとしているのだ。

Yに私が会ったのは三月も終りに近い生暖かい春の午後だった。どの戯曲にもピエロがつきもののように、この痴劇にもピエロが存在している。（この劇の最初の登場人物、なくてはならない一人の男、それがMだ。）

YとMの関係は友人同士であり、スキー場へ行く夜行列車の中でMを見た時、私は直感で自分の空のベッドにゴロリと横になっている、Yのほろ苦いチョコレートとロングピースのミックスされた、セックスの匂いをかぎとったのだった。この瞬間から作家の目が光り始め、創作は開始されるのだ。

筋書通りに事は運んだ。Mは四人居た友人達には見向きもせず、私のみに興味を示し、私も親友達が不愉快に眉根を寄せ、狸寝入りをするのも無視して情熱あり気に退屈な話を続けた。実に、実にMという男は退屈な男で――Yの匂いがしなかったら私は薄目も開かず本当に眠ってしまったにちがいない――ヒョウヒョウとした声としゃくれた顎と女のようなちょぼ口を持っていて、興がのると口に手をあててヒョヒョヒョヒョと笑うところなど私にはとてもがまんならなくて、とうとう横で口を出す機会を狙ってウズウズしていたHに代ってやった。（Hに言わせるとMは〝男まえ〟なのだそうだが、私にはこの〝男まえ〟という言葉が〝海水浴〟という風な言葉と同じぐらいに、生理的に吐き気がするほど嫌いなのだ。）

とにかく、私は私の可愛い犠牲者のため、三月の終りにMと再会する約束をしたのだった。私がｙｅｓというや否や、薄目を開いて眠っていた彼女達の目が鈍い光を放ち、最初にMが入ってきた時の愛想笑いとはうって変った不機嫌な無視の態度でMの別れの挨拶に対した。彼女達の不機嫌はたっぷり二時間は続いて、やがてブスブスといやな臭気を放って消えて行ったが、この赤黒い炎があらゆる機会に再燃することは確かな事実だった。私はシガレットとチョコレートの匂いのする顔も見たこともないセックスの為に、親友達の友情を幾分失ったのだった。

そのようなわけで、Yは何も知らずMと同伴で私と偶然会ったのだった。生暖かい、何かの香りのするその午後Yは鉄紺のスウェーターに灰色のズボンをはき、両手をポケットに入れていた。私の目はすぐさま獲物を見る目になってYを観察し始めた。

脚はほどよくひき締って長さも適当だった。腰も比較的形良く、魅力的な顔面と過剰でない程度の甘さが漂っているのが私の気に入った。目が時たま蕩けるように甘くなり、それは多情でもあり多悔《ママ》でもあるといった風な、つまり素敵にエロティックなまなざしをすることがあるのだったが、それは口元にも同じことがいえた。とにかく性的魅力の塊のような男だったといえばわかってもらえるだろうか。（この場合男性ホルモン過剰といった風な言葉とはニュアンスが相反することは勿論だった。）

これでピエロの役は終ったわけで退場すべきところなのだったが、Mはしつっこく三四度主演者に従いてきて私を狂奮《ママ》させ、やがてピョッコリピョッコリと、滑稽な、しかし物哀しげな足音を残して消えて行った。（後には涙の道が残っているばかり…）――さてここで劇は本筋に入ることになるのだが、獲物は作者の意に反してなかなか用心深かった。私はYの匂いを胸いっぱい吸い込むためには手段を選ばなかった。全身を投球したといっても過言ではなかっただろう。私にとって肉体が何の意味もない以上、精神に伴うべき苦痛も、激情も、悲哀も、意味をなさなかった。ましてや愛においてをや。

私はここで白状しなければならない。劇中人物は作者の意に反して自由に動き始めたのだ。私は今、劇の中の〝わたし〟が赤裸々に告白する叫びを聞かねばならない。

――私の精神は〝少年〟に全身を投球し、傷つき、痛みを味わい、死を経験した。それは私の創り上げたものである故、私はここに一つの哲学を持った。すなわち

愛は奪うものではなく
捨てるものでもなく
創るものだ
人間の
意志と力で
（という哲学を。）

これは私にとって悲哀の哲学だということを私自身知っている。愛を創るということは、すなわち愛のために殉じるということに外ならないのだから。私の心は愛に殉じた。だから私の精神は死んで、肉体だけがYの暖かい胸に抱かれ青ざめた唇が吸われ灰色の乳房が弄られる。そして私の独立した肉体は生きて、官能に息づいた。

私が今ここで自分にいいたいのは、私の精神はすでに死んでいるということ、今ここに手記を記している私は、肉体だけの塊に過ぎないということだ。

私の肉体はYを求め、Yの精神と肉体は私を求めた。Yにとっては、それはアイであり、私にとっては……それは何物でもなかった。

ゼリービンズを失ったジャムの瓶の透明さは、空虚そのものだ。その中へは、もはや何物も、ジャムさえも永久に入れない。

やがてYは筋書通りに私に恋し、それはまるでヴェルテルに似た純粋さと真摯さで私に迫って来た。生れて初めて、私はやさしさというものを知り、世の人達のいうアイというものを見た。私の殉じたアイとは遠い、甘美で快く、しかし夏の夜に咲いた花火のように果て無いY達の世界のアイを。

アイスルものの常としてYは大っぴらに笑い、そして苦しんだ。

Yよ、私は嫌悪しながらも愛そうとした。あなたの世界に繋がるもろもろのものを。あなたの興がのるとあらわれる成金めいた声音や、俗っぽい観念を。自分では気づかぬ、私の胸をえぐる無感覚や虚偽を。

あなたのやさしさや、甘さや、匂いは、そんな私を十分労ってくれた。あなたの暖かい体温や熱い息や強靭な脚、とりわけ薔薇色の肉の剣は私にとって必要なものだった。

私はつかの間、目を閉じてこれらのものに身を殉じた。目を開いた時、私は愛されることとは相手の中へ自分を挿入することではなく、愛されることは限りない空虚だということを知った。〝少年〟を流し捨てた私の盃は相変らず空で、満たされることはないということを。

しかしYよ、これだけは知っていて欲しい。私の肉体はあなたを愛したのだということを。そしてこの愛は、あなた達のいうアイだということを——

私の女主人公の独白はまだまだ続きそうだ。彼女を黙らせるためには方法は一つしかない。私はもうペンを置こう。しばらく眠らなければならない。

一九六七年十二月二十日

腹部から大腿部にかけて陰性な痛みが続いている。ぶよぶよと脹らんだ腹とたっぷり腫上がった下腹部、スカートの上から右股を押えると、燃えるようだ。何かひどい病気に罹っていることは明らかな事実だった。

身体の中からは絶えず不快な分泌があり、下着は三十分ごとに汚れた。腐った果実のような臭気と絶えず濡れている身体のため、常にイライラし、気が狂いそうだ。しかし医者へ行くことは今の私にとって、二カ月の徒歩旅行へでも出かけるように億劫だった。その上「手遅れ」という観念が私の脳裡にぴったりと吸いついて離れようとしない。

私が死のことを口に出すと、いつも彼等は不機嫌になり無口になった。私は彼等を苛めることに快感を覚え、また静寂が欲しいために、たびたびその言葉を口に出した。しかし私が一人になった時、この言葉は御法度だった。死は私にとって何よりもまず運命であり、或る絶対的なものだったが、それらの意味の重さと同様に、死は私にとって恐怖そのものでもあったのだ。

姨捨山の夜に近づきつつある死を耳澄まして待っている老婆のように、今私は近づきつつある死を待っている。私にとって死への怖れは生への執着ではなかった。私はキリスト者として自然死を選び、この運命の死は私にとって必然だった。そして私は少しずつその手助けを始めだしている。

一九六七年十二月二十五日

——それから、イエスが舟からあがられるとすぐに、けがれた霊につかれた人が墓場から出てきて、イエスに出会った。この人は墓場をすみかとしており、もはやだれも、鎖でさえも彼をつなぎとめて置けなかった。彼はたびたび足かせや鎖でつながれたが、鎖を引きちぎり、足かせを砕くので、誰も彼を押えつけることができなかったからである。そして、夜昼たえまなく墓場や山で叫びつづけて、石で自分のからだを傷つけていた。ところが、この人がイエスを遠くから見て、走り寄って拝し、大声で叫んで言った、「いと高き神の子イエスよ、あなたはわたしとなんの係わりがあるのです。神に誓ってお願いします。どうぞ私を苦しめないでください」。それは、イエスが、「けがれた霊よ、この人から出て行け」と言われたからである。また彼に、「なんという名前か」と尋ねられると、「レギオンと言います。大ぜいなのですから」と答えた。そして、自分たちをこの土地から追い出さないようにと、しきりに願いつづけた。さて、そこの山の中腹に、豚の大群が飼ってあった。霊はイエスに願って言った、「わたしどもを、豚にはいらせてください。その中へ送ってください」。イエスがお許しになったので、けがれた霊どもは出て行って、豚の中へはいり込んだ。すると、その群れは二千匹ばかりであったが、がけから海へなだれを打って駆け下り、海の中でおぼれ死んでしまった。

ふと開いた聖書の言葉が私の目を捕えて放さない。再び襲ってきた不安と絶望感の徴候は私を投げやりな女にする。あの七つの悪霊を背負ったマグダラのマリヤの苦悩と悲しいほどの弱さは私自身のものだ。そして私にはまだイエスは遠い。私にはようやくのみこめてきた。色情狂は不感症特有のものだということを。私がYのもとへ三日とあけず通うのは、習慣になった手淫や、しつこくYにせがむ花の棲家への接吻は、情熱ではなく自虐、あるいはひからびた肉慾、あるいは、あるいは、虚無……なのを私はよくよく知っている。魂を失った肉体は、永遠に不感なのだ。

ノイローゼ患者特有の抑えがたい憂鬱な睡魔は、真昼まで私を呪縛し、黄昏時の日の光と邪気のある静寂は、私を冷たいベッドの中へと再び勧誘する。後悔と自己嫌悪と鬱憂の耐え難い目覚め。暗い室内の生暖かいベッドの中から起き上がる為の、何の目的も意味も義務もない私の夕べの目覚め。暗黒と、静寂と、胃のあたりの、喉にまでいたる圧迫感は、私に地獄を連想させた。私はまたひとしきり涙を流さず泣いた。
悪霊のたまり場のような臭気と大気に満ちている狭い室に、点け放しにしておいた電熱器の赤い火が、デイモンの耳まで裂けた口のように、悪そのものの赤い塊のように、ユラユラゆれていた。(やがて私はソロソロと物憂い動作で起き上がり、へんに腰をかがめながら窓を開いた。急に、星々と冷気が、邪悪な室の中へ侵入し、妄想に陥りかけている私の目に闇色をしたおびただしいデイモン達が、空の中から次々と逃れ出すのが映り、その小さな魔物達は月の影のようなほの白い空の中を、クルクル転がりながら、月へ向って上昇していった。そしてそれはクルクルと転がり続け、やがて白い月の中へ、すい込まれるように消えて行った。後は闇見わたすばかり闇・闇・闇まっくらな闇があるばかりだ。
死がそこまで訪れていることを私はもう知っている。唯もう一秒も私はそれを待ってはいられない。私の中で暴れ疲れたデイモン達を暗殺するために、私は白い錠剤の助けを借りねばならない。

(「京都大学新聞」一四四九号・一九六九年十二月八日)

——「京都大学新聞」第10回懸賞小説選外佳作作品

「いつの日か、素晴らしい小説を書きたい」ただ漠然とそんな幼い憧れを胸に抱《いだ》いていた。小さな棘のたくさんついた紅い薔薇――それが中学、高校時代の私の姿でした。そしてある日、私は、灰色に色あせて、まばらではあるが、依然として棘の残っている薔薇の花を、鏡の中に見なければなりませんでした。もう、そんな私にとって、書くということは、分娩と同じでした。何カ月も醜い、脹らんだお腹をさらして、苦しんで苦しんで産み落とした赤ん坊。そして、その子たちはシャム双生児であったり、エンゼルベビーであったり、なかには死んで生まれてきた子もありました。そして一人を産み落とすたびに、ぐったりとなって、やつれていく自分をみることは、女である私には耐えられないことでした。すっかり疲れきってしまった弱虫の母親は、その子たちとお別れするつもりで、最後にこの未熟児を、ガラス室から戸外に出してやりました。もう一生会えないかも知れないと思っていたのに、この子はヨチヨチ歩きで私のもとへ帰ってきたのです。未熟な母親は、捨てたつもりが、いつか自分の胸に帰ってきている未熟児の子供をかかえて、今とても複雑な気持です。ひっこみ思案の私が生まれてはじめて外に出したこの作品が、選外佳作に選ばれたなんて、本当に私はラッキーな女の子だと思います。

（追記）

今年の春ごろから悪かった身体が、この一、二カ月ひどくなってきて、毎日心の中を雨ばかり降っているような、そんな暗い悲しい日が続いていましたので、この選外佳作の朗報はずいぶん私の心を明るくし、なぐさめてくれました。皮肉なもので「もう自分には小説など書けないのだ」と思って、最後のしめくくりのつもりで送ったこの作品が選ばれたなんて、いまでも長い夢を見ているようです。

体の調子が悪くて、何をするのもつらいので、思うように原稿を直すこともできませんでした。悪しからずご了承下さい。

なお、漢字をひらかな、かたかなにした方が適当と思われたら、直していただいてけっこうです。野間、井上、高橋、三氏はじめ、京大新聞の皆様に、こんな汚い原稿を読んでいただいたのかと思うと赤面します。どうかお許し下さい。

*

ポーランドからの手紙　I

猫　ギョーム・アポリネール

僕は家に持ちたい
僕を理解してくれる一人の妻と
本の間を通り抜ける一匹の猫と
彼らなしには生きてはいけない
いつもそばにいてくれる数人の友人達と

Sさん、お手紙ありがとうございました。ポーランドに住んで一年が過ぎました。私の住んでいるソスノヴィッツは、第二次大戦後まではドイツ領だったシレジア地方、カトヴィッツェの中にある小さな町です。ここは地面の下全体が石炭の炭鉱街なのです。

朝起きると窓の下に煤煙が、まるで砂をまいたように広がっています。一九七四年二月十一日午前六時のソスノヴィッツはまだ夜が白み始めたばかりです。また今日も長い冬の一日が始まるのです。

初めてこの街に着いた時、地の果てに来たような気がしました。ヒットラーの建設した、あのアウシュヴィッツ収容所から車で一時間ほどのこの街は、教会もアパートも花屋も、公園のベンチも、そしてその中で餌をついばむ小鳥たちでさえ、すべて煤煙で灰色なのです。買物はすべて行列、卵を三個買うのも、馬鈴薯を一キロ買うのにも、チーズやパンを買うのにさえ……。肉は固い筋《すじ》肉しか手に入りません。良い肉はほとんど輸出するのです。国民は安い肉で我慢しろ！　それがこの国の政策なのです。私達外国人はワルシャワの大使館専用の肉屋（バルトナ）でポレンドピッツァ（牛ヒレ）やスハブ（豚ヒレ）を買うことができます。月に一回、主人の勤務している国有工場シルマの、日本人専用の運転手マリアンにフィアットを運転させて、私はワルシャワに買出しに出かけます。時速百キロでマリアンが運転すると片道三時間半ぐらいでワルシャワに着きます。まず取引のある某商社のU夫人の家に行き、お茶をいただきます。それから彼女を乗せてワルシャワの外れにある森のバザールに向います。そこではたくさんのお百姓さん達や商人達が所狭しと店をひろげています。マイセンの人形や、クリスタルの大鏡、銀狐の毛皮にワインレッドのブーツ。ワルシャワのこの森のバザール以外では、ぜったいに手に入らない品ばかりなのです。もちろん客のほとんどはドルを持っている外国人か、一部の金持ちのポーランド人です。ここで私は悪名高い日本の商社夫人たちに多勢出会います。彼女達はここで、気に入った品物を買うのではなく、日本に持って帰った時どれだけの値打があるか否かで、商品を買い漁るのです。そして買物の争奪戦の後、私の姿をみつけると、「まあ、O夫人、わざわざ田舎から出ていらっしゃったのね。」とか、「なぜパニ（女中）をお雇いにならないの？　行列して買物するなんて大変でしょう」などと優越感の混った態度で声をかけるのです。ドルの威力の強いこの国では、彼女達は大邸宅に住み、ポーランド人のメイドを雇って優雅で有閑なる生活を楽しんでいます。そしてポーランド人のメイドをパニ（ポーランドで女性の名前の上につける敬称）と呼ぶのです。このように彼女達は、あたかも植民地で暮している支配者のような態度でポーランド人達に接し、彼等を馬鹿にしているのです。私は彼女達が大嫌いです。日本に帰れば三DKの社宅や公団アパートに住み、井戸端会議をしている女達です。お正月に日本大使館から新年会の招待状が来て、私達は日本食が食べたかったので出席しました。あの時見た彼女達の姿は醜悪でした。これ以上着飾れないほどの盛装をして、高慢ちきな顔でわが物顔にホールを歩き回り、質素な服装をした日本人留学生達を、まるで貧民でも見るような目つきでジロジロと眺め嘲笑しているのです。私はポーランドに一年近く住み、社会主義国の矛盾やこの国の官僚主義や、それに伴ういやなポーランド人達にたくさん会ってきましたが、それでも彼女達ほどいやな人種は見たことがありません。もちろんすべてがそうだというわけではないのですが……。私は一ケ月分の買物やら棘のある会話の往復やらですっかり疲れて車中の人となります。運転手のマリアンはとても無口で助かります。車の中でミラー越しに彼の鋭い目を感じる時がありります。そんな時私は彼に笑いかけ、彼も微笑みます。私達はそんなに会話をしませんが、心は通じていると思っています。「マリアン、私はワルシャワよりソスノヴィッツの方が好きよ。だって私の一年間住んできた町ですもの。」「それを聞いて、私は心から嬉しく思いますよ。」これはついこの間車の中で交した言葉です。そうです。私はもうこの町を愛しています。この田舎町で、私はここに住むポーランド人と同じアパートに住み、同じように行列して買物をし、そして離れ小島に住む修道女のように労働と思索と読書に耽っています。こんなに静謐な精神状態は十六、七の時以来です。このあいだクリスチーネが古本屋でアポリネールの詩集をみつけてくれました。辞書を片手に少しずつ訳していて、こんな詩に出会いました。「動物詩集」の中でみつけたのですが、とても気に入っています。人間って欲望の動物ですから、もっと贅沢がしたいとか、有名になりたいとか、いろいろ欲を持つものですが、煎じ詰めれば、このようなものを一番求めているのではないでしょうか。一見小市民的とも云える詩ですが、実はこのようにささやかでありながら、手に入れがたいものもないのではないか、と私は思います。「自分を理解してくれている配偶者」——この世に「自分を本当に理解してくれている配偶者を持っています」と断言できる人が何人居るでしょうか。私は云えませんし、あなたもそれができないと思ったから、婚約を破棄なさったのでしょう。「本の間を通り抜ける一匹の猫——こんなに利口な、飼主を理解した猫がどこに居るでしょうか。この世のほとんどの猫は散乱した本の上に真黒な足跡を残すだけでしょう。また、「彼らなしには生きてはいけない」、「いつもそばにいてくれる数人の友人達」——、〝人がその友の為に自分の命を捨てること、これより大きな愛はない〟、聖フランシスコの言葉です。私は幼い頃から友人を愛しすぎる子供でした。そしてそのような人間が皆味わってきたように、その友情は裏切りで終るのです。私はそのようなことすべてに絶望して、今まで交際していた友人達と関係を絶ち、結婚し、ポーランドに向いました。そして一年過ぎた今、私は少しその傷が治癒していることに気づいています。

アポリネールはこの三つの理想的なものについての記述の前に、こう記しています。

「僕は家に持ちたい」と……。これは彼の既に所持しているもののことではなく、彼がそれらを持ちたいという切なる願望の詩なのです。私はこの詩を書いたアポリネールに非常に興味を覚え少し調べてみました。彼がポーランド人の血を引いているのを知っていますか。彼の母は亡命ポーランド人で、彼は私生児だったので、彼の本名はギョーム・アルベール・ウラジミール・アレクサンドル・アポリネール・コストロヴィッキーというのです。次の手紙には彼についてもっとくわしく書くつもりです。もう一ケ月もすればビスワ川の氷が割れ、春が訪れます。お元気で。

（「アリゼ」4号・一九八八年三月二十日）

ポーランドからの手紙　II

Le pont Mirabeau

ミラボー橋　　ギョーム・アポリネール

ミラボー橋の下をセーヌ河が流れ
われらの恋が流れる
わたしは思い出す
悩みのあとには楽しみが来ると

日も暮れよ、鐘も鳴れ
月日は流れ、わたしは残る

（堀口大学訳）

五月になりました。五月のポーランドはライラックの香りで満ちています。あなたに二月にお手紙を書いてからもう三ケ月が過ぎたのです。前の手紙には私の住んでいるカトヴィッツェとソスノヴィッツの陰鬱な風景についてばかり書きましたが、ここから車で一時間の所にクラクフという小さな美しい町があるのです。そこはポーランドの昔の首都があった所で、典雅で静謐な都です。ポーランドの奈良という感じ、そう、私の両親の住んでいるあの奈良と非常によく似た街なのです。

異国に住んでいると、時々言葉の不自由さや生活環境の違いから神経が異常に高ぶり、精神の均衡が崩れそうになる時があるのです。そういう時、私はこの街を訪れます。実は昨日も一ケ月ぶりにクラクフへ行って来たのです。聖マリア教会（現ローマ法王ヨハネス・パウロ二世がここで司教をしていたのです。）の前の広場は白や紫のライラックであふれ、私が汽車で着いた時は黄昏時でしたが、街全体がモーブ色の靄のようなもので被われているような不思議な現象が起っていました。手廻しオルゴール弾きの鳴らすカタリナの妙なる調べと教会の荘厳な鐘の音が合奏し、街全体に犯しがたい気品が漂っている広場の石畳をライラックの香りに酔いそうになりながら歩いていると、〈失礼です《プロシエン》が、美しいお嬢さん《シュリチナージフチーナ》〉と一人のポーランド人の青年が声をかけ、紫のライラックを一本差し出しました。〈ここに昔一人の日本女性《ヤポンカ》が住んでいました。ポーランド男《ポラック》と結婚したあなたのように美しいヤポンカが……。しかし彼女はこの国に馴染めず三年後に日本へ帰り、それきりここには帰りませんでした。ミチコという名の女性でした。〉青年はそう語ると去って行きました。このミチコという女性のことはワルシャワでU婦人から聞いたことがありました。ポーランドに住んだ最初の日本女性として……。彼女の孤独、微妙な心情の通じない苛立ち、日本女性の代表であるという気負い、誇り、常に彼女は緊張し、身構えて、この街の青い石畳をコツコツと音を立て、歩いたのでしょう。そして疲れ切り、力尽き、深い喪失の思いの中でこの街を去って行ったのでしょうか。彼女が遥か遠い北の異国で暮す決意までして愛した、ポーランド人の夫とも決別して。やはり彼女も〈自分を本当に理解してくれている配偶者〉を持っているとは断言できないという淋しい自覚を持ったのでしょうか。今これを書いているテーブルの上に、昨日青年のくれた紫のライラックが匂っています。私にはこの花がミチコという女性の分身のように思えてなりません。そしてまたこのライラックは私自身でもあるのです。何故なら現在《いま》、私自身もまた他ならぬポーランドの小さな街に住むミチコなのですから。

　前の手紙でアポリネールについてくわしくお知らせするとお約束しましたね。ここに私の調べた彼について書いてみます。一八八〇年八月二十六日、亡命ポーランド貴族の娘、アンジェリカ・ド・コストロヴィッキーは、ローマにて私生児を生みました。父母の名を伏せたまま、グリエルモ・アルベルト・ドウルチニとして出生届がなされ、十一月二日、彼女は息子をギョーム・アルベール・ウラジミール・アレクサンドル・アポリネール・コストロヴィッキーとして認知したのです。父は不明とされていますが、シチリア王国退役大尉フランチェスコ・フルジー・ダスペルモンであろうと推定されているようです。モナコの中学を出ると、十九歳のアポリネールと母と父親違いの弟はパリに出ます。しかし、パリでの生活は決して楽ではなかったようで、家庭教師をしたり、わずかな金の為に春本を書き飛ばしたりしたようですが、パリそのものは若い詩人の夢と情熱を満たしたのです。「愛されない男の歌」に歌われている英国の女性アンニーとの恋愛、アンドレ、サルモン、マックスジャコブなどの前衛詩人と月刊文芸誌「フェスタン・デ・ゾーブ」を創刊、マチスやドランと知り合ったのもすべてこの頃のことでした。母親の浮気な惚れっぽい性格が遺伝したのか、その後たくさんの女性と恋愛していますが、すべて悲恋と失意のうちに終っているのです。それは彼があまり美しくない男だったからでしょうか。この国に長く暮してみて、ポーランド人の男性には大きく分けて二つのタイプがあることに気づきました。一つはトーマス・マン描く「ヴェニスに死す」に登場する白蠟の肌に金髪碧眼の美少年タイプ、もう一つはジプシーの血の混った黒い髪と黒い瞳を持ち、いかつい意志的な顎をしたスラブ系の芸術家タイプなのです。アポリネールはもちろん後者に属します。

アポリネールと云えば、高校時代、庄野英二先生の現代国語の時間に「ミラボー橋」を暗誦させられたのを思い出しませんか。先生は、この詩はアポリネールが女流画家マリー・ローランサンに失恋した時に作ったものだと教えてくださいましたね。先生の現代国語の時間にはたくさんの名詩を暗誦させられましたが、私はその中でもこの詩が一番好きだったのです。十六歳の少女だった私は、パリという街に行ったことはなかったし、ミラボー橋という橋も見たことはなかったけれど、灰色に淀んだパリの空の下、石造りのミラボー橋の上で、薔薇色のベレー帽を被った女流画家マリーと夢見がちな瞳をした詩人ギョームが手と手をつなぎ、顔と顔を向け合っている情景が目に浮んだものでした。まだ恋愛というものも経験の無い小娘の私でも、あの年頃特有の鋭敏な感性で、この恋愛詩の中に在る痛みと哀しみを感じとっていたように思うのです。ローランサンの写真を調べてみると、意外なことに、彼女の描く金髪碧眼のたよりなげな女性像とは対照的な、断髪の黒髪と活発な黒い瞳を持った、美人というにはほど遠いジョルジュ・サンド的風貌の持主なのです。極端な云い方をすれば、私の少女時代の想像とはうらはらに、彼等は醜男と醜女のカップルだったのです。

二人は一九〇七年、ピカソの紹介で出会い、彼はたちまちこの美人ではないが、ニグロの血が混ったコケティッシュな魅力を持つ女流画家に傾斜していきました。しかしあまりにもこの世的な、打算的とも云っていいほどのリアリストのローランサンと、夢と情熱以外何も持っていないアポリネールとの恋は六年後に破綻します。彼がモナリザ盗難の共犯の嫌疑をかけられ、ラ・サンテ刑務所に投獄され、一週間後無罪が証明されて釈放されたにもかかわらず、彼女の態度は急激に冷たくなるのです。〈わたしは思い出す　悩みのあとには楽しみが来ると〉、十六歳の頃、私はこの詩句が一番好きでしたが、愛を失った後に、彼がこの詩を書いたことを再認識した今、この詩句はより強く、深く、私の心に楔を打ち込みます。本来なら〈楽しみのあとには悩みが来る〉という詩句が、愛を失った直後なら書かれていいはずなのに……。ではこの詩句は逆説なのでしょうか。いえ、そうではありません。アポリネールは、自分が最も窮地に立った時、冷淡に我がもとを去って行った恋人を憎むことなく、許し、愛し切ったのだと思うのです。あるいは憎まずに、許し、愛し切ろうと決意し、実行したのだろうと私は思うのです。

この原文は〈Faut-il qu'il mên Souvienne La joie venait toujours aprés la peine〉となります。これを私流に直訳すると、〈わたしは思い出さねばならない　苦痛のあとにはいつも歓びが来たということを〉となります。〈La joie〉という仏語は〈楽しみ〉よりも

〈歓び〉と訳した方が、また〈la peine〉という言葉は〈悩み〉よりも〈苦痛〉と訳した方が、原文に忠実で、彼の苦痛と、それを越えようとするけなげな決意がよく表れているように思うのです。私達は長い人生の途上で、何度か、信頼していた人に裏切られたり、愛する人に去られたりして、苦しみの底に落下することがあるでしょう。そういう時、私はこの詩句を思い出そうと思います。

〈わたしは思い出さねばならない　苦痛のあとにはいつも歓びが来たということを〉

「ミラボー橋」を書いた後の詩人については、また次の手紙で触れることにします。ドヴィゼニア（ポーランド語でさようなら）。

（「アリゼ」5号・一九八八年五月二十日）

ポーランドからの手紙　III

すなわち最も良き人々は帰って来なかった

ヴィクトール・フランクル「夜と霧」

Sさん、ごぶさたしています。もう八月になりました。私は子供の頃から夏が嫌いでした。ポーランドの夏は北海道と緯度が同じ位ですので、比較的過しやすいのですが、私はやはりこの国の夏も好きではありません。この街が炭鉱街のせいなのかもしれませんが、白々とした陽が照りつける公園は埃っぽく、樹々の緑は薄汚れ水気がまったくなくなり、人の心まで荒廃していくような気がします。

それは私の神経が疲れているからなのかもしれません。この頃身体も精神も疲れて仕方がないのです。そしてこんな疲れた心身のせいか、この国で暮すのが苦痛になってきています。この間もとても不愉快なことがありました。ブルガリアから輸入されてきた、この国では非常にめずらしい西瓜がその日店頭に並んでいて、私は長い行列の真中あたりに立っていました。十五分位待ったでしょうか、四十代位の党員の制服を着た男が二人、その列の一番前に割り込み、大きな西瓜を三個もかかえて悠々と去って行きました。皆あきらめたような疲れた顔でその二人を見送りました。私の前二人目になった時、〈もう無い《ニィエマ》〉と不機嫌な顔をした売子が宣言しました。長い行列から大きな嘆息が拡がりましたが、そのうち人々は肩を落して去って行きました。貧しい黒い服を着た小柄な老婆が一人、まだ店の前に立ち尽し、空《くう》をみつめながら〈西瓜がもう無い〉〈西瓜がもう無い〉と何度も呟いていました。何という可哀想なお婆さん。私はそのうち日本へ帰れば、いくらでもおいしい西瓜を食べることができます。しかしこの国の人達は毎年長い時間炎天下に立たされ、最後にこんな目に会うのです。あの党員達の態度はいったい何でしょう。これがかつて日本のある種の人達が憧れてきた社会主義国の一面なのです。

　しかし私のこの心身の疲れはもっと根深いものから来ているのです。六月の或る日曜日、私達はオシュヴェンチム（アウシュヴィッツ）に行って来ました。恥かしいことですがこの国に来ることが決るまで、私はその地がドイツにあるのだと思っていました。ところが、それは私の住んでいるポーランド南西部カトヴィッツェから、車で一時間の所に在ったのです。車から降りると、見渡すかぎり荒涼とした台地が続き、その果てには鉄条網が張りめぐらされていました。点々と朽ちかけた木の小屋が建ち並び、その内部《なか》へ入ると埃と黴の匂いに混って異様な臭気がたち込めてきて、おもわずハンカチで鼻を覆いました。畳一畳半ほどの板が何段も連なり、その板の上に十何人もの人が折り重って眠ったのです。そして数え切れない人々がここで餓死し、凍死したのです。オシュヴェンチム——何というおぞましい場所だったでしょう。資料館へ入った時、まず目に入ったのはガラスの向うにある松葉杖と義足と子供靴の山でした。まず力の無い者、弱い者、幼い者達が裸にされ、ガス室で殺されたのです。その次に目に入ったのは大きな写真でした。骨と皮だけになり、腹部が異様に膨れあがった裸体の女性の肩を、頑健な看護婦のような女性が両手で摑んで前を向かせているのです。始め私は救出された人の写真だとばかり思っていました。ところが英語で記された説明書を読んだ時、吐きそうになりました。それは飢餓状況を実験中のナチの写した写真だったのです。人間と呼ばれる者がこれを行ったのです。説明書はまだ続いていました。彼等は虐殺した人々の身体の脂肪から石鹼を作り、或る看守の妻はその皮で自分の寝室のランプシェードを作らせたのです。オシュヴェンチム——ここで六百万人のユダヤ人、ポーランド人、ロシア人、オーストリア人、ドイツ人が虐殺されたのです。湿地帯に霧雨が降っていました。鉄条網に沿って生気の無い青白い花が雨に濡れていて、私にはその花が虐殺された人達の骨のように見えました。帰りの車の中で私達は一言も言葉を発しませんでした。その地が私達に与えたショックは予想以上に強いものだったのです。私は感じやす《ママ》過ぎる人間なのでしょうか。あの地の光景が目を閉じても浮んできて、人間であることがもう怖しくて嫌で仕方がない思いに捉われるのです。あの地へ足を踏み入れたことがきっかけで、この一年半の疲れが急に身体の中に充満してきて、どんなに休息を取っても癒されないのです。私の頭にこびりついて離れない言葉があります。フランクルの〈すなわち最も良き人々は帰って来なかった〉というあの言葉です。この頃夜眠れない日が続いています。どうか一日も早く私に手紙を書いてください。お待ちしています。

（「アリゼ」7号・一九八八年九月二十日）

ポーランドからの手紙　IV

そうです。この銀杏《いてふ》の木はお母《かあ》さんでした。
今年は千人の黄金《きん》色の子供が生れたのです。
そして今日こそ子供らがみんな一緒に旅に発《た》つのです。
お母さんはそれをあんまり悲しんで扇形《あふぎがた》の黄金の髪の毛を
昨日までにみんな落してしまひました。

宮沢賢治「いてふの実」より

Sさん、お便り度々いただき感謝しています。ポーランドはいま黄金の秋の真最中です。九月の終り頃から十一月の初めにかけて、ポーランドの村という村、町という町は、黄金一色になるのです。ポーランド人はこの数ケ月間をポーランド《ポルスカ》の黄金の秋《ズオーテイイエシエニ》と呼んで、大変誇りにしています。黄金《きん》色の小鳥のように、黄金《きん》色の鱗のように、黄金《きん》色の天使のてのひらのように、落葉が舞います。

このあいだ私達は、最近親しくなったシルマのエンジニアマネージャーのノヴィツキー一家と、森へ茸採りに出かけました。パン・ノヴィツキー（ポーランドでは敬称として、男性の姓の上にpanをつけるのです。）も奥さんのエリザベスも、二卵性双生児のヨランダもマレクも金髪なので黄金《きん》色の森の中へ入ると保護色のようになり、見分けがつかなくなってしまいます。「ヨラ、どこに居るの？」「マレク、どこに居るの？」私達は黄金《きん》色の森の中で、かくれんぼや鬼ごっこをしながら、茸採りに夢中になりました。――私は彼等のおかげで救われたのです。

この前あなたにお手紙を書いた時、私の神経はとても疲労していました。私は配偶者に一週間でいいから、どこか静かな病院で静養したい、と頼みました。しかし彼はうろたえた顔をして「何を云い出すんだ。とんでもない。そんなことをすれば、ワルシャワ中の日本人の間で評判になるよ。」と拒絶したのです。六月から九月にかけての三ケ月間、まるで袋小路にでも追いつめられたような、長く暗いトンネルを手探りで歩いているような、窒息するような苦しい日々でした。眠れない夜のベッドの中で、物憂い朝の目覚めの時、買物の長い行列に耐えている時、夕暮、米を研いでいる時、私の心は諦めながら夢想していました。ザコパネの、雪をいただいた山々が窓から見えるサナトリウムのベッドの、清潔なシーツの上で休息をとっている自分の姿を……。クラクフの、一本の樫の老樹がそびえている修道院の中庭を見降す窓際のベッドに横たわり、修道女達の歌う聖らかな讃美歌に耳を傾けている自分のことを……。

配偶者は病人のようになっている私を、イタリア旅行に連れ出しました。それも心身共に消耗している妻の為というよりは、ポーランドに在住するエリートの日本人達が、夏休みを外国で過す習慣に準じてのことなのでした。私は重い心と体をひきずるようにして汽車に乗り、チェコスロヴァキアを通り、ウィーンを通過し、ヴェネツィアに到着しました。典雅な彩色のほどこされた、聖人の絵の描かれたサン・ピエトロ寺院。大理石の石畳の美しいサン・マルコ広場には鳩が飛びかっていました。色褪せ剝落した建物の壁の退廃的な美しさ。精神や肉体が疲労していても、やはり美しいものは美しい。ヴェネツィアの美しさ——格調ある退廃——そんなことばがふと口をついて出てきました。

しかし、その美しさへの感動も、私の躰の中の芯からの疲れを取り除くことはできませんでした。カプリ島のサン・ミケーレにある、パラダイスのようなスウェーデンの医師の別荘。作家でもあった彼、アクセル・ムンテはこの地をこよなく愛し、或る時期からここに隠遁し、糸杉にかこまれ、ミルトの白い花をちりばめた、眼下に青い海を見降すこの別荘のテラスから、サンサンと差し込む光を顔一面に浴びた為、ついに失明したのです。しかし彼は満足だったでしょう。このように静謐な、このように人里離れた離れ小島にひきこもり、人間との交わりを拒否し、自然と光との対話を続けた為に失明したのですから。ヴェネツィアもカプリ島も、せんじつめれば、それは廃墟の美しさでした。そしてこのたとえようもない、うっとりするような美しい廃墟とも、わずか一週間で別れ、またあの暗く心が閉塞していくようなポーランドの灰色の街へ私は帰らなければならないのでした。

イタリア旅行から帰って二週間目、パン・ノヴィツキーからの招待状が届きました。彼は私達の住むこのアパートの八階の上の九階に住んでいて、一年前私達がここに移ってきた時から近づきになりたいと思っていたのだけれど、気が弱くて声をかけられなかったというのです。私はやはり身も心も疲れ果てていて気が進まなかったのですが、シルマのエンジニアマネージャーの招きなのだからと夫にうながされ、九月の或る日曜日、彼のアパートを訪問したのです。パン・ノヴィツキーは四十三、四の、金髪と優しい青い眼を持った内気そうな男で、彼の妻のエリザベスはセシールカットの似合う、ボーイッシュで陽気な女性でした。二人にはマレクとヨランダという名の二卵性双生児が居て、金髪碧眼の、天使のように美しい十五歳の男の子と女の子でした。私とエリザベスは一晩で、信じられないほど気が合い、親密になったのです。

私は彼女にオシュヴェンチムへ行った時のショックのこと、それ以来私の心の中に巣くいだした人間への恐怖と不信感のことを話しました。「あなたはコルベ神父の室を見ましたか?」「コルベ神父?」「ナチの将校の気まぐれで、些細なことで銃殺刑になることになった人が、妻と子の為に助命を乞うて泣き叫んだ時、彼は自分が名乗り出て身代りになろうと云ったのです。彼は囚人達の受ける刑の中でも最も苦しいという、餓死刑を宣告されたのです。一週間立っても、十日立っても彼は死ねませんでした。最後にはナチの医者が彼に毒薬を注射して、やっと彼は死ぬことができたのです。解放された後のオシュヴェンチムでは、彼の亡くなった室には花束がいつも絶えることがありません。私達ポーランド人は皆彼を誇りにしているのです。ヨーコ、知っていますか? 彼は昔日本のナガサキへ宣教師として伝導に行っていたことがあるのですよ。」エリザベスの暖かい微笑と利発そうなキラキラ輝く青い瞳によって、私の心の中に巣くっていた、重く暗いものが、少しずつ取り除かれていくのがわかりました。

私は翌日、エリザベスと共に汽車に乗り、再びオシュヴェンチムへ向い、赤いカーネーションの花束の供えられた、コルベ神父の独房の前で黙とうしました。エリザベスは本当に私の精神的危機の恩人でした。彼女は活き活きした声で私に語りかけました。「ヨーコ、自分の内に閉じこもっていてはだめよ。もっとたくさんのポーランド人と交わって、ポーランドのいろいろな地方に旅行して、ポーランドの悪い面だけではなく、もっといい面をたくさん知ってもらいたいの。」

私達は先月、ポーランドカソリックのメッカ、チェンストホーバに旅行してきました。ポーランドは社会主義国なのに、国民の九十パーセントがカソリック教徒なのです。ちょうどコルベ神父がローマ法王庁から「聖人」の称号を受けることの決定した時で、本陣《ヤスナグラ》は信者達でいっぱいにあふれていて、十月というのに暑いくらいでした。つい十日ほど前にも私達は、エリザベスの友人のハンカの住む港町グダニスクから帰って来たばかりなのです。ハンカの家では、私とエリザベスに自分達のベッドを提供してくれて、ハンカとその夫は食堂のダイニングテーブルの上にクッションを枕に眠ったのです。

私はわずか二ケ月で、貧しいが愛国心が人一倍強く、信仰深く暖かい心を持ったポーランドの人々、美しいポーランドの街々、そしてまるで黄金の国のようなポーランド《ポルスカ》の黄金の秋《ズオーテイイエシエニ》を知りました。

森で採った茸スープをみんなで味わいながら、私はあなたにお願いして送っていただいた宮沢賢治全集の中にあった「いてふの実」の物語を片言のポーランド語で物語りました。

「ヨーコ、この物語をポーランド語に訳してちょうだい。」ヨランダとマレクがねだりました。でも私の訳せたのは最初に記した短い詩のような部分だけでした。訳しているうちに、賢治という人はポーランド人と云ってもおかしくないほど、コスモポリタンな作家なのだということがわかりました。私がアポリネールの詩や彼の生き方をこの国で知ったように、エリザベスやマレクやヨランダに賢治の物語や彼の生き方を知ってもらいたい、今そんな欲望が私の内に生れ出しています。

私は回復しました。ノヴィツキー一家の暖かい愛のおかげで……。そしてこれから訪れる二度目のポーランドの厳しい冬を生き抜かなければなりません。あの銀杏の木のお母さんのように……。

私がこの冬何を計画しているか知ったら、あなたはきっと驚くでしょう。エリザベスに奨められて来週から私は、ソスノヴィッツの自動車学校へ通うことになったのです。子供の時から体育の時間が嫌いで、仮病を使って、本ばかり読んでいたこの私がです。エリザベスというボーイッシュでスポーティーな女性の影響が、どんなに強いものか、これでおわかりになるでしょう。

ポーランド《ポルスカ》の黄金の秋《ズオーテイイエシエニ》ももう半月ほどです。それまでにヨランダとマレクの為に、賢治の「いてふの実」を翻訳しなければなりません。アポリネールとローランサンの晩年について、いま調べているところです。次の手紙にはそのことについて書くつもりです。お元気で。

（「アリゼ」8号・一九八八年十一月二十日）

ノヴィツキー家の人々

私がポーランドへ行ったのは、一九七三年の五月だった。私はこの国でクリスマスを二度送ることになるはずだったのだが、残念なことに、その年のクリスマスも翌年のクリスマスも国外で過してしまった。なぜ私達はあの国でクリスマスを送らなかったのだろう。初めの年はともかくとして、翌年のクリスマスには、その頃もう家族同様のつきあいをしていた、ポーランド国有工場〈Silma〉のエンジニアマネージャーだったパン・ノヴィツキー家の熱心な誘いかけがあったにもかかわらず……。

パン・ノヴィツキーと知り合ったのは、いったいいつのことだったのだろう。ポーランドにおける私の記憶も、もう定かではなくなってきている。あの当時の私と、現在《いま》の私との間には十五年という歳月が流れ過ぎているのだから。パン・ノヴィツキーとの邂逅は、その当時から二年溯らなければならない。私は彼と日本の奈良で出会っていたのだ。

婚約者のひき連れて来るという、今まで私が見たこともないポーランドという国の男性達に会う為に、その朝、私はお小夜ばあやに帯を結んでもらっていた。「今日は成人式の日いやさかい、派手えな着物着た娘さんに負けんように、あの若紫の総絞りの振袖に金の帯締めなはれ」お小夜ばあやはしきりに私に振袖を着せたがったが、私は正倉院模様の地味な小紋に、さび朱のつづれの帯を選んだ。それも、異国の人達と日本の古都、奈良で会うのだから、やはり和服を着て出迎えて欲しいという、婚約者のたっての願いからだった。「そら、この小紋はええもんだっせ、そやけどポーランドちゅう、わての聞いたこともない国の異人さんには、この侘びはわかりまへんで」お小夜ばあやはブツブツ不平を云いながら、私の背後でつづれの帯をキュッと締めた。近鉄奈良駅で婚約者に伴われた十二人のポーランド男性にひき会わされ、一人一人と握手を交わしたが、私には、誰が誰やらかいもく見分けがつかなかった。まずは日本の伝統あるTea Ceremonyを……ということで、東大寺の手前にある古美術茶房〈友盟堂〉へと向った。

友盟堂のおばさんは、青い眼の外人さんが十二人も入って来たので、あわてふためいて、菓子器を床に落すという失態を演じてしまったので、機嫌が悪かった。ドクターシュミットとパン・プチョルスキーに通訳をさせて、「まずお菓子をいただいて、それからお茶碗を左の手のひらに乗せ、三回まわして両手で持ち上げ、ゆっくりと三口でいただきます」

と説明して、その後予期していたとおりの「オオ」という多分に非難を含んだ声を聞きながら、苦笑いをこらえていると、「あっ、ノヴィツキーの所にお菓子がいってなかったんだ！」という婚約者の声がした。乳白色の赤膚焼の丸い菓子器の上に桜の花びらを型どった桃色の和菓子が、確かに彼の横にだけは置かれていなかった。婚約者が詫びても、彼は人の良い気弱そうな顔で笑っているだけだった。色白で金髪碧眼のもの静かな四十代の男だった。昼食は奈良ホテル旧館のレストランの、日本庭園の見渡せる窓辺のテーブルで摂ったのだが、そのときもノヴィツキーの所にだけ、ビールが忘れられているのに後で気づくのだった。「彼は全然云わないんだよ、とてもおとなしい男で、いつも黙って我慢してるんだ」自己主張の強い外国人というイメージがノヴィツキーにはまったくなく、遠慮深い昔の日本人のようで、それだけ彼の印象は私の中で薄かったのだ。私はそれきりすっかり彼のことを忘れていた。

三ケ月にわたるカトヴィッツェでのホテル住いを終えて、ようやく新築されたソスノヴィッツのアパートに住み始めて四ケ月目、彼が私達の住んでいる八階のすぐ上の九階に住んでいることがわかった。もちろん彼は私達が入ってきたのを知っていたのだが、気が弱い為声をかけなかったというのだ。私達はその年の十二月、彼のアパートに招待された。彼の居間にはもうホインカ（クリスマスツリー）が飾られ、家族そろって出迎えてくれた。彼の家族は、エリザベスという名のボーイッシュな働き者の妻と、十五歳のマレクとヨランダという二卵性双生児、やはりマレクという名の彼の父の五人だった。いや、コッカスパニエルのビッキーのことを私は忘れていた。

マレクとヨランダはとても美しいが、対照的な双子だった。男の子のマレクの手首は片手に握っても余るほど細いのに、女の子のヨランダは十五歳というのに豊満な胸を持っていて、ブラウスの第二ボタンを弾き飛ばしていた。おじいさんのマレク・ノヴィツキーは、息子に似て物静かではにかみ屋の初老の男だった。彼はナストロビア（乾杯）と云ってウオツカを飲むほどに陽気になり、最後には自慢の古いギターをとり出してきて、昔のパルチザンの唄を歌ってくれた。哀愁をおびた淋しい曲で、よく通るバリトンの艶のある声だった。その後マレクとヨランダがエリザベスのピアノの伴奏で、ポーランド民謡とholy night を歌ってくれた。ボーイソプラノとアルトで歌う二人の声は、まさに天上から聞えてくる天使の声のようで、その姿はまるでラファエロの一枚の絵だった。何という美しい双子なのだろう――私は溜息をついた。

私達はそれから五日後に汽車に乗り、チェコスロバキアを通り、ウィーンを通過し、ヴェネツィアに到着した。クリスマスイブの朝だった。サン・マルコ広場には色とりどりのガラス玉で飾られた大きなクリスマスツリーが置かれ、そのまわりを鳩が飛びかっていた。

その日のヴェネツィアはひどく寒く、ポーランドに毛皮を置いてきた私は、空色のスウェードの、衿と袖に白いラムをあしらったジャケットを買った。ホテルの食堂はいっぱいで、厨房の横にある物置室のような場所にテーブルと椅子をボーイがしつらえてくれ、何となく侘しいクリスマスを私達は祝い合った。食堂からは賑やかな音楽や歌声や、女達の嬌声が聞えてきて、イタリア人は宴が好きなのだな、と二人は話し合った。

年が明けてからノヴィツキー家との親密な交際が始まった。彼等と親しくなるにつれて、ポーランド人というのは日本人とよく似ていることに気づき始めた。初めは非社交的で、シャイなところが、冷淡に見えるのだけれど、親しくなるにつれて家族同然のつきあいを要求してくるのだ。私達はそれまでポーランド人の外の顔だけを見せられ、それに対して腹を立てることが多かったのだが、ノヴィツキー家の人々と親しくなるにつれて、ポーランド人やポーランドという国に愛着を持ち始めるようになった。私達はその春、彼等に誘われてポーランドカソリックのメッカであるチェンストホーバや、チェコの国境にあるシュチェシンや、港町グダニスクなどに旅行した。グダニスクにある、エリザベスの友人のハンカの家に泊めてもらった時、ハンカとその夫は、私達に自分達のベッドを提供し、二人はというと、食堂のダイニングテーブルにクッションを枕にして横になったのには驚いた。彼等の生活は総体に貧しく、それを豊かな国から来た外国人に知られるのが恥かしくて、初めはよそよそしくしていたのだ。十月になると私達は森へ茸採りに出かけた。ポーランドの黄金の秋もたけなわという頃で、黄金の樹々の中へ入ると、金髪のノヴィツキーも、エリザベスも双子のマレクとヨランダもどこへ行ったのかわからなくなってしまうのだ。「ヨラ　どこに居るの?」「マレク　どこに居るの?」黄金の森の中で鬼ごっこをしていたような彼等と私達——彼等と私達との関係は、結局のところ、そういうものだったのではなかったろうか。姿が見えないほど離れてしまうと不安になり、近づこうとするのだが、いつも側に居ると、何となく負担に思ってしまう……。

ノヴィツキーやエリザベスの熱心な誘いにもかかわらず、一九七四年のクリスマスイブの朝、私達はギリシャへ旅立った。寒い国に住んでいると、暖かい南国へ憧れるというゲーテやバイロンやリルケの気持ちが、この時ほどよくわかったことはなかった。ギリシャではクリスマスイブは家庭で過す習慣なのか、前年のヴェネツィアとは対照的にホテルの食堂は閑散としていた。翌朝見たパルテノン神殿の朝焼けの美しさ——薔薇色の空にくっきりと浮ぶ白亜の廃墟。その薔薇色がだんだん淡くなり、光の神々が目覚め始める。クリスマスの朝、私はアテネの海岸を散歩しながら、云いようのない解放感に浸っていた。シーフードレストランでは、焼ロブスターやムール貝のスープや、から揚げにされた小魚を食べ、白く濁った地酒を飲んだ。

私はいま罪を犯した子供のような後悔の念を持ってあの日のことを思い出す。レモンをかけた新鮮な魚介類を食べながら、心地よい潮風に吹かれ、南国のクリスマスの一日を満喫していたあの日の自分のことを。寒く暗い、心が閉塞していくようなポーランドの冬と、暖か過ぎるノヴィツキー一家の人々の愛から解放されて、幸福感に満ち満ちた顔で南国の光を身体中に浴びていた、一人の日本の若い女のことを。

私達は翌年の二月、日本へ帰り、やがて離れ離れになり、ノヴィツキーとその妻の手紙は封を開かれることもなく、彼等のもとには返信さえ届くことはなかったということを。

（「アリゼ」27号・一九九二年一月三十日）

官能——ロードスの夢

竹中　郁

ひるね

きまって　午後一時
昼寝の小さな湖水に身を沈める
葦がそよぐ　浮藻がゆれる
ときに小鮒《こふな》が鼻先へ近寄ってくる
かわいい口のO《オー》型が
やがて　迫ってきて洞窟となり
わたくしを包みこんで三十分
やおら　身を起して

わが手の打ちはらう金砂子銀砂子
わが指先のつまむ昼の二日月
ほんの　いんまの　いままで
わが身をゆだねていた惑星のかけらだ

（『ポルカ　マズルカ』）

ロードス島に着いたのは、午前十時だった。車窓から見るロードスの朝は、赤紫のブーゲンビリア、青紫の昼顔、血のようなジェラニウム、金色の向日葵、そして色とりどりの薔薇、薔薇、薔薇の花盛りだった。海を見下ろす断崖に立つ古代都市リンドスのアクロポリスや、聖パウロが船を乗り入れたという巨大なトルコ石の指輪のような入江を見下ろし、騎士の館を訪れた後、海辺の鄙びたタベルナで昼食をとったのは、午後一時をまわった頃だった。リンドスの古代遺蹟を眺めながら食べる海辺の昼食は、いままで私が経験してきた限りの最も官能的な昼食だった。人々は砂浜で眠りにつき、空と海は同じ色をして、砂は銀に光り、太陽は黄金だった。

私は裸足になり、薔薇色のパラソルを差して波打際を歩き、海の石を拾った。それは何という官能的な午後だっただろう。とりわけパラソル越しに振返った私の目に映ったアポロンのように美しい少年の寝姿は。銀色の砂のシーツの上に長々と両腕を広げ、昏々と眠っている金色《こんじき》の髪の少年。その肌は太陽に薔薇色に焼け、唇は何の夢を見ているのかうっとりと微笑を浮かべ……

——古代ギリシャの眠り——そんな言葉がふと私の口を突いて出た。この世のものとは思われぬ美しい少年の、おおらかな、のびやかな、一点の翳りも無い古代ギリシャの眠りを凝視《みつめ》ながら、私は幸《さいわい》うすかった来し方やその途上で与えもし与えられもした数々の傷、それに続く長く辛い闘病生活のことを思った。あれほどの痛み、傷、病というものが、この至福の眠りを見る為には必要だったのだと。このように官能的なギリシャの旅から帰って数日後、竹中郁の「ひるね」という詩を読んだ時、ロードスのあの官能的な午後のこと、昏々と眠る少年の古代ギリシャの眠りが私の内に再現した。今、私の内で少年は空と海に染まった瞳を見開き、ゆっくりと立ち上ると薔薇色の腕や脚に付着した金砂子、銀砂子を打ち払う。そして昼の二日月のような海の石を、金色の髪の振りかかる美しい顔面を傾げて取り上げるのだ。あたかも今の今まで身を寄せていた惑星のかけらのような、空と海の色に染まった石を。竹中郁の詩は古代ギリシャの青い空と海のように鮮明で、その光のように明晰であり、ロードスの午後の海辺の午睡のように官能的である。その内には湿った日本的なセンチメンタリズムや、私小説風の暗さは内在する余地もない。しかしこの一点の翳りもない古代ギリシャの光のような詩行が、それとは対極にある諸々のもの――貧窮、病、痛み、傷――を知り、それらを越えた人のものであることを、理解できる年齢《とし》になっている自分に私は気づくのである。竹中郁全詩集を読み終った時、私は涙を流した。
ロードスの午後の海辺で、薔薇色のパラソルの蔭でひっそりと流したのと同じ涙を。それは限りない至福の涙だった。

（「七月」38号・一九八四年九月十日）

庄野英二先生との思い出

私は本当に先生の授業の内容を今でもよく覚えている。先生は教壇をそのかっぷくのいい蜂蜜入りの黒パンのような身体で往ったり来たりなさりながら、いろいろなお話をしてくださった。〈いまね　薔薇の花を小さなガラス板の上に　百態描いているんですよ　まだ固い蕾のもの　三分咲き　五分咲き　七分咲き　満開のもの　眠っている薔薇　あくびしている薔薇　おしゃべりしている薔薇　興味のある人は家に見にいらっしゃい〉

私はとっても行って見たかったが、行かなかった。あの頃私はとても内気な少女だったのだ。その頃もう先生は、「ロッテルダムの灯」で日本エッセイストクラブ賞と、「星の牧場」で児童文学賞を受賞なさっていたし、高等部の階段の踊り場には、二科展に入選したという百号のフラミンゴの薔薇色の画がかかっていた。十六歳の文学少女にとって、先生はまさに〈憧れの人〉だった。私も先生のまねをして、芸術コースでは絵画を選び、毎週五十号の大作に挑んでいたし、こっそり小説を書いたりしていた。先生のテストには、いつもぶっつけ本番の問題がでて、従って試験勉強の必要がなく、皆はそれをとても恐がっていたが、私は先生のテストの前日はとても上機嫌でのびのびした気分になった。なぜなら、〈秋の空を二百字で表現せよ〉、〈この一週間のうち最も心に残った出来事を二百字で記せ〉、〈ドストエフスキィの作品を知っている限り書け〉、などというワクワクするような問題ばかりだったからだ。

先生は一流の児童文学者であり、詩人であり、小説家であり、画家であったが、何よりも超一流の教育者だったと思う。一人の少女の、わずかばかりの文学的才能を発見し、掘り出し、磨いてくださった。何か授業中に創作をさせると、次の時間には必ずそれを読み上げてくださり、どんな所が、どのようによかったのかということを、皆の前で誉めてくださった。それがどんなに十六・七の少女の励みになったか。しかし、私はその喜びをストレートに出すことのできない不器用な生徒だった。本当は嬉しいのに、恐い顔をしていつもうつむいていた。先生はそんな無愛想な私を、いつもひきたててくださったのだ。

あの頃私はどうしてあんなに自意識の強いエキセントリックな少女だったのだろう。幼かったからとはいえ、なんて失礼な態度をいつも先生にとってきたのだろう。走馬灯のようにいろいろな出来事が思い出される。あれは私が二年生の秋だった。先生は演劇部と新聞部の顧問をなさっていて、秋の文化祭にツルゲーネフの「初恋」を上演したいので、ジナイーダの役をやってみないか、と下級生を通じて声をかけてくださったのだが、私は即座に断ってしまった。それもとても失礼な態度で。決局、イメージ通りの学生が他に居なかったのだろう。文化祭ではトルストイの「復活」が、演劇部の学生達によって上演された。その翌年も、文化祭の時に発行する帝塚山学院新聞に詩を載せるように、と下級生を通じて声をかけてくださった。私はそれも断ってしまった。なぜ私はあの頃あんなだったのだろう。先生はその後顔をあわせても、やはり黒パンの精のようにふくよかな笑顔で何も云われなかった。先生がお亡くなりになってから、先生の書かれた作品を読み返してみると、どの作品も前向きで、楽しいこと、心が豊かになること、幸福な気分になることしかお書きになっていないことに気づいた。戦争を体験し、いろいろ辛い目にも会っていらっしゃるはずなのに……。先生はあの頃お好きだった、〈生き方の天才〉と呼ばれていた堀辰雄と同じ生き方を実践なさったのだと思う。彼と同じように、〈永遠の日曜日〉を過ごして来られたのだ。もう一度生き直すことができるのなら、時間を遡ることができるなら……と私は今考える。先生のアトリエでガラス板に描れた百態の薔薇の花を見せていただいている十六歳の私、先生の演出でジナイーダを演じている十七歳の私、文化祭の新聞に載った私の詩を批評してくださる先生のことばに耳を傾けている十八歳の私――しかし時は決して遡れない。今思うと、卒業してからも、どれだけ私は先生の教育の影響を受けていたことか。〈若い時は大河小説をたくさんお読みなさい　難解な作品に挑戦しなさい　今が一番人間の脳が柔らかい時なのだから〉。私があの頃、「カラマーゾフの兄弟」や、「チボー家の人々」や、「戦争と平和」などの、膨大な量の文学作品を読み続けたことも、大学二年の夏、京都大学新聞の懸賞小説に応募する為、「1967年のDEMON」を書き上げる事ができたのも、みんな先生の影響だったのだ。そのことを先生に報告さえしなかったのに、人づてにそれを聞いた先生は、〈だから僕はあの頃、Mさんには才能があるっていつも云っていたでしょう〉と、ご自分のことのように喜んでくださったという。しかし、私が先生にお手紙を書いたのは、それから十年以上も経ってからのことだった。その間に私は結婚し、苦しみを体験し、一人になり、心身共にどん底の挫折を味い、それを克服し、先生と同じように教職に就き、教育することの困難と、それに成功した時の至福を経験した時、初めてお手紙を書いたのだ。レオナール・フジタ展が画廊で開催された時、先生は来てくださった。奥の応接間に掛けられていた初期のフジタの絵を先生はとても興味深げにご覧になり、〈くやしいけれど、彼の様には描けないからよく観ておきますよ〉と云われた。それが先生にお会いした最後になってしまった。

（「アリゼ」40号・一九九四年三月三十一日）

詩への抱負

私が八歳の春、母親代りだった一番上の姉が死に、しばらくして溺愛してくれていたばあやが姿を消しました。

森のような大きな邸の庭の暗黒に、一人私はとり残されたのです。子供心にもう自分を愛してくれる者は誰も居ない——そう思いました。その時味わった深い喪失と空白の感情は八歳の子供にとって身にあまるものでした。私は溺れかけている者が何かに必死で捉まるような思いで、黴臭い書庫の中で一日の大半を過しました。そして題名の気に入った本を何冊もとりだしては、庭の奥の花の咲かない桜の樹の下で読書に耽溺しました。（半分以上は何が書いてあるのかわからないままに……）

云わばボードレールやヴァレリイ、達治や露風が、私の第二の母代りになったのです。しかし代理はあくまでも代理にしかすぎないのでした。その当時母は、国際ギデオン協会の会長に就任した父を助けて東奔西走の毎日で、ほとんど家に居るという事がなかったし、後妻という立場上、我が子にかまけることができなかったのでした。

　でも時たま、もう一つの庭の奥に母が立っていることがありました。あの邸には二つの庭があったのです。一つは整然と整えられた森のように大きな本庭。そしてもう一つは庭師の手が届いていなかった廃園になっていた裏庭。その裏庭はありとあらゆる花々が咲き乱れていながら廃園だったのです。本庭と裏庭との間には樹々と樹々がアーチをつくっている小暗い小道が続いていて、その小道を抜けると廃園に出るのです。そこに夏の或る夕暮、母が立っていました。水色のホースで夏のあらゆる花々に長い間水をやっていました。花々に水をやっている母の背中には、忘れな草が咲き乱れているもう一つの廃園がありました。その廃園はこう云っていました。

「私に触らないで。私は今一人になりたいのです。」と……

　母はその廃園の中で、決して我が子の方を振り返りませんでした。決して……

　その時私の中で何かが生れました。それが私にとっての詩だったのではないかと、今私はふとそう思ったりしています。


（「アリゼ」1号・一九八七年九月二十日）

『浮遊あるいは隅っこ』の詩人について

松本昌子さんに初めてお会いしたのは、七年前の十一月のことである。それは当時一人で詩を作っていた私が、奈良にある「古本と同人誌の店」と看板の出ている「十月書林」の主人に、勇気を出して「良い同人詩誌を紹介してほしい」と頼み、紹介してもらった「七月」という詩誌の合評会に、清水の舞台から飛び降りるような思いで、一人で行った時のことだった。三十人以上もの集りの中へ、世間にほとんど出たことの無い内気な女が、知人も無く一人で入って行くのは、大変心細いものである。合評会が終り、一人ぼっちで入って来て、また一人ぼっちで帰る私に、「また、いらっしゃあいねえ」と遠くから声をかけ、大きく手を振ってくれたのが松本さんだった。ブラウンのフォックスの衿のついたシルクバーバリーのコートに、アップのヘアスタイルが、日本人離れしていて、どこかパリの小粋なマダムのようで、印象深く心に残った。

松本さんという人は、そんな風に他人の心の内を思いやり、それに対して気のきいた心配りをしてくれる人である。彼女はたとえば、ブラックミンクのコートや、ダイアモンドのイヤリングの、いやみでなく似合う人である。つまり、姿も精神もソフィスティケートされている人なのである。どことなくアンニュイなものを持っていて、お洒落をしているのだけれど、「本当はそんなこと、どうでもいい」と思っているようなところのある人である。

いつの「七月」の新年会だったか、その席上で三井葉子さんが、松本さんと私を指して、「この二人って、似てると思わない」と云ったことがある。三井さんは時々、感覚的に鋭いことを云う人である。私はどきっとした。確かに松本さんと私は似ているところがあると思う。

たとえば、「狂わずに生きてゆくために／なにをすればよいのだろう」（風景）は、松本さんの問いかけであり、私自身の問いかけでもある。また「いつも　どうしてこうなのか／わたしは　わたし自身からどんなに遠いことか」（白い山）という反省も、松本さんのつぶやきであり、私のつぶやきにも通じてくる。

いつだったか、松本さんは、ペルシェンヌ（鎧戸）という言葉が好きだと云ったが、私もそのフランス語の響きが好きである。またヴィスコンティの「夏の嵐」というシネマについては、その官能の美しさをよく話し合った。その時、何となくあの映画の主人公、アリダ・ヴァリ演じる伯爵夫人に、彼女がオーバーラップしてきたものだった。

　そんな松本さんが十年ぶりに詩集を出版されて、私がその詩集評を書くことになったわけである。「梯子がかかったままなので／上《のぼ》ってゆくと／うす暗がりのなか／影のように座っていたのは／わたしの魂ってやつ／（飼い殺しの）／継ぎはぎだらけの時の古着を着込んで／こんこん　咳をしている」

　私はこの「四月」という詩の冒頭の部分が特に好きだ。ブラックミンクのコートにダイアモンドのイアリングをつけて、外身は美しく着飾っていても、本当のところは、魂って奴は、継ぎはぎだらけの古着を着込んで、こんこん咳をしているのだ。松本さんも、私も、「夏の嵐」の伯爵夫人も。魂はいつもかわいていて、求めているのだ。そうでなくて、どうして詩など書き続けているだろう。安水稔和さんの語る、まさに「あなたとわたしとの乖離、わたしとわたしとの乖離、そのあげく、遠くからの声にさそわれて、存在の深部から滲み出て、言葉は滲み出て、被膜のように生をつつみこむ。」のである。

　〝空《くう》の空なるかな　すべて空なり〟、これはバイブルの伝道の書のなかのことばである。聖書にさえ、こんなことばがあるということは、驚きでもあり、一種の救いでもあるのだが、彼女も私も、この空《くう》なるものに苛立ち、さいなまれ、苦しみながら、生き、詩を書いているのだと思う。

私の学生時代から心酔してきたボルドーの詩人であり、小説家であるフランソワ・モーリアックは、「小説家とその作中人物」の中でこう語っている。「作家がその作中人物から離れれば離れるほど、その作品は成功している」と。また、「作者自身の苦しみが、生《なま》で出てこない作品ほど完成度が高い」と。松本さんも私も魂がかわいていて、空《くう》なるものに苦しんでいる故に、美しいものにより強く執着する。美しいものは、私達の苦しんでいる魂に着せられたコスチュームである。昨年の秋、私も処女詩集を出し、ある詩人から、「ことばが美しすぎる。装飾的すぎる。」と手紙をいただいた。その詩人は、おそらく松本さんの詩集にも同じ感想を覚えたのではないかと思う。しかし多くの詩人達は、美しく装飾されたコスチュームの下にひそむ、魂のうめき、空虚感、痛み、傷、などを掘り起し、理解してくれた。松本さんも魂の空白感を埋める為に、せめて異国の美しい街々に旅し、色とりどりの愛らしい小鳥を飼い、美しいコスチュームで身を飾っているのだと思う。生きることの苦《にが》さをつかの間、忘れる為に。

彼女自身が作品に引用していた、寺山修司の「にがきにがき朝の煙草を喫うときにこころ掠める鷗の翼」の歌のように。


（「アリゼ」12号・一九八九年七月三十日）

「アリゼ」船便りから

1

アートギャラリーのレセプショニストをして満六年になる。昨年の十二月、毎日新聞の編集局次長の八木亜夫氏にインタビューされた際、「レセプショニストの仕事はどんな事をするのですか。」と聞かれて、過去六年にしてきた事を振り返ってみた。毎週美術催しが変るので、初日は画廊に展示している作品や作家のことを勉強しなければならない。そして画廊にいらっしゃるお客様にそれらを説明する。（ちなみに画廊ノートを三冊使い潰してしまった。）個展の先生のお世話。これには大変神経を使う。偉い先生になると周りのおつきの人達がいろいろ注文をつけたり、苦情を言って来られるのにも対応しなくてはならない。一週間毎日作家が来ておられる個展など、それが終って休日ベッドで目を閉じているると、その先生の顔がこびりついていて離れず苦しめられる。翌日はまた新しい作家のお世話だ。お得意様の接待にも気を遣う。フランス絵画の鑑定証明書を数えきれないほど翻訳もしてきた。一見優雅に見えるが神経の疲れる仕事だ。それでも続けてきたのは、やはり美術が好きなせいだろう。週に五日この仕事をして、一日を或る学校に教えに行っている。二つの仕事をして詩作も続けるのは、私にとって肉体的、精神的にギリギリいっぱいの線である。それが昨年十一月詩集を出版してパニック状態になってしまった。お便りやお詩集をいただいて、まだお礼状を出していない方々、本当に、本当に、お許しください。

（「アリゼ」10号・一九八九年三月三十日）

2

昨年の秋詩集を出して、自分の抱えている闇の深さに気づいた。詩集を出してカタルシスが味えるかと期待していたのに、とんでもない誤算だった。私の抱えている闇はより深く重くなった。

長谷川龍生氏に詩学一月号の詩書批評で、〈事件の核心〉が欠けている——と批評していただいたことは大変勉強になり、深く自己の詩作について考えさせられた。すなわち私は今まで〈事件の核心〉から逃げていたのではないかと……。

詩集あとがきに、二十歳の時新聞に載った小説が自分の骨をけずるような所業だということに気づき、小説書きをやめて、詩作に転向した——と書いたのだが、皮肉なことに詩集を出して、またふりだしにもどったということになる。

小説を書くには、現状では時間的に余裕がない。

詩で〈事件の核心〉を書いてみようと決意している。やはり幼年期が私のキーワードだと思う。幼年期の空白や傷をえぐりだすのは苦しいことだけれど、それをやりとげることによって、私は現在《いま》の魂の囚われ人から解放されるのではないか……という一条の光のようなものが、闇の中に見えてきたような気がするのだが、〈自分をあまり追いつめない方が良い〉という同人の意見もあり、私の心身の不調和感はあい変らず、癒されない。願わくは、書くことが救済になるような詩であってほしいと思う。こんなに苦しんで書いているのだから。

（「アリゼ」11号・一九八九年五月三十日）

3

アートギャラリーで仕事をしてきて、つくづく思うことがある。現代《いま》の世の中では、本物の芸術家は育たないのではなかろうかと。六年間、数えきれないほどの作家と出会ってきて、この人は本物の芸術家だ、と思える人はごくわずかだった。後は政治家であったり、商売人であったり、役者であったり……これは文学の世界にも通じることではないかと思う。今この世の中で本物の芸術家であることは、不遇なこと、埋もれることを意味するような気がする。例えば、彫刻家のH・F先生。この人は私が会った数少い本物の芸術家だと思うが、非常に寡作である。作っても納得いかないものはすぐに風呂の火にくべてしまうのだ。そして自分の気に入った作品は手離したがらない。わがままと云えばわがままなのかもしれないけれど、私はやはり、H・F先生だけは、この六年間に出会った数少い本物の芸術家だと思っている。埼玉県の山中で自給自足に近い暮しをして、流木で夭折したお姉様に似た仏像を刻んでいらっしゃるH・F先生、これからも佳い作品を作ってください。

（「アリゼ」12号・一九八九年七月三十日）

4

画廊にお見えになるお得意様の中に、歌舞伎座の元重役をなさっていた方が居て、その方から〈花の吉原百人斬り〉の招待券を二枚いただいた。水曜日の夜の部、午後四時から。水曜日は私の holiday。何てラッキーなんだろう。さっそくアリゼのA女史を誘って新派見物と洒落こんだ。京都の南座の〈顔みせ〉には、何度か行ったことがあるのだが、〈新派〉を観るのは初めて。席は二階の桟敷で真下に花道が見渡せる。〈岡場所上り〉の女である水谷良重の足の裏が汚れてるのや、ご飯を食べるのにお茶碗の中が空っぽなのも、よくよく見える。それにしても良重は若いと思う。私が五歳くらいの時に、〈三人娘〉で東郷たまみや朝丘雪路とデビューしたのだから、もう五十は過ぎているはずなのに、三十そこそこにしか見えない。いったい女優っていうのは年をとらないものなのかしら、と思う。しなやかな身体はまるで二十代だ。大夫行列の時、下の花道を高下駄をはいて歩いて来るのだが、二階の観客、天井桟敷の観客にも会釈を忘れない。さすがはプロだと感心してしまった。しかも最も心に残ったのは大夫の役をした女性。〈﨟たけた〉という言葉がぴったりの、格調あるエロティシズムを発散していて、どうしても〈彼女〉に目が行ってしまう。新学期が始って、K先生にその話をしたら、〈先生、あれは男よ。《おやま》なのよ。〉と云われ、仰天。〈女〉を半生近く生きてきたというのに、すっかり騙されてしまった。やっぱり〈男〉は恐い。

（「アリゼ」23号・一九九一年五月三十日）

5

夏風邪をひいてしまった。こんなにひどい夏風邪をひいたのは、七年前ギリシャへ旅しての帰り、シンガポールに向う機内の中で声が出ないほどのひどい夏風邪に出会って以来のことだ。その八年前、ポーランドに住んでいた時に、冬と夏の二回に渡ってギリシャへ旅立った。学生時代からギリシャ悲劇が大好きで、大学時代、長沢真珠先生が講義なさっていた西洋哲学の時間など、特にソフォクレスのオイディプス王の講義の時間には、文字通り机から身をのりだして講義を聴いたものだった。そんな憧れのギリシャへの三回目の、しかも一人旅。アテネやミュケーネ、デルポイ、オリンピアなどでは、まるで子供の頃住んでいた故郷へ帰ったような懐しさ。またエーゲ海に浮かぶ島々、クレタ島、サントリーニ島、ロードス島での、初めての島巡りは、何もかもが新鮮な感動に満ちていて、まるで私は美酒に酔ったような酩酊感を覚えながら一週間を過した。そんな有頂天になった躁状態の東洋女に、ギリシャの神々は意地悪をしたくなったのだろう。昔から読んできた本の内容でも、長沢教授の講義でも、忘れられない言葉がある。

〈苛酷な運命のまにまに流される人間達の頭上で、ギリシャの空はあくまでも青く高く広がっている〉

〈人間は、さあこれから生きようと思った時に、死が訪れる〉

（「アリゼ」24号・一九九一年七月三十日）

6

アリゼ先号に「フィロパポスの丘」を発表して数日後、或る男性詩人から〈あの作品は君にしか書けない作品だね　自分で自分のことを美しいと書ける人は〉と云われて、愕然としてしまった。私としてはあの作品を完全なフィクションとして書いたつもりだったからだ。世界的な〈ワルイオトコ〉に騙され、悲劇的な最後を遂げる女の Situation って、いったいどういうものなのだろう、と考えた時、やはり一種の催眠術に近い、精神的高揚状態に陥るのだろうと思ったからだ。一世一代の大恋愛をしている時の女性は、当然生涯のうちで最も美しいはずだと思ったからだ。その後アリゼ合評会でも、同人のひとりから〈この作品に関してはナルシシズムを強く感じる〉と云われ、当惑してしまった。そして昔読んだ伊藤整の「仮面紳士と逃亡奴隷」というエッセイの中の言葉を思い出した。〈西洋で三人称小説が主流になったのは、西洋には社交界というものがあり、一人称で書くと具合が悪かったからだ。その点日本では社交界というものがなかったので三人称小説が育たなかったのだ〉というような内容だったと思う。私もよく一人称で書く習性があるので、主人公=作者と誤解されやすいのだ、と思い、今回の詩は三人称で書き始めたのだが、やはり一人称に慣れているので、殊の外書き辛かった。筆がいつものようには進んでくれないのだ。それでも今度という今度は、主人公=作者とは思うまい、と変な安心をしている。

（「アリゼ」25号・一九九一年九月三十日）

7

小山しづさんが亡くなられた。

第三回福田正夫賞受賞式当日、ローズピンクの薔薇の花束を抱えて式場に駈けつけてくださった時の、暖かい笑顔が目に浮ぶ。私の好きなローズピンクの薔薇がなかなか見つからず、何軒かの花屋さんを捜し求めて、その為の予定より少し遅れての来場だった――と後で知って、胸が熱くなった。そのようにいつも篤実な人だった。語学が堪能で、日本ペンクラブの国際部に所属なさっていて、故井上靖氏のお仕事のお手伝いもなさっていた。氏の外国からの書簡は、すべて小山さんが翻訳なさっていたそうだ。

しかし、そのような能力を持ち、そのような立場にあったにもかかわらず、決して人前で、〈出すぎる〉ということがなくて、むしろ〈一歩下がる〉という人だった。私がその〈華々しい経歴〉を同人の誰かに話したりすると、〈その事は言わないでください〉と、そっと小声で言われる人だった。一度ぐらいなら〈もののはずみ〉と考えられるのだが、若くない女性が、その都度〈出すぎる〉のを目にすると、何か女性の本質を見てしまったという気持ちを味わい、女性であることがうとましくさえ思われてしまう。他人の姿は鏡というように、自分への自重にしようと思う昨今なのだが、小山さんは、そういうものの全く無い人だった。本物の実力とインテリジェンスを持った〈大人の女性〉だった。急逝が惜しまれてならない。

（「アリゼ」38号・一九九三年十二月十日）

8

ルキノ・ヴィスコンティの映画が好きだった。彼の作品はすべて観てきたつもりだが、その中から五作だけ選べと云われたら、「夏の嵐」「ヴェニスに死す」「ルドヴィッヒ」「家族の肖像」「熊座の淡き星影」だろうか。「夏の嵐」の、ヴェネツィアの剝落し色褪せた壁の色の美しさと、ドラマティックなヴェルディのアリア「ヴェニスに死す」の、ホテルの庭に咲く赤紫と青紫の紫陽花のアップの美しさと、気怠く官能的なグスタフ・マーラーの曲、「ルドヴィッヒ」の、雪の降りしきる中を黒いこうもり傘をさして歩く、エリーザベト公妃役のロミー・シュナイダーとヘルムート・バーガーの格調あるストイシズムと、ローエングリンの歌声、「家族の肖像」の花嫁衣装を着たクラウディア・カルディナーレが紗のヴェールをゆっくり上げていく甘美なシーンと、モーツアルトの悲哀に満ちたヴァイオリンの音色、「熊座の淡き星影」の、オレステスとエレクトラ伝説と同じ様に、美しい姉を愛してしまった弟の熱情と苦悩を演じたジャン・ソレルの美貌と、セザール・フランクの悲劇的なピアノソナタ――ヴィスコンティの作品は、どの作品も官能性に満ちていながら、ストイックで、退廃的と云っていい耽美性を持ちながら、知的な抑制と均衡が保たれている。そしてそれらの象徴である音楽。生きてきて、この人と出会えたことは数少い幸せの一つだったと思う。この人と並ぶ作品を作れる人は過去にも未来にも居ないだろう。ベルナルド・ベルトリッチの「暗殺のオペラ」を除いては。

(「アリゼ」39号・一九九四年一月三十一日)

9

安西（均）先生がお亡くなりになった。前々回の〈舟便り〉で、小山さんの訃報を書いたばかりだというのに……。

安西先生との出会いは、私がポーランドから帰ってしばらくして、「ミセス」という婦人雑誌の〈詩苑〉に、〈天使の生成〉という詩で投稿した際、選者をなさっていて、一席に入選させていただいた時だった。当時の「ミセス」の〈詩苑〉は、一流の詩人が一年交代で選者を務めていて、賞金も多く、非常に質の高いものだった。当時征矢泰子さんがよく入選なさっていたことを記憶している。

初めて投稿した憧れの〈詩苑〉で一席になり、単調な主婦暮しの身にはどんなに嬉しかったことか。その賞金を持って私は花屋さんに行き、赤紫のブーゲンビリアの鉢植えを買った。その前後に三回投稿して、もう一度〈夕映え〉という詩が佳作に選ばれて誌上に掲載された。その時の賞金を何に使ったかは覚えていない。それから数年後、私は先生が顧問をなさっていた「七月」の同人になった。不思議なご縁だと思う。先生は多くの素晴しい詩集を上梓なさったが、私は初期の〈遠い教会〉が最も好きだった。ストイックなリリシズムがあり、清潔な唯美性を感じるからだ。毎週授業の始めに、その季節にあった名詩を学生達に紹介するのだが、この詩集の中から、毎年〈十一月〉〈聖夜〉〈葡萄酒の害について〉などを名詩鑑賞したことを思い出す。来年度は先生を懐しみながら、これらの作品を講義することになるだろう。

（「アリゼ」40号・一九九四年三月三十一日）

10

今朝、いつものように七時四十分に目覚め、台所の窓を開けると、霧雨が降っていた。三月二十七日、金曜日、花冷えの季節には少し早いが、大気は冷たかった。向いの教会堂の白い建物が霧に半分けぶっていた。葡萄色のカシミヤのショールに首を深くうずめて、デルフトのまな板で赤かぶとカマンベールチーズを切り、白いミルクパンに牛乳を入れ、火をつけていると、幽かな声でうぐいすが鳴くのを聞いた。教会の中庭のアカシアの裸木のどこかに止っている、美しい声を持った小さな天使を見極めようと、窓から身を乗り出してみたが、深い霧の為、わからなかった。冷蔵庫からマイセンのバター入れを取り出し、食卓に座って、スエードのように焼けたトーストにバターを塗っていると、庭をイカルが走った。一羽、二羽、つがいのイカルが……。父が死んで一年一ケ月が過ぎた。父はこの季節、よく古い愛用のカシミヤのマフラーを巻いて、ステッキを手に散歩をしていた。最後の一年はベッドにほとんど横たわったままだったけれど……。この半年間、四人の兄姉達と、母を守って戦ってきた私の姿を、父はこの庭で見守ってくれていたのだ。ふとそんな想念が私の胸をよぎった。父の好きだった聖句〈神はすべてのことを益としてくださる〉という言葉と共に。庭には黄水仙と赤紫のヒヤシンスが盛りだった。今日は何処へも行く力は無いが、せめて赤紫のヒヤシンス色のマネキュアを塗って、マーラーの、〈大地の歌〉を聴こう。

（「アリゼ」64号・一九九八年四月三十日）

11

五月十六日、土曜日、重い倦怠感の中で目覚める。いつものように時計は七時四十分を指している。このところ夜寝つきが悪く、明け方目覚めてしまうので、胸が苦しい。ペパーミントグリーンのパジャマのままで台所の窓を開ける。外は初夏のような陽光が差している。今年は四月の初めから初夏のような気候が続いた。教会堂の正面にそびえている桜の木は四月の初めに淡紅色の花が満開になり、十日過ぎには葉桜になってしまった。この六年ほど、もう外出できなくなった父を、母は玄関の扉を開けて扉口に立たせ、教会の桜を一緒に眺めさせていた。今年は母は一人で扉を開けて、一人で長い間桜の花の散るのを眺めていた。母はこの一年でとても年老いた。朝でも、昼間でも、揺り椅子に座ってよく眠るようになった。あんなにインテリジェンスの塊のようだった明晰な人が、時々ぼんやりしたことを云うようになってきた。この四十数年間、母という人は私にとって、目の前に聳える、どうしても登攀不可能なモンテローサ山のような存在の人だった。その絶対だった母が目の前で老いてゆく。何という残酷なことだろう。父の死には耐えられた私が、現在目の前で起っている絶対的事実に神経が耐えられない日が続いている。台所の窓から青々と茂ったアカシアの新緑の葉がザワザワとそよいでいるのを見ながら、〈どうか少しでも私を母より長生きさせてください〉と私は神に祈った。

（「アリゼ」65号・一九九八年六月三十日）

12

カプリ島から帰った翌朝、時差ぼけの頭でテレビをつけると、広島の原爆式典が始まるところだった。そうだ、今日は八月六日、ヒロシマに原爆が落され、多くの日本人が苦しみながら亡くなった日だったのだ。それなのに、私は昨日までカプリ島でバカンスを楽しんでいた。こんな時いつも罪悪感のようなものを感じてしまうのは、幼い頃からクリスチャンホームで育ってきた環境のせいなのか、それとも生まれつきの性格なのか……。不惑を過ぎても、私はこの世で生きることにとても不器用な人間なのだと思う。

今年の原爆忌には、インドとパキスタンの大使が出席していた。しかし他の招待国、アメリカやフランスやイギリス、中国などの大使は、全員欠席していた。インドやパキスタンが核実験を行ったのは、確かに国際的に非難されるべきことだと思う。しかし日本に原爆を落として数え切れない罪のない民衆達を殺戮《りく》したアメリカや、自国内ではなく、占領国タヒチで核実験を何度も行ったフランスの大使が平気で欠席していることに、どうして日本のマスコミ、世界のマスコミは沈黙しているのだろう。それはインドやパキスタンが後進国で、アメリカやフランスは戦勝国の大国だからなのだろう。教室や社内、ひいては小さな詩のサークルでさえ、差別やいじめがあるように、世界にも、大国と小国、戦勝国と敗戦国という差別やいじめが、二十世紀が終わろうとしている現在も続いているし、むしろひどくなっていると思うのは、私だけだろうか。

（「アリゼ」66号・一九九八年八月三十一日）

13

幼い頃、私はとても内向的でおとなしい子供だった。両親が熱心なクリスチャンだったので、帝塚山の邸の庭をへだてて、父の寄贈したキリスト教会があり、毎日曜日、森の小径を通って裏の木戸を開け、その教会へ通っていた。或る朝、日曜学校の若い女の先生が取税人と金持ちの話をした。イエスの前で金持ちは、「私はこんなに多くの金を献金しています。私はこんなに信仰が厚いのです」と自信に満ちて顔を上にあげて祈った。取税人の方は、「私はこんなに卑しい身分でお金も少ししかありません。これは私の今晩の食事代を献金しました。こんなにわずかでお許しください」とうつむいて祈った。「さあ、どちらが本当に信仰の深い人でしょうか」。周りの子供達は一斉に「金持ち」「金持ち」と叫んだ。私は黙っていた。私は明らかに本当の信仰の持主は取税人だと思ったからだ。

「ヨーコちゃんはどう思うの」若い女教師が私にやさしく声をかけた。それでも私はうつむいて黙っていた。小学校に入っても、先生に当てられて、正しい答がわかっていても、私はうつむいて黙っていた。そんな子供は幼い者達の標的になる。私はとてもいじめられた。自己主張をしなければ損をする。子供心に私はその体験でそう思った。小学校高学年になって私は自己主張の強い人間になった。気がつくとクラスメートからも教師からも一目置かれる存在になっていたが、やはり結果的には損をしている。周囲と異なる人間は異端者にされるのだ。日本はそういう国なのだ。

（「アリゼ」73号・一九九九年十月三十一日）

14

現在《いま》、テレビのニュースや新聞で、不快な気分になる事件ばかりが報道されている。やはり世紀末なのだろうか。こういう事件の報道を聞くと、不愉快さ以上になんとも云えない腹立たしさが、胸の奥底から湧き上ってくる。商工ローンにしても子供の誘拐事件にしても、その事件の根本に銀行が関係している。我々の血税である何兆円という公的資金が、各銀行に投入されたのは、中小企業への貸し渋りを是正するのが目的だったはずなのに、依然、銀行は資金ぐりに困っている中小企業に貸し渋り、返済額四十パーセントの悪徳商工ローンに公的資金を回している。その為中小企業は倒産し、その保証人になった一般市民が犠牲になっている。悪の総元締めは大手銀行なのだ。それなのにマスコミはそのことをほとんど報道しない。子供の誘拐事件の背景も、銀行に貸し渋られて商工ローンに手を出し、追いつめられた小企業主だった。

二十年以上も前、ポーランドに住んでいた時、その前年に肉の値上げが原因で市民が立ち上り、大暴動が起り、ゴムルカ政権が崩壊し、ゲーレック政権が誕生したことを、私はある種の驚きと感動を持って知った。それに比べ、日本の国民はなんと無気力で無関心なのだろう。日本人はなぜもっと団結して公的に怒らないのだろう。こんな国民を相手にしたら政府もやりやすいだろうし、そんな基盤に立った日本政府を相手どる諸外国も、さぞかしやりやすいことだろう。そしていつもそのつけは一般市民に返ってくるのだ。

（「アリゼ」74号・一九九九年十二月三十一日）

15

五年前、父が亡くなってから、人生における嵐の毎日が始まった。生れて初めて弁護士という職業、税理士という職業の人達、裁判官、裁判所の書記官など、今まで無事な生活をしている時には邂逅する必要のない人に多数出会ってきた。この体験で、男女同権と、子供時代から教育されてきた神話が私の中で音立てて崩れ去ってしまった。無事な時には、私達女性はそう思い込まされているが、いざ有事になると、女性差別は厳然と存在している。弁護士も税理士も、相手が女一人だと、足元を見て態度が変ってきた。すべての弁護士、税理士がそういう人なのではないだろうけれど、相手が女性一人だと見ると、甘く見て態度が変る男性がやはり多いのだ。私が男だったら、彼等はこんな横柄な態度や、このような理不尽な要求などしてこなかっただろう。

このような海千山千の男達と互角にやり合ってきて、しかもその間に母を喪い、私の心身は本当にボロボロになってしまった。おまけに母が亡くなると、〈先生、先生〉〈おばさん、おばさん〉と近づいてきていた人達が、見事に手の平返すような態度になり、その人達が女性、しかも一応表向きはクリスチャンということで、二重の打撃を受けてしまった。

〈これが人生というもの、人間の本質というものでしょうか。神様って本当に居らっしゃるのでしょうか。もし居るのなら、悪意のある方なのではないでしょうか。〉私の問いに牧師は受話器の向うで沈黙していた。

(「アリゼ」87号・二〇〇二年二月二十八日)

16 天国の庭

私が十五歳の時から三十七年間住んでいるこの家は、キリスト教会の向かいに位置している。朝起きて台所の窓を開け放つと、教会の塔の十字架と中庭に茂っているアカシアの樹と棕櫚の樹が見える。十代、二十代、三十代の頃は、自分の内面世界のことで頭も心もいっぱいになっていて、その恵まれ過ぎた環境に気づかなかった。四十代になって初めてその恩寵と云っても過言ではない与えられた風景に気づき、それからは毎朝起きると、どんなに寒い真冬でも台所の窓を開け放つ。春はアカシアの樹に淡いピンクの花が咲き乱れ、うぐいすが鳴く。ベルギーのホテルに滞在しているような気分になれる。夏になると棕櫚の緑が涼し気な影を落としていて、バリ島のホテルに滞在している気分。秋は銀杏の樹の黄金色が美事で、ポーランドの黄金の秋の中に居るようだ。そして冬。アカシアの裸木がストイックに聳え立つ霧の中に讃美歌が流れる。まるで北欧の修道院に滞在しているようだ。母を失った翌年の春だった。朝、台所の窓を開けると、〈春は軒の雨　秋は庭の露　母は涙渇く間なく　祈ると知らずや〉という讃美歌が聞こえてきた。その日は五月の第二日曜日、母の日だったのだ。その時、天国の庭を、若い日の母が歩いているのを見た気がした。毎朝台所の窓を開け放つと私の心の旅が始まる。そしてどんなに苛酷な毎日が続こうとも、神の恩寵はこのように存在しているということを知らされるのだ。

（「アリゼ」88号・二〇〇二年四月三十日）

解題・年譜

解題

『黄金の秋』

一九八八年（昭和六十三年）十月二十五日、東京都文京区本郷六—二二—八・詩学社（発行者・嵯峨信之）発行。跋文・吉原幸子。装幀画・黒木邦彦。二五〇〇円。本文一二二頁。詩二十八篇。A五判。上製本。丸背。カバー装。

＊

（詩集発行時、「毎日新聞」掲載「八木亜夫の交談楽語」インタビュー記事より）

わかりやすく、魂が伝わる…

——詩集「黄金の秋」桃谷容子さん

〈とかく難解な現代詩が多いなかで、桃谷さんの処女詩集「黄金の秋」（詩学社刊）はとてもわかりやすい〉

「詩をつくらない方がお読みになっても、わかっていただける詩を書きたい、と思っています。だれが読んでもよくわかり、しかも作者の魂が伝わってくるものを、書き記したいと、いつも思っています」

〈帝塚山学院高校で庄野英二氏に、同大学で小野十三郎氏に学ぶ〉

「詩集を出すのは、10年来の念願でした。力はまだまだと思いますけど、そんなこと言ってたらオバアサンになってしまいますので、思いきって」

〈初めは小説を書いていた〉

「小説は、自分の痛みや傷を、ナマで出してしまうことになります。詩のほうは、なんと言うか、もうちょっとオブラートにつつんで、もう少しキレイに飾れる、というのが、わたしにとっては、書きやすかったんです」

〈結婚して、夫の転勤に従い1973年5月から1975年2月まで、ポーランドで暮らす。そのときの鮮烈な印象が、たくさんの作品に結実。83年の大阪世界帆船まつりにはるばるポーランドからやってきた、ダルモジェジイ号を訪ねた感激も〉

「あれは、ほんとうに簡素で、美しい帆船でした」

〈帰国して、破婚を体験〉

「それはやはり、勇気がいりましたけど、わたしも一度きりの人生ですので」

〈父は、大阪の化粧品メーカー桃谷順天館の元会長、現常任監査役の勘三郎氏。熱心なクリスチャンで、国際ギデオン協会の役員や、大阪クリスチャンセンターの理事長もつとめた。母も婦人牧師〉

「両親がずっと伝道旅行に出ていたので、帝塚山の、こどもにとっては暗い、森のような庭のある屋敷にとり残されて、とても孤独な少女時代でした」

〈だから〉

「わたしにも、母のように、何かに熱中して没頭してしまうところがありますから、こどもを持つのはこわいような気がします」

〈その両親と、奈良市の元阪田寛夫(父の)邸だっ

た家に住む。本職は、大丸本店アートギャラリーのレセプショニスト。外語専門学校で文学を講じる〉

「母親がわりになってくれた、20歳も年の離れた異母姉がいました。29歳でなくなりました。ほんとは、この姉に文学的才能はあった、と思うんですけど」

〈これらもろもろの事情が、複雑に詩に織り込まれて〉

「みんな事実だと誤解されて。事実もフィクションも半々です」

〈だが、社会的事件への関心は強い。ルドルフ・ヘスの自殺も、冬のポトマック川の旅客機墜落事故も、ドラマチックな作品に。面識のない吉原幸子氏が一文を寄せ、黒木邦彦画伯の装画、というしあわせな処女詩集〉

「絵画を題材にした詩も書きたいと思います」

〈詩誌「アリゼ」同人。折り紙博士で知られる桃谷好英・大阪府大教授は、いとこ〉

（「毎日新聞」一九八九年一月十四日）

『カラマーゾフの樹』

一九九四年（平成六年）十一月一日、大阪市北区中津三―一七―五・編集工房ノア発行。カバー・扉絵「セガンティニ画集」より。一九四二円。本文一〇三頁。詩二十二篇。A五判。上製本。丸背。カバー装。

帯文・大野新。

前詩集『黄金の秋』は、ドラマ性の潜在に注目されたが、今回はその顕現化にほかならない。それは、「どんなときでも、自分を見つけていなければ気がすまない」「あのしんの疲れる自分自身への帰還」のテレーズ・デスケイルゥにならって、幼年以来の驕慢ともとれるエゴティスト（自我主義者）の芯をさらす劇だった。モーリヤックによって目ざめさせられた有毒な感性をとぎすませながら。危険な書である。

『野火は神に向って燃える』

二〇〇三年（平成十五年）九月十九日、大阪市北区中津三―一七―五・編集工房ノア発行。跋文・以倉紘平。装幀・森本良成。二〇〇〇円。本文一四七頁。詩三十一篇。A五判。上製本。丸背。カバー装。「あとがき」日付、一九九九年十月。

二〇〇三年九月十九日、死去。同日を発行日とする。

年譜

父・桃谷勘三郎（明治三十二年三月二十日生まれ。平成九年二月二十日死亡）

勘三郎は、和歌山県粉河町の薬問屋を継いだ桃谷政次郎・妻コウの三男である。（政次郎・妻コウには四男四女の子供がいた）政次郎は、明治十八年桃谷順天館を創業する。長男順一は、その後継者。次男勘次郎は、東京帝国大学で物理を学び、雪の結晶の研究で有名な中谷宇吉郎（一九〇〇―六二）の友人であった。桃谷順天館社長順一は、関東大震災で家産を失った学生時代の中谷宇吉郎に卒業後の就職を保障することで大学院での研究に専心することを後押しする。勘次郎は、化粧品の製造と研究をこころざし、寺田寅彦から「霜柱と白粉」という奇抜な研究テーマを与えられ、後、この研究が、化粧品の開発に役立つたと『寺田寅彦わが師の追想』（中谷宇吉郎著）*にある。容子の父勘三郎は、化粧品のメーカー桃谷順天館の広告部元専務取締役。明色クリンシンクリームの販売で〈美人は夜つくられる〉という広告史上有名な名文句を作り〈明色クリンシンクリームを塗ってお肌が生き返ります〉というコマーシャルをラジオ放送午後十時の時報の直前に流すという戦略で、売り上げを倍増させる。昭和二十八年、八頭身美人ミスユニバース世界第三位の伊東絹子を広告に起用。後、昭和五十六年明色アストリンゼンのコマーシャルに吉永小百合等の有名女優を起用。故杉山平一氏に〈関西の薔薇〉とその美貌を称えられた容子は終生明色化粧品を手放さなかった。四男嘉四郎は長男順一のあと社長職を継ぐ。

父勘三郎は、敬虔なクリスチャンで、〈仲良きことは美しきかな〉と、四兄弟の結束を図る役割を担った。国際ギデオン協会の役員や大阪クリスチャンセンターの理事長も務める。第六十八代・六十九代内閣総理大臣大平正芳氏は、若き頃、勘三郎に「イエスの僕会」でスカウトされ、一時桃谷順天館に勤め、桃谷勘三郎家の食客になった。大平正芳氏は、桃谷容子の結婚式の仲人を務めた。

（＊この書物については詩人の山口賀代子に教えられる）

母・桃谷きさ（明治四十二年十一月二十八日生まれ。平成十二年八月十四日死亡）

婦人牧師であったきさは、先妻との間に、二男、三女がいる桃谷勘三郎と結婚。先妻の子ども五人の養育と実子容子の子育てに大変苦労されたようである。母親の愛情に飢えていた容子は、その心の葛藤をテーマにした作品を繰り返し書いている。

一九四七年（昭和二十二年）　当歳

十一月十五日、桃谷容子出生。

大阪市天王寺区細工谷町六拾六番地に於いて、父桃谷勘三郎の四女、母きさの長女として生まれる。桃谷容子詩集『カラマーゾフの樹』「廃園」に記載のある幼少期を過ごした〈森の家〉は、天王寺区細工谷の家ではなく、後、勘三郎氏が、阿倍野区帝塚山の高級邸宅街に購われた邸宅のことで、桃谷容子の幼少期は、この〈森の家〉という大邸宅が舞台である。

第三十二回芥川賞を受賞した庄野潤三「プールサイド小景」もこの高級新興住宅地が舞台である。氏の小説に出てくるナンキンハゼは、この開拓地のシンボルというべき樹木であった。

桃谷容子は自身の特異な幼少期の体験を踏まえて、詩集『カラマーゾフの樹』あとがきで桃谷容子という詩人の履歴を次のように書いている。

「幼い頃から、〈魂の空白感〉のようなものに苦しんできた。それは幼年期の特異な環境と無縁ではないだろう。妻を病で失い、思春期から成年期に向かう五人の子を抱え、実業家であるというよりは、熱心なキリスト教伝道家だった父と、やはりキリスト教の婦人牧師をしていた母は結婚し、私は誕生《うま》れた。私の幼年期から思春期にいたる期間は、二人の熱心な全国にわたる伝道活動の日々と交錯する。私は、子供にとっては暗い、森のような庭のある屋敷に取り残され、多数の他者に囲まれて暮らしてきた。その特異な孤独すぎる幼年体験が、いかにその後の人生に影響を与えるものであるか……。私は現在《いま》、我が子の幸福よりも、他者の魂の救いに、生涯をついやしてきた両親の生き方を肯定している。しかし、父の〈幼児《おさなご》の如き信仰生活〉とも、数ある受難を耐えぬいてきた母の〈信仰による強靭な精神力〉とも、遥か遠い所に立って、私は詩を書き続けている。」

一九五四年（昭和二十九年）　七歳

四月、帝塚山学院小等部入学。

一九五五年（昭和三十年）　八歳

「私が八歳の春、母親代りだった一番上の姉が死に、しばらくして溺愛してくれていたばあやが姿を消しました。森のような大きな邸の庭の暗黒に、一人私はとり残されたのです」（「詩への抱負」／「アリゼ」1号）

一九六〇年（昭和三十五年）　十三歳

三月、帝塚山学院小等部卒業。

四月、帝塚山学院中等部入学。

一九六三年（昭和三十八年）　十六歳

三月、帝塚山学院中等部卒業。

四月、帝塚山学院高等部入学。国語の先生は庄野英二氏で、文学に目覚める。後、庄野英二氏は、帝塚山学院の学院長に就任される。文学に目覚めた容子は、抱え込んでいる心の問題を探求するのに大学は、神学部か文学部か大いに迷う。

高校三年次、一月三十一日の日記に、庄野英二先生に相談し、同志社神学部を訪問し、神学部の学生から、次のようなアドバイスをもらったことを記している。

「あなたの考えでは、自分の悩み、苦しみを解決する為に神学を志していらっしゃる。しかし神学とはそういうものじゃないのですよ。あくまでも教会につかえるということ、奉仕の精神を持たなければ……そんな逃避的な考えでは、果たして四年間続けられるでしょうか……」

結果として、神学徒の険しさより文学表現の険しさの道を選択する。

一九六六年（昭和四十一年）　十九歳

三月、帝塚山学院高等部卒業。

四月、帝塚山大学国文科に入学。この大学は、容子が小、中、高と過ごした大阪の帝塚山学院ではなく奈良の富雄にある帝塚山大学である。この頃、桃谷家は、事情があって、大阪市阿倍野区の帝塚山の豪邸を売却し、奈良市学園前の、阪田寛夫氏の御両親（父親は実業家で熱心なクリスチャン）が住んでいた邸宅を購入して転居する。この家は、しばしば桃谷容子の詩集に登場する。家の前の小高い丘に教会があったのである。その教会は阪田寛夫氏の父親が建てられたことは、阪田寛夫の『わが町』（晶文社）〈奈良市学園町〉に記載がある。寛夫氏の両親が住んでいた家について、阪田寛夫は次のように書いている。

「私の父が奈良市学園町の丘の上に、鉄筋二階建てのハイカラな家を建てたのは、彼が、肺癌で死ぬ三年前のことである。ハイカラな家は二階にもバスルームがあり、セントラル・ヒーティングと給湯設備がととのっていた。……仕事で大阪へ行くと、私は二階の畳敷きの客間に寝かされた。その大きなガラス窓から、生駒山の中腹の灯が思わぬ高さに見えるのが不思議だった。……夏、生駒の裏の水色に光る水銀灯の下をゆっくり登って行くケーブルカーを、あかりを消した部屋に横たわったまま眺めていると、此の世ならぬ快楽に身をひたしているような気がした。春や秋は、下駄をつっかけて唐招提寺や秋篠寺の仏を見に行った。電車で十分の距離の奈良まで出

かけて、大仏殿の裏通りを気楽に散歩してくること
も出来た。」

一九六九年（昭和四十四年）　二十二歳

二月、帝塚山大学近代文学研究会のサークル誌「漠」創刊号に「神のないクリストの死―芥川龍之介の悲劇」を書く。

京都大学新聞主催の懸賞小説（選者、井上光晴、高橋和巳、野間宏各氏）に応募する。

十二月、「1967年のDEMON―或る少女の日記より」が選外佳作三篇の中に選ばれ、京都大学新聞に選ばれた感想文と共に全編掲載される（一九六九年十二月八日付）。

一九七〇年（昭和四十五年）　二十三歳

三月、帝塚山大学卒業。

卒業論文のテーマは、堀辰雄であった。卒論のための〈堀辰雄ノート〉ともいうべき研究ノートには、芥川龍之介、伊藤整、三好達治、中野重治、長谷川泉、巌谷大四、山室静、中村真一郎、室生犀星、遠藤周作、井上靖、神西清、福永武彦等の、堀辰雄に関する論やエッセイから克明で印象的な抜粋が残されている。例えば次のようなものである。

〈「風立ちぬ」にはプルーストの匂いが感じられる。〉〈芥川さんは重いものをみんな背負いこまれたが、ぼくはなるべく身軽になろうと思った。〉等々。

一九七二年（昭和四十七年）　二十五歳

四月十二日、扇谷廸宏氏と結婚。仲人は、後に六十八代・六十九代内閣総理大臣になる太平正芳氏。

一九七三年（昭和四十八年）　二十六歳

五月から、一九七五年（昭和五十年）二月まで、日立製作所社員であった夫君の海外勤務先ポーランドのソスノヴィッツに在住。

「あのアウシュヴィッツ収容所から車で一時間ほどのこの街は、教会もアパートも花屋も、公園のベンチも、そしてその中で餌をついばむ小鳥たちでさえ、

すべて煤煙で灰色なのです。買物はすべて行列、卵を三個買うのも、馬鈴薯を一キロ買うのにも、チーズやパンを買うのにさえ……。」（「ポーランドからの手紙Ⅰ」）

約二年間のポーランド在住中、冬と夏の二回に渡って憧れのギリシャに旅する。容子は大学時代、長沢真珠教授のオイディプス王の講義によってギリシャ悲劇に魅了されていた。

一九七六年（昭和五十一年）　二十九歳

家庭不和。心身の不調に悩む。

一九七七年（昭和五十二年）　三十歳

四月一日より、帝塚山大学教養学部聴講生となる。仏語・仏文学を学んだと思われる。

大学の発行する身分証明書による住所は、両親の住む、奈良市学園町北二丁目五―一二となっている。

一九七八年（昭和五十三年）　三十一歳

九月五日、離婚。原因は不明。但し彼女の作品には、彼女の側から離婚理由が書かれている。精神安定剤、睡眠薬、抗うつ剤を生涯にわたって常用するようになる。健康な生への憧れを強く抱くようになる。

離婚後も、母校の帝塚山大学で仏語・仏文学を学ぶ。

その頃、婦人雑誌「ミセス」の安西均選の詩投稿欄「詩苑」に応募。作品「天使の生成」が一席、その後作品「夕映え」が佳作に選ばれる。

作品掲載が励みになって詩作を続ける。後、彼女が、三井葉子の主催する詩誌「七月」の同人に加わるのは、安西均氏が「七月」の客人であったことによる。

一九八三年（昭和五十八年）　三十六歳

大阪心斎橋大丸百貨店・ギャラリーレセプショニストとして勤務。画家・黒木邦彦氏を知る。

三月、三井葉子主宰・客人安西均の詩誌「七月・二十三号」より参加。

一九八四年（昭和五十九年）　三十七歳

紀行文を書いている。

三回目のギリシャ旅行。後「アリゼ・二十四号」に紀行文を書いている。

「美酒に酔ったような酩酊感を覚えながら一週間を過した」とある。大学時代の長沢教授の忘れられない講義の言葉として、次の二つが引用されている。〈苛酷な運命のまにまに流される人間達の頭上で、ギリシャの空はあくまでも青く高く広がっている〉、〈人間は、さあこれから生きようと思った時に、死が訪れる〉。

一九八五年（昭和六十年）　三十八歳

駿台外語専門学校非常勤講師日本語表記（就職作文のための授業だが、創作の基礎を教える）。

一九八七年（昭和六十二年）　四十歳

五月、詩誌「七月」、主催者三井葉子氏の事情により廃刊。

九月、詩誌「アリゼ」創刊。創刊同人に加わる。

「詩への抱負」を書く。この短いエッセイにも、『カラマーゾフの樹』「あとがき」に書かれているのと同趣旨の詩人桃谷容子の来歴・物語の萌芽が明確に書かれている。

「アリゼ」創刊同人は、以倉紘平、吉崎みち江、丸山真由美、綿貫千波、桃谷容子、柳内やすこ、田代久美子、松本昌子、服部恵美子、小山しづ、丸山創、小池一郎、吉野高行の十三名。

合評・寄稿の恩恵に与った先輩詩人は、嵯峨信之、安西均、大野新、角田清文、斎藤直巳各氏。

一九八八年（昭和六十三年）　四十一歳

三月、「アリゼ・四号」から「ポーランドからの手紙」ⅠからⅣ（「アリゼ・八号／一九八八年十一月）まで連載。

十月二十五日、第一詩集『黄金の秋』（詩学社）上梓。表紙絵は画家の黒木邦彦氏。

詩学社の嵯峨信之氏のお力添えにより、吉原幸子さんより詩集跋文「正直な書き手」を頂く。

「彼女はまず、〝物語〟の語り手なのだ。それもフィクションではなく、事実そのものの中にある〝事件〟（ドラマ）を詩の角度から切りとってくる、という形の伝達者として。その意味で私は、…「冬の海」や、母への憧れと恨みを率直に反映した「夏の旅」「王国」などの幼時ものに、〝事実の重み〟への感嘆と、あえて言えば深い興味とを特に感じる。」毎日新聞社の編集次長・八木亜夫氏からインタビューを受ける。

新川和江さんより詩集の感想を貰い喜ぶ。その葉書を大切に保存していた。

一九八九年（平成元年）　四十二歳

四月、詩学研究会主催の花見の会に参加。以後、二、三年東京方面の詩人たちと吉野の花見を楽しむ。

九月二十二日、アリゼ同人「五冊の詩集を祝う会」（於・大阪上六・たかつガーデン）、開催。

桃谷容子詩集『黄金の秋』（詩学社）、吉崎みち江『マッチ箱の茶箪笥』（花神社）、服部恵美子『未遂』（詩学社）、松本昌子『浮遊あるいは隅っこ』（詩学社）、柳内やすこ『輪ゴム宇宙論』（詩学社）の出版記念会に東京から嵯峨信之、伊藤桂一、安西均、吉原幸子各氏、関西から杉山平一、井上俊夫、日高てる、安水稔和、大野新、青木はるみ各氏等出席される。翌日は、桃谷容子の地元の奈良に遊ぶ。

十二月二日、桃谷容子『黄金の秋』が第三回福田正夫賞受賞、受賞式に神奈川在住のアリゼ同人の小山しづ（故井上靖氏の私設秘書）が桃谷容子の好きなローズピンクの薔薇を探し求めて会場に届けてくれたことに感激する。

一九九四年（平成六年）　四十七歳

十一月一日、第二詩集『カラマーゾフの樹』（編集工房ノア）上梓。帯文大野新・解題参照。

一九九五年（平成七年）　四十八歳

一月十七日、阪神・淡路大震災起こる。

九月十六日、詩集『カラマーゾフの樹』第二回神戸ナビール文学賞詩部門受賞。

一九九七年（平成九年）　五十歳

二月二十日、父桃谷勘三郎氏、九十七歳で死亡。先妻の御兄弟と、後妻のきさ並びに実子容子との間で、財産問題で折り合いがつかず、桃谷容子は奈良家庭裁判所に提訴する。母親のきさから、以倉紘平は娘容子について、電話で種々の相談を受ける。

二〇〇〇年（平成十二年）　五十三歳

五月二日、家裁結審。内容を不服とし容子は高裁に提訴。

八月十四日、母きさ、九十歳で死亡。

学園前の広い邸宅で、一人暮らしを余儀なくされる。母親の年金も途絶え、大丸百貨店の給与のみの生活となる。精神の安定に問題を抱え、経済的にも生活が可能なのか、桃谷容子が最も恐れていたことが現実となる。精神的に追い詰められる。

母親のきさは、金銭に恬淡な、高潔な人で、娘の将来に対する不安や心配を、娘容子が安心するようには成されなかったようである。

二〇〇一年（平成十三年）　五十四歳

三月八日、高裁結審。内容を不服とし最高裁に提訴。

二〇〇二年（平成十四年）　五十五歳

両親を失い、財産問題で心身をすり減らし、体調を崩す。昨秋から年頭にかけ、腹部に異常を感じる。春先になって腹部の異常が目立ってくる。腹部の異変にかかわらず、両親が信頼していた学園前のかかりつけの医者は、ただガスがたまっているという診断であったという。明白な誤診であった。

孤独の中で書かれた桃谷容子の最後のエッセイは次の二編である。

二月二十八日付け「アリゼ」船便り（アリゼ87号）

「五年前、父が亡くなってから、人生における嵐の毎日が始まった。…このような海千山千の男達と互角にやり合ってきて、しかもその間に母を喪い、私の心身は本当にボロボロになってしまった。…〈これが人生というもの、人間の本質というものでしょうか。神様って本当に居らっしゃるのでしょうか。もし居るのなら、悪意のある方なのではないでしょうか。〉私の問いに牧師は受話器の向うで沈黙していた。」（全集エッセイ篇463頁）

四月三十日付け「アリゼ」船便り（アリゼ88号）

「私が十五歳の時から三十七年間住んでいるこの家は、キリスト教会の向かいに位置している。…母を失った翌年の春だった。朝、台所の窓を開けると、〈春は軒の雨　秋は庭の露　母は涙渇く間なく　祈ると知らずや〉という讃美歌が聞こえてきた。その日は五月の第二日曜日、母の日だったのだ。その時、天国の庭を、若い日の母が歩いているのを見た気がした。毎朝台所の窓を開け放つと私の心の旅が始まる。そしてどんなに過酷な毎日が続こうとも、神の恩寵はこのように存在しているということを知らされるのだ。」（全集エッセイ篇464頁）

五月十二日、「アリゼ」合評会。「平城宮跡のトランペット」が絶賛となる。同人から絶賛される。一人では寂しいので、夕食を同人たちと食べたいと言う。あの広い邸宅で、一人夕食を食べる寂しさに耐えられなかったのであろう。

かかり付けの医者を変え、初めて下腹部に深刻な問題があることを知る。

五月二十六日、「アリゼ」同人の前田経子とキリスト教徒で詩人の京都大学教授田口義弘氏の紹介・助言で、天理病院産婦人科病棟入院。天理にお住いの木本聖子（異母の次女）と以倉紘平が身元保証人となる。

腹膜癌の診断。腸の外側の腹膜にある癌が大腸を圧迫するので口からの食べ物の摂取を一切禁止される。栄養剤の点滴と抗がん剤治療を受ける。

彼女は自ら医師に頼んでガン宣告を受けたのである。耐えがたいことであったと思うが、桃谷容子は、入院中、自暴自棄になったことは一切なかった。病気についての痛みや苦しみ、一切のぐちや涙を見せなかった。このような運命は、すでに心の深いところで予見していたという感じであった。

二〇〇三年に出版された遺稿詩集『野火は神に向って燃える』の「あとがき」を彼女はすでに、一九九九年十月に書いていたが、そこにはギリシャ悲劇に惹かれる理由について、「それは私自身が、誕生する前から苛酷な運命に立ちあわされる星の下に置かれていたことを、無意識に感じていたからなのではなかったのかと。」

入院初期のころ病院の窓から見た初夏の夕焼けの美しさについて賛嘆の言葉を残した。死を自覚したのかメモ書きに、この世の美しさを〈官能的〉と記した。

アリゼ発行人である以倉紘平と田口義弘両名が本人より遺言執行人に依頼される。以倉は電話で田口氏と具体的なことを相談。六月初旬、田口氏は学会出席のため上京中に宿泊先で、急死される。宿泊先から五月三十一日付け見舞状が届いたが、容子は、氏の急逝をしばらくは知らされなかった。それほどに劇的であった。

以倉は伊藤桂一氏並びに桃谷容子と相談し、遺言執行人は以倉紘平一人となる。

七月ごろ、奈良の公証役場から派遣された係員に遺言を残す。

病状に好転が見られず、主治医の承諾を得て、桃谷容子の友人を介し、東京より気功師を呼び寄せ、二カ月に渡って気功の手当てを受け続ける。

病床で『赤毛のアン』を読むことも出来た時があった。

桃谷容子は杉山平一氏に〈関西の薔薇〉とその美貌を称えられ、最初は、やつれた姿を見せたくなかったのか、見舞客を断っていたが、八月になって「アリゼ」同人の見舞いを受け入れるようになった。また、頻繁に届く東京や岐阜の遠方からの同人の見舞状にも励まされていた。

九月十九日、午後九時五十五分死亡。苦しみや痛みはなかった。お昼頃、拉致被害者の救出に小泉総理等が北朝鮮を訪問しているテレビを見て、あれは何と質問していた。亡くなる数日前、〈お母さん助けて〉〈お母さん助けて〉と弱々しいちいさな声を発したことがあった。桃谷容子の内奥の声であったと思われる。腹膜癌。直接の死因は腎不全であった。

九月二十日、大阪天満の日本キリスト教団天満教会において前夜式。

九月二十一日、午後一時、故桃谷容子姉告別式。

十月、「アリゼ・九十一号」桃谷容子追悼号。

十一月十日、桃谷容子を偲ぶ会（大阪上六・高津ガーデン）。

二〇〇三年

九月十九日、一周忌。遺稿詩集『野火は神に向って燃える』、遺言により編集工房ノアより出版。

付記

桃谷容子の遺産は、現代詩の発展のためという遺言に基付き、大阪市（三好達治賞の創立）、日本現代詩人会（現代詩人賞、先達詩人顕彰）、社団法人大阪文学学校小野十三郎賞実行委員会、日本近代文学館、関西詩人協会（関西詩人協会賞新設、事情により一回で中止）等に寄付される。他に全詩集を編集工房ノアから出版することを遺言する。

年譜作成者　以倉紘平

＊

全集の資料収集・校正については、アリゼ同人の相野優子、豊崎美夜、宮地智子、柳内やすこさん等の、桃谷容子の遺品の処理については、田代久美子さんの、いずれも献身的な協力を得た。

付篇——詩集評・追悼文

『黄金の秋』評

美しさの内実

青木はるみ

桃谷容子さんの詩集『黄金の秋』は、我が家の郵便受けから、銀杏の葉を乗せて現れた。ちょうど大きな銀杏の木が盛んな黄金色を輝やかせている日である。偶然といえばそうなのだが、こういう美しい届きかたはやはり嬉しい。

そして美しさは一冊を読み終えてのちの何よりの印象でもあった。

たぶん桃谷さんが小説を書いていたことによる成果であるように思うのだが、登場する人物のファッションや容貌や立ち居振る舞いの描写がじつに丁寧なのである。しかも彼女が対象に身を入れるときは、さまざまなレトリックによる変化を試みつつも、どうしても、そう表現するほかないというように「美しい」と記してしまう。

「栗色の髪と瞳を持った混血の美少年」「母は濃紺の細かい襞のあるジョーゼットのドレスを着て、大理石のような首に水晶の首飾りをつけていた。その日の母はとても美しかった」「私は朝目覚めるとまず鏡を覗き込む子供だった。日によって鏡の中の少女は美しかったり醜かったりした」「だが気味が悪いほど女は美しかった」

こうやって取り出してみて気付かなければならないことがある。桃谷さんにとっての美とは、実体験のなかの記憶であろうと、空想的な物語であろうと、非常に脆い移ろいやすいものなのである。私などの、ちょっと通俗的な憶測では、母親の美貌を受けついだ桃谷さんの、幸と不幸のアンビヴァレンツが影響しているのではないかと思う。

作品「王国」には「母に去られた子供とその父親は／しっかりと手を繋ぎあい／仏蘭西菓子屋のガラス扉を押して／内部《なか》へ入った」というフレーズがあって、桃谷さんの幼時に根ざす屈折感が胸を打ってくる。ディテールに虚の工夫がこらされているとしても、登場する子供の悲しみがそっくりそのまま現在の桃谷さんにかさなる悲しみであることは、まちがいない。この「子供」は典雅な白鳥の形をしたプティット・シュー・ア・ラ・クレームを選ぶ。白鳥は白い箱に入れられ、金と白の包装紙に包まれ、薔薇色のリボンで結ばれて王国のように飾りたてられるのだ。この王国がタイトルになっている点に注目する必要がある。

両手に美しい王国を捧げ持ち
子供は待ち切れず
坂の上の彼の家まで走った

箱はひどくscrambleされた

家へ帰って子供が箱を開くと
白鳥はいず
そのかわりに十匹の蛇が
かまくびをもたげていた
泣きだした子供に
父親が云った

　おまえはまだ小さくてわからないだろうが
　愛もまた…

王国のこのエンディングは技術的に見ても大変優

れている。「愛もまた…」と口ごもる手法に哀切感がいっそうつのる。愛もまたこわれやすい。それどころか邪悪な形相に一変するものなのだという含みにおいて、痛烈に個的な体験を超えて普遍性を得る。美しい王国とは、愛に満ちた場所というよりも心情的な愛そのもののシンボルであり、更に桃谷さんにおいては愛が、美と、ほとんど同義であることが特徴であり、また悲劇ともいえるのである。

　桃谷さんがポーランドでナチの資料館を目にしたときの激しいショック、そして「テレーズ・デスケルウ」から察知できる異国での鈍色の結婚生活、疲れきった神経、それらはすべて美の範疇から手ひどく逸脱する。彼女は何も大それた欲求を持っているのではない。「あなたとふたり／冬の日溜りのなか／死につつある天道虫を／終日　看取りたかっただけ」という「天使の生成」のフレーズからもそれがわかる。

　些細な望みにもかかわらず困難であることを悟ったときの絶望。けれども桃谷さんを悩ませる人間への不信感は、美しい〈波蘭《ポルスカ》の黄金《ズオーティ》の秋《イエシエニ》〉の自然と、黄金色の髪の人たち（パン・ノヴィツキー一家）によって救われる。詩集のタイトル『黄金の秋』は彼女の転機として深い意義を持っているのだ。彼女は詩人カムンニスの石像の組み合わされた指の中に、名も知らぬ草花が捧げられているのを見て感動する。詩を書く少女が詩の精進のため、捧げたのだと想って「なんという至福だろう／詩人であるということは」と心を震わせるのだ。このシーンこそ私には最も眩しい。桃谷さんの心の震わせかたこそ美しいと思うのだ。

（「アリゼ」9号・一九八九年二月十日）

詩集『黄金の秋』によせて

服部恵美子

桃谷さんから『黄金の秋』の詩集評をアリゼに書いて下さいと頼まれたとき、正直言って私は躊躇した。嫌だったからではない。さらに桃谷さんはこうおっしゃった。服部さんと私は詩の中のドラマ性ということで似ている部分があると思うの、だから私の詩を解って下さると思いますので。

冒頭に、こんなうちあけ話を書いてしまって、桃谷さんごめんなさい。

吉原幸子さんが跋文の中で書いておられるように、桃谷さんのそれは《事実そのものの中にある〝事件〟(ドラマ)を詩の角度から切りとってくる、という形の伝達者として。》とあるように、まさに事実の重みがある。

私の詩にもドラマ性があるとすれば、少しの事実とあとは虚構の世界なので、どうしても遊んでしまう部分がある。桃谷さんにはそれがなく、文章としてみても、実にきちっとしている。はたして批評など出来るかどうか自信がなかった。それが躊躇の理由である。

詩集の題名が『黄金の秋』ôgon no Akiと聞いたとき立派な題名だと思った。実り豊かで荘重な響きがある。

しかし細身の桃谷さんと重ね合せるとき、繊細で滅びの美しさのようなものを感じてしまう。詩「黄金の秋」も決して豊饒できらびやかなだけの秋を書いているわけではない。

黄金色の髪の人たちのなかで
ひとり不調和の思いに耐えながら
黒い髪を風になびかせ
幸福を捜すように
黄金色の落葉の下を一心に探っていたのは
たしかに十一年前の

このわたしだったのだ

詩の中に舞う金色の落葉、金色の髪、まばゆいばかりの金色の世界は、彼女の黒い瞳や黒い髪、心の闇を浮きたたせる背景としてある。そして、「テレーズ・デスケルウ」がこの詩の二ツ目の前に置かれているのだが、ここで、どきっとさせられた余韻の残るまま「黄金の秋」を読み、目がしらが熱くなった。

「囚人4…」や「聖フランシスコのように」の人の生き方を考えさせられるものもある。

「メフィストワルツ」にも興味をそそられた。この詩はたしかに舞台装置が一見派手なので目を奪われやすい。けれど読んでいて、ほとんど生理的悪感さえ感じてしまう。それも又、詩の力なのでしょう。

そして「春の殺戮」の官能性、「メフィストワルツ」が人間の内面の悪魔性、男の生き血を吸ってしまう官能の妖しさを描いているとすれば、「春の殺戮」は何と正直に自分の性を明るい太陽のもとにさらけ出していることか。

桃谷さんの詩はどれを見ても、あいまいに揺れているものはない。日常に於いても正直に直線に自己を表現する人ですから、傷つき方も直っすぐに深いのでしょう。

「冬の海」や「輪舞」にかいまみる絶望感や死への嗅覚、これ等かたちなきものの燃焼もまた、詩のエネルギーでしょうか。

（「アリゼ」9号・一九八九年二月十日）

見えるまなざしと心
——桃谷容子詩集『黄金の秋』ノート

片岡文雄

福田正夫詩の会が編集発行する詩誌「焔」17号（一九八九年十一月発行）に、第三回福田正夫賞の発表があって、受賞の桃谷容子詩集『黄金の秋』（詩学社）の推薦者として私の名が挙げられている。たしかに推薦したのだからそれはそれでよい。「おや」と思ったのは、私の他にこれを推した人は居なかったのか、ということである。前回の受賞詩集である若松丈太郎『海のほうへ海のほうから』（花神社）も私は推薦したのだったが、あのときには複数の人によるのではなかったか、とおもう。

詩集『黄金の秋』への注目とか評価は、福田賞への推薦ということとは必ずしも一つであるとはかぎらない。それは承知であるが、私にとっては考えてみるべき一つの手がかりにはなるのである。それはどういうことにおいてか。

この十年ほどの詩の状況は、その心と表現において一様に軽みの様相を呈している。表現や心の軽みの質は一様のものとはいえないことは自覚しなければならないし、練達の士によるそれは、なんといっても詩の享受における最上のものである。ところがこのところの軽みは、経済活動における都市風俗文化への一斉唱和によるところの、根無しのそれである。主体としての表現者がおのれの生きた歴史をかえり見、同時代の世界や人間の生死に心置くベースにおいて、なおただようものとはいえないようだ。

大岡昇平の一九八五年から他界の本年に至るエッセイを集めた『昭和末』（岩波書店）は、晩期のものでもさすがに『成城だより』Ⅰ・Ⅱ・Ⅲ（文藝春秋）の張りには及ばないと思われたが、しかしこの先行者のを読む理由は十分に宿されている。「新人類、ポストモダン、などと浮かれている消費人口ほど御しやすいものはない。長年の政権保持によって老人化した政府による、幼児化した中流階級の支配である。豊かさは保守性を持っている。それは豊かでないものを差別し、排除する。」「平和が戦争を内包しているように豊かさの底にある不安を見逃さないようにしたい。」（一九八八年―年初に豊かさを考える）

鮎川信夫との対談で、戦後自分で買った詩集は鮎川さんのものだけという作家だったが、その発言には詩にとって何が核をなすのかということが、鋭い逆説のかたちで隠されている。文明と詩の関わりについて、私がさきに一様の軽みのあぶなさを言ったことと、文明のなかの平和然とした人間の残酷さを見すえた作家の警告が、全く異るレベルのものであるかどうかを思い合せていただければ、とおもう。

さて、ここまで書いて、桃谷容子は私が詩作の日々に自覚して心に刻みつけようとしてきたことを、その文学生活において意図的にたぐり寄せ、その結果として『黄金の秋』の底光りする一冊をものしただろうか。そのことを思うのである。

それは、どうやらちがう。『黄金の秋』あとがきは、幼い頃からはじまり、小説への習作時代を経て詩作に転じた経緯がよくうかがえることで、半生の記をもなしている。肉親のつぎつぎの死による孤独と、幼くして活字の世界に身を沈めたという選ばれた環境の二重相。それに冷静に人間を見つめることをおのずと培ったゆえに、小説では残酷なまでにおのれの内臓をさらけ出すことになってしまう戦慄。これが詩作への転機になっているというのもまた、『黄金の秋』の、情感にたよって〈見ること〉の真実を流し落してしまう多数者のさだめに厳然として立ち向かう素地をなしているのである。自己の選択と決断をもってしても防ぎ切れない、生存することのアイロニーというべきものである。小説から詩に転じた自らの願いによって、やさしい相貌を確保しようとしたのに、デモーニッシュなものはやはり顔をのぞかせてしまう。

わたしを消さないで

わたしは冬の夜に燃える
一束の松明
それは冬の闇を照らしているのでも
あなたを暖めているのでもない
みずからを火炙りにして
燃え尽きる
一束の松明で
わたしはありたいのです

（「わたしを癒さないで」より）

引用の後半は詩の表現の行分けが恣意的でまだきたえ込みが足りないが、この自己内閉への垂直下向の燃焼の烈しさは見落せない。同時にこのたじろがないまなざしで、自らを取りまき、支える外部が、共生空間として見取られるとき、この女性の特異な生い立ちと表現との関わりの特異さとが生きてくる。左は「オシュヴェンチム（アウシュヴィッツ）」の終り四連である。ポーランド留学の収穫である。

オシュヴェンチム
オシュヴェンチム

湿気の多い町

ここに来る時にはいつも
湿地帯に霧雨が降っていた
ここで六百万人のユダヤ人　ポーランド人　ハンガリー人
オーストリア人　ドイツ人が虐殺されたのだ

鉄条網に沿って生気の無い白い花が
雨に濡れていた
死んで行った人達の骨のような
青白い花が

はじめにふれたが、『黄金の秋』の福田正夫賞への推薦は私一人だったかもしれないが、選考では、「アリゼ」からはすでに第一回に以倉紘平が受賞されているに関わらず、これに決定している。潔さである。二十世紀末もあと十年、詩の地平に何が肝要か。『黄金の秋』が展開しているものに心とめたい。

（「アリゼ」15号・一九九〇年一月三十日）

福田正夫賞受賞式の記

小山しづ

一九八九年十二月二日、第三回福田正夫賞贈呈式は、国学院大学院友会館で行われた。当日は、井上靖叢書詩集、焔アンソロジー出版記念会を兼ねていた。暖かく、少し風のある午後、アリゼの会から贈るローズピンクの薔薇の花束を抱えて駈けつけると、すでに受賞者の桃谷容子さんは以倉紘平氏と共に到着。参加者約五十余名。贈呈式は、福田美鈴さんの開会の挨拶に始まり、選考経過が金子秀夫氏から報告された。「桃谷さんの『黄金の秋』は第一詩集であることが、新人を対象とする本賞にふさわしく、今後の可能性を秘めているということで、審査委員の意見が一致した。特にポーランド体験でアウシュビッツのことを書いた散文詩がある。吉原幸子さんは評の中で、『幼時体験にもとづく詩など、事実そのものの中にある〝事件〟を詩の角度から切りとってくる』ドラマ性を強調しておられるが、『焰』の性格からして、やはりポーランド体験から得た詩をとりたい。これについては、井上、山本両先輩のゴーサインも得たので、授賞作品となった。」特別賞受賞の、蒲生直英氏については、山形に在住して地味な姿勢で同地の詩活動につくし、広い視野で書かれた詩の社会性が評価された。続いて、山本和夫氏が「『黄金の秋』という題は北欧の紅葉の錦織のいのちを感じて納得した。老人は近代詩、若い人は現代詩を書くが、いずれも万葉集から続く一本道である。」と挨拶された。賞品の贈呈式では、山本和夫氏から賞状と賞品が手渡された。桃谷さんに対しては、福田正夫氏のご三男、達夫氏制作のテラコッタ『梟』と福田正夫全詩集の他に署名入りの井上靖『孔子』と、山本和夫氏の詩集が贈られた。以倉紘平氏は、「桃谷さんは、詩を書く前に小説を書き、『1967年のDEMON』という作品で、京都大学新聞の懸賞小説で賞を受け、それから二年ポーランドに在住。彼女の詩には、ヒューマニスティックな視点で書かれた『囚人4…』などの描写力の確かさの上にたった、闇と光の緊張関係による研ぎ澄まされた美しさが感じられる。今度の受賞が契機になって、そのせめぎあいのバランスをもっと深めたいと思っておられるようだ。」と紹介された。桃谷さんは、愛読していたホイットマンの詩に通じる民衆派詩人、福田正夫氏の賞を戴いた喜びを語った。蒲生氏の挨拶の後、福田美鈴さんが桃谷さんの「紅い雪」を朗読された。その他、会からの花束贈呈など式次第は順調に進み、パーティに入った。二次会は、新宿にある喫茶室「嵯峨」。『焰』の同人が殆どで、地味ではあるが、終始和やかな、心のこもった気持ちのよい会であった。

翌日、嵯峨信之氏もご一緒に、四人で銀座を歩き、食事をして東京駅で別れた。嵯峨氏のむかしばなしの中に、なつかしい詩人や作家、喫茶店の名前が出てきて、私は遠い青春を追慕した。アイスクリームを食べながら、淡々と、しかし情熱的に話される嵯峨氏の、とてもご高齢とは思えない艶やかなプロフィールが、心に刻まれた。

（「アリゼ」15号・一九九〇年一月三十日）

『カラマーゾフの樹』評

凄絶な自己凝視の詩的世界
——桃谷容子詩集『カラマーゾフの樹』

井上俊夫

「幼い頃から、〈魂の空白感〉のようなものに苦しんできた。それは幼年期の特異な環境と無縁ではないだろう。妻を病で失い、思春期から成年期に向かう五人の子を抱え、実業家であるというよりは、熱心なキリスト教伝道家だった父と、やはりキリスト教の婦人牧師をしていた母は結婚し、私は誕生《うま》れた。私の幼年期から思春期にいたる期間は、二人の熱心な全国にわたる伝道活動の日々と交錯する。私は、子供にとっては暗い、森のような庭のある屋敷にとり残され、多数の他者に囲まれて暮らしてきた。その特異な孤独すぎる幼年体験が、いかにその後の人生に影響を与えるものであるか……。」とはこの詩集のあとがきにある言葉であるが、これは作者自ら、この詩集のモチーフを明らかにしたものと受け取ることができよう。

第一部に収められた『夕暮　子供と犬が』『廃園Ⅰ　Ⅱ　Ⅲ　Ⅳ』などには、まさしく「幼年期の特異な環境」にあった作者自身の姿が凝視されている。このような素材を詩にするにはもはや「行分け詩」だけでは不可能である。そこで作者はいきおい「散文詩」という形式を選ばねばならなかった。これは当然の帰結であるとともに、賢明な選択であった。

ところで詩人の中には、詩といえば行分け詩しかなく、散文詩は詩としては邪道だとする人がすくなからずいる。だが私などは、行わけ詩だけでは自分の詩的世界を思うように構築できず、散文詩もあわせ用いることによって辛うじてそれが出来るとする者である。ところがそうした私でも、一時は散文詩と普通の散文（エッセーや小説など）とはどこが違うのかという問題で、頭を悩ましたことがあった。そして萩原朔太郎の散文詩を精密に分析することによって、明快な回答を得ようと努力した。けれども、私が得た結論は、散文詩と普通の散文との区別を理論的に明らかにするのはまず不可能ということだった。

では散文詩と普通の散文との区別はつかないのかというと、そんなことはない。どこかで、なにかで両者は截然と分かれているのだ。にもかかわらず、なんぴとも納得せしめられるような理論的解釈が出来ないのである。だから散文詩として提出された個々の作品を見ては、それが散文詩になっているか否かを、読む者の感性と経験で判断して行くしかないのである。

では桃谷容子の散文詩はどうかといえば、これは紛れもない優れた散文詩であると私は断定する。

ここで話をもとに返して、第一部で展開される幼時体験のイメージは痛ましいまでに鮮烈である。世俗的な眼でみれば、少女を取り巻く環境は決して悪くはない。両親は立派なクリスチャンだし、家庭は裕福で、森のある邸宅に住んでさえいる。だが少女はいつも母から置き去りにされ、愛情に飢え、孤独を持て余している。邸宅には何人かの使用人がいたが、その人たちには少女の苦悩が全然分からない、それだけによけい少女は苛立たずにはいられないのだ。

ところが同じ第一部にある『調和の幻想　II』と『調和の幻想　IV』は、同じく作者の人生から紡ぎ出されたもののようであるが、時期は作者が成人して結婚も体験してからになっている。けれども、この二篇にも幼時に体得したのと同じような疎外感が表白されている。

しかし、詩の形式としては心理療法を施すドクターと作者らしき人物の一問一答を随所に取り入れるなどして、ユニークで大変面白いものになっている。ここではどうしても結婚生活に馴染めなかったことが、切々と訴えられている。しかしクリニックでも作者の言い分は理解して貰えず、ついに救済されることはなかった。

第二部は作者の夫の赴任地であったポーランドで二年間暮らした体験に根ざした作品が収められている。第一部の作品群はたぶんに内向的、自虐的で時には鼻持ちならぬナルシシズムの影がささぬでもなかったけれど、ここでは作者はそうしたものを見事にかなぐりすて、まるで別人の冷徹なドキュメンタリアンとして、八〇年代のポーランドがかかえていた困難な状況を的確に描出している。

ここで作者は一人の異邦人として、単なる傍観者として、ポーランドの政変とそれにかかわる人物を眺めていたのではない。

たとえば『エリザベスという女』では見知らぬ娼婦におのが過ぎ来し方を投影することにより、熱い共感をよせている。『工場長コッホ』では体制に順応できないで、運命にもてあそばれる善良なポーランド人の姿を、これまた熱い共感でもってとらえている。いずれにせよ、こうした数編のポーランド詩編が入っていることにより、この詩集に大きな幅と厚みが出てきていることは間違いない。

では第三部はどうか。私は『フィロパポスの丘』という作品に注目せざるを得ない。

一人の男とギリシャで暮らす約束をした「私」は、優しかった夫も、一生の安楽を約束してくれた家庭も、父も母も、生まれた国も捨てて機上の人となる。そしてアテネに着き、男と落ち合う約束のフィロパポスの丘にたどりついてみると、そこには首のない男が首のない馬にまたがった不気味な石碑が建っているだけで、男はなかなか現れない。ここで「私」

は男に騙されたと悟るのだが、それでも男に対する未練は捨てきれない。

こうしたストーリーに登場する「私」はすなわち作者であると見てはいけないのかも知れない。しかし、こうしたフィクショナルなイメージを提出することによって、作者は第一部で展開してみせた自己閉塞的な状況から脱出できる道筋を、我とわが身に指し示したのではないか。

最後に『カラマーゾフの樹』は本詩集のタイトルともなった作品で、ドストエフスキーの小説から発想されていることはいうまでもない。ここに登場してくるアンナは作者の分身であろう。アンナの老いたる父に対する激しい愛憎。そして幼い時から大家族にもまれながら生きねばならなかったアンナの絶望的な闘い。この作品こそ、この詩集に収められたすべての作品を収斂する役割を担っているのである。

（「アリゼ」45号・一九九五年一月三十一日）

アン・ソワへの望郷

——桃谷容子詩集『カラマーゾフの樹』寸感

角田清文

《Vous êtes maquillée du malheur.》

「あなたは、ふしあわせで粧っていますね」と、いつも、わたしはあなたの作品に触れるたびに、ひとりつぶやいてきたのです。あなたの日本人ばなれしたフランス風の憂いを含んだ華やぎの美貌は衆目のみとめるところでしょう。しかし、あなたの凄艶な美しさは、その美形だけに由来するものではなくて、いわば、あなたの美の形而上学—そのおしゃれの作法が「不幸で化粧する」ことだったからではないでしょうか。その不幸とは、どのような不幸だったのでしょうか。作品「エリザベスという女」は「大学時代、私は急にこの世のすべての事に執着がなくなる、という時期があった。…」と語りはじめられます。このような主訴―すべてのものの虚像化は、心理学でいう「離人症」という症状でしょうが、サルトル的には《pour-soi（対自）》のやまい―不幸といえましょう。さらに詩史的にいえば、あなたの詩句にもあらわれる、この「八月の午後」のようなけだるさ、ものうさは、マラルメ（その詩集に『半獣神の午後』がありましたね）などのサンボリスムの気圏（美学）につらなるものでしょう。

《Vous êtes maquillée du Mallarmé.》

「あなたはマラルメで粧っていますね」と、このようにもいえるのではないか。それにしても、このプール・ソワとは、くだけていえば自己や世界からの乖離―ズレのことなのです。このプール・ソワに対比されるのは《en-soi（即自）》の愛子ちゃんでしょう。愛子は連作「廃園」などに出てくるアン・ソワの化身ですね。アン・ソワとは自己や世界との相即と燃焼を生きることなのですが、たとえば作品「調和の幻想 III」で、あなたが愛子に赤いトマトを手渡したときの、そのトマトにかぶりつく愛子の見事なアン・ソワぶりの詩行をそのまま引用しましょうか。「愛子はあの果実と合体していた　我を忘れて私はみとれていた　私はあの夏　愛子が冷たいトマトを食べるのを見るのが限りない悦びだったのだ…（略）…愛子はあの冷えた赤い果実と調和していた　永遠に調和していた」。これはアン・ソワへのあこがれ―望郷歌にほかならなかったのである。だがしかし、愛子が去ってから、あなたはどうしたのか。「私はそっと冷蔵庫を開け　最も美味そうなヴァミリオンの半透明の塊を手に取ると　両手で捧げ持ち　おそるおそる　しかし期待に満ちた祈るような思いでひとくち齧りついた　突然口の中に拡がった青臭い違和　黒いたたきに私はそれを吐きだした」。しかし、なぜ、このように吐瀉という結末をむかえるのか。あなたはトマトを吐きだしたのではなかったのだ。あなたはアン・ソワを吐きだしたのだといえようか。それにしても、このようなアン・ソワ的な相即と合体（調和）は、しょせん、あなたにとっては「調和の幻想」であり、調和への望郷

（帰郷ではなくて）にすぎなかったのか。

　アン・ソワへの望郷とプール・ソワへのまいもどり――この二つのあいだでのゆらぎ、この往還の旋律こそ、この詩集『カラマーゾフの樹』の脊梁をつらぬくライトモチーフだったのですね。さらにまた作品「コペルニクス通りで出合った少年」は、うつろなるプール・ソワと、きらめくアン・ソワとの稀有な邂逅の物語でしょう。あなたはこの結末を（作品「調和の幻想 III」とはちがったかたちで）つぎのようにつづる。「そしてあなたとコペルニクス通りですれ違った二十五歳の女は、十六年後のいま、ようやくあなたと同じものを持てるようになりました」と…。おそらく、これはストーリーテラー桃谷容子の物語のなかで、いちばん感動的なエンディングではなかろうか。この「ようやく」は、とるにたらぬ副詞であろうとも、あなたの詩の文脈のなかでは、ここにアクサン・テギュ（´）が置かれているのですね。「同じもの（アン・ソワ）」をしっかり握りしめたわけではない。あなたの掌からこぼれ落ちそうになりながらも、「同じもの」を「ようやく」、あやうく、妖しく、あなたは持ったのです。

　それにしても、この詩集で他の作品（プール・ソワ彩色群）とは不協和音を奏でる物語がひとつありますね。それは作品『フィロパポスの丘』です。ここでは、あなたはひとときであったにしろ、激しくアン・ソワを生きる。《moment parfait（完璧な瞬間）》の燃焼を生きる。しかし、このモマン・パルフェがもろくも崩落、ついに待ちびとは来なかったのは、なぜか。あの老婦人が託宣したように「この国の神々はとても妬み深かった」からではない。それは、あなたのうちなるプール・ソワの女神の妬みの仕業ではなかったのか。

　もういちど作品「エリザベスという女」にもどりましょうか。ポーランドの貧しく暗い街で「清楚で気品があり、理智的な瞳をしていた」高級娼婦エリザベスにあなたはつぎのようなオマージュをささげる。「あなたの姿には何か投げやりな感じ、ある種の不幸感のようなものが漂っていて、それに激しく私は惹きつけられたのだ」。なぜ、あなたはかくも惹きつけられるのか。それはエリザベスがプール・ソワ性につらぬきとおされていたからではないか。娼婦とは、世間から認知された存在（アン・ソワ）から逸脱してズレたもの―プール・ソワの受肉だったのです。さらにまた、あなたやエリザベスをして老女の乞食を「未来の私が歩いて行く」といわしめたものは、プール・ソワへの望郷だったのか。

　それにしても「廃園」とは、あの屋敷の裏庭でありながら、まさにアン・ソワとプール・ソワの相剋の《là（現場）》、あの東欧の谷間ポーランドもまた、そのような「ラ」の暗喩の国ではなかったろうか。さらに奇しくも「桃谷容子」―「桃」の華やぎのなかに「谷」を二つもひそめるこの姓名も、あなたを名ざすメタファーだったのですね。しかし、ものうく、けだるいサンボリスム風の「廃園（煉獄）」から、あなたの父母のイエズスの国は、あんがい近かったのではないか。朔風の北海道トラピスト修道院ですごした熱烈なカトリック詩人三木露風の第二詩集は『廃園』だったのです。それにしても、この小論の表題は「プール・ソワへの望郷」でもよかったのかもしれぬ。このアンビヴァレンツの妖しさこそ、あなたの詩集の秘儀だったのですから。

（「アリゼ」45号・一九九五年一月三十一日）

第二回神戸ナビール文学賞選評より

伊勢田史郎

『カラマーゾフの樹』の詩篇の行間からは、不条理な世界にあって、生きてゆかねばならぬ人間の悲しみが滲みでている。とくにⅠの自伝的要素の濃い諸篇は結晶度高く、苦味もきつい。「神託」のなかで〝黒いブカブカの革靴をはいたその老人〟は、〝私〟に〝死ぬまで見続けるんだ　あんたの内と外の地獄をな〟と、言っているが、詩人の醒めた目は、自らをも冷酷に突き放し、自分をも世界をも裏返しにして見せてくれる。多分に辛口の批評を内蔵した認識の詩篇群である。

直原弘道

大西隆志『オン・ザ・ブリッジ』と桃谷容子『カラマーゾフの樹』を並列受賞とすることに私も積極的に賛成した。詩表現において、感性的なものに沈潜していくものと、認識的イメージに分け入っていくものと、どちらがいいかという優劣をきめることはできないというのが選考委員の一致した結論であったと思う。近畿という地域に止まらず、この二冊がこの年度の日本現代詩の優れた達成であることは勿論のことである。

安水稔和

新設された詩・詩論部門で受賞者一名のはずが二名となった。一名に絞ることがどうしてもできなかった。予想を上まわる豊かな収穫として喜びたい。
…（『カラマーゾフの樹』について）「ある種の人間には　発狂か　自殺か　それとも神に向かうか　この三つしか道は与えられていないのだ」という言葉が詩のなかに出てくる。「あなたも私もそういう種族なのではありませんか」と続く。作者はまさにそういう種族なのだ。その声はわたしたちを刺す。やりすごせずに刺されたときわたしたちは激しい痛みに、それも存在の根底を突き崩されかねない痛みに襲われることになる。この両者を並べるとき、今日の詩のなんともスリリングな在り方がうかがえるはずである。書き盛りの二人のこれからがなんとも楽しみである。

和田英子

『カラマーゾフの樹』は、布教活動に熱心な家庭に育った著者の、「自分の存在を明かす手段」としての詩への表明である。宗教活動家の父は大きな邸をもつ実業家でもあった。常に上等なものを身につけていた〈私〉と、赤茶けた髪の汚れた貧しい身なりの庭師の娘、愛子とのかかわり合いが、〈私のエゴ〉のもとに展げられているのだが、この〈私〉はその後ポーランドで見た高級娼婦、エリザベスと「同じ種族なのだ」という認識をもつに至る。その過程は作品の順序に示されていて、〈私〉のポーランドの生活がひろく人間や社会への関心の度を深めたことを知らされる。カンボジアで亡くなったP・K・O派遣の青年の少年の頃に出合ったことも貴重な報告である。終始節度を保った言葉、詩表現が詩の純度を高めている。

桃谷容子さんのこと

新川和江

このほど成田分館建設のために、多額の寄付をしてくださった桃谷容子さんについて、少しく記して置きたい。彼女はすでに病歿（二〇〇二）しているが、信頼する友人に保管・運用を委託した遺産のほかに、三冊の卓越した詩集があるので、彼女を識る私どもの心の中では、今尚生きているのである。

その第一詩集『黄金の秋』（一九八九・第三回福田正夫賞）には、詩人・桃谷容子の生い立ちがうかがえる次のような詩行がある。

とりまき達の去った後
幼い妹まで追放して
死期の近かった姉はバルコニーの窓を開け放ち

くり返しくり返しラ・トラヴィアータを聴いていた
その調べは
花の咲かない桜の樹の下まで流れていた
いったいあれはどこの国の歌姫の歌う椿姫だったのだろう

一九五八年の三月　私は八歳だった
森のような邸の庭の奥の
花の咲かない桜の樹の下で
一人ぼっちのおままごとをしていた

――「ラ・トラヴィアータ」部分

大阪・帝塚山の〈森のような邸〉が容子さんの生家。父は明色アストリンゼンなどで私ども世代の女性には馴染の深い桃谷順天館の元会長桃谷勘三郎。母きさ。先妻に五人の子がいたので、戸籍上容子さんは四女だった。両親ともクリスチャンであり、殊に母は熱心な婦人牧師であったので、家にいることが少なかった。この詩に出てくる異腹の姉が死に、溺愛してくれていたばあやが去ると、広荘な邸内で少女は一人ぼっちだった。他の連でも使われている〈花の咲かない桜の樹〉は、そうした境遇に置かれた寂しい少女の象徴的表現になっている。〈黴臭い書庫〉に一日中籠り、〈ボードレールやヴァレリイ、達治や露風が、私の第二の母代りになった〉と、のちに詩誌「アリゼ」で彼女は述懐している。孤独な営為である文学へと向う素地が、こうして幼くしてつくられていったのだった。

私はあるパーティで、何の予備知識もなく彼女に引き合わされたことがあった。侵しがたい気品を備えた美貌のひとであったが、真っ直ぐにこちらを見詰める大きな瞳を、何故か、いたましいとも、いじらしいとも感じたことを覚えている。

容子さんは、小・中・高を地元の帝塚山学院で学んだが、大学に入る頃桃谷家は、〈森のような邸〉を人手に渡し、奈良学園前に手頃な家を買いとって移り住んだ。二百坪ほどの敷地に建ったそのハイカラな家は、作家阪田寛夫氏のご両親の家だという。帝塚山大学での専攻は国文学。卒論は堀辰雄。

二十五歳で大手の会社社員と結婚、夫の任地のポーランドに赴く。異国での二年間の生活体験と見聞は、のちに「エリザベスという女」「工場長コッホ」「党第一書記ヤルゼルスキ」など、なまなかな作家や詩人には手に余る題材を扱って、みごとな結実を見せている。

第二詩集『カラマーゾフの樹』（一九九五・第二回神戸ナビール文学賞）には、ほかにも「神託」という詩があり、片方の目が潰れた乞食の老人が幼い日の彼女に近寄ってきて、こうささやく。〈業だよ　おじょうちゃん　その二つのきれいな青い瞳《め》でな　死ぬまで見続けるんだ　あんたの内と外の地獄をな〉。まことに、業としか言いようが無い。結婚も帰国後破婚。彼女の血を継ぐ子供にも恵まれなかった。豊かすぎる感受性と、するどい洞察力と、並外れた文学的才能を持つゆえに、早早と天は、彼女を召されたのだろう。死後もう一冊、詩集『野火は神に向って燃える』（二〇〇三）が出版された。

昨年春、大阪市でスタートした三好達治賞も、桃谷容子基金（仮称）からの寄付による。H氏賞と並び、私ども日本現代詩人会の事業のひとつである現代詩人賞も、このほど桃谷基金からの補塡を受けて、さらに永続が可能になった。

桃谷容子さん、あなたの遺志は、あなたの孤独な魂の唯一の棲家であった文学の世界で、このように生きています。感謝をこめて、ご報告申しあげる。

〈日本近代文学館・館報第二一六号・二〇〇七年三月十五日より転載〉

〈付記〉

元アリゼ同人の桃谷容子君に対する新川和江氏の心のこもった文章を、新川さんと日本近代文学館館長の中村稔氏の許可を得てここに転載させて頂くことにしました。桃谷君の遺志は彼女の〈孤独な魂の唯一の棲家であった文学の世界〉で生きている、というくだりで、不覚にも私は涙がこぼれました。桃谷君も同じ気持ちと思います。なお彼女の基金は日本現代詩人会の先達詩人の顕彰にも小野十三郎賞のメイン基金としてもお役に立っていることをついでに補足しておきます。

（以倉紘平）

（「アリゼ」118号・二〇〇七年四月三十日）

追悼・桃谷容子——詩誌「アリゼ」同人より

追悼・桃谷容子

以倉紘平

同人の桃谷容子さんが、ガン性腹膜炎（腹膜ガン）で、九月十九日午後九時五十五分、奈良の天理よろず相談所病院で、四ケ月近くに及ぶ闘病生活のうちに亡くなった。

〈かわいそうな〉という形容を幾度重ねても足りず、私の筆は重く進まない。アリゼ八十八号の「平城宮跡のトランペット」が絶筆になった。

「桃谷容子は、あのトランペットの音色のような、健康で高く美しい生への憧れをたえず抱いていた。しかしそれらが自分から遠いものであることを彼女はいつの頃からか自覚したのである。人生に対する不調和の感覚、〈自分とその愛する対象とは異人種だ　星と人間ほど世界が違うのだ……というような深い諦めの感情〉〈自分が異形だという感覚　自分が神が創造される時に手をお滑らしになった失敗作品だという感じ〉（「調和の幻想　II」）を奥深いところでたえず待ちつづけた人であった。

「平城宮跡のトランペット」で、外交官になることを断念して牧師になる決意をした、互いに好意を寄せていた青年の母親から、〈私〉の母親は、子供の結婚について打診される。

〈Mさんのお母様が家にお来しになってね。坊っちゃんのお嫁さんにあなたをいただけないかと言ってこられたの。でもお断りしたわ。うちの娘には牧師夫人はとてもつとまりませんと申し上げて……〉

　作者である桃谷さんは、その後《あと》を次のように書いている。私はその個所を読むたび、深い悲哀の感情に襲われるのである。

〈私はやはり黙って鯵のマリネを銀のナイフで切っていたが、口には入れなかった。娘に聞かずに断った母を憎んではいなかった。牧師夫人の日常生活は、婦人牧師をしていた母が一番よく知っているのはわかっていた。私はあなたに魅かれていたが、互いに魅かれあっていても共になれない人生がこの世にはあるのだということを、深い諦めの思いで味っていた〉（傍点筆者）

　この個所に限らず、彼女が他の作品にも記していた人生に対する〈深い諦めの思い〉という言葉に出会うとき、私は彼女の孤独の深さを真に理解できなかった自分の凡庸を恥じるのである。

広い平城宮跡の空間に〈高らかに青空に舞い上る雲雀のよう〉なトランペットの音色。その生の肯定にみちた音楽に〈憧れ〉ながら、人生と人間に対して〈深い諦めの感情〉を抱かざるをえなかった〈永遠の不調和〉の感覚。彼女は闘病生活のある時期まで、涙ひとつこぼさず自己の宿命を生きようとした。

　あれは八月に入ってからだろうか。アリゼ同人の人たちの面会をこばんで、神様に祈ってほしいという望みだけを伝えていた彼女が、同人たちの私信を読みたいと云うようになった。堰を切ったように同人たちの見舞いの葉書きや手紙が連日のように届くようになったある日、彼女は病床でこんなことを云った。〈わたしこれまで涙を見せなかったでしょう。でも昨日Aさんの手紙に初めて泣きました〉どんな文面のたよりだったのか知らない。彼女はその頃から〈わたし少しつっぱって生きすぎた〉〈みんなこんなに私のこと思っていてくれたのね。感謝しなければ〉と云うようになった。

　ガンの宣告をけなげに受けとめ、涙ひとつ見せず、つらい闘病生活を続けていた彼女に今から思うと人生との和解の時が近づきつつあったのだと思う。

入院前から彼女は食べるとおなかが痛んだ。腹膜のガンが、外側から腸を何ケ所かにわたって圧迫し、圧迫された部分は細く狭くなって、食べたものが通過しないのであった。だから彼女は闘病中食べるものを一切口にできなかったのである。ほんの少しの液体以外は。水、〈午後の紅茶〉〈カルピスウォーター〉、スイカ、メロン、桃等の果実のジュース以外は。

大学時代の友人やアリゼ同人の人たちとの面会を求めるようになって、彼女はどれほど食べ物の話をしたことだろう。合評後にいつも行った百楽のフカヒレスープだとか、大根おろしにしらすをのせて、あつあつのごはんを食べたいとか。

抗ガン剤で身体はやせにやせていた。おまけに腹水がたまって、痛みもあった。彼女はしかしガンの宣告を受けたときも〈私は本当のことを云われる方がよい〉といって涙を見せなかった。驚嘆すべき強さ、忍耐力の持主であった。私はとてもかなわないと思った。

話はさか上る。町医者に過敏性大腸炎と診断され、ガスがたまっておなかがふくれるのだという誤診を信じていた頃、五月十二日の合評会後、彼女はもう中華料理を食べることができなくなっていて、それでもみんなと夕食を一緒にしたいと云って、和食の質素な弁当を持参して食べたことがあった。すでにどうかすると痛む症状が出はじめていた。余程心細かったにちがいなく、人とのぬくもりがほしかったにちがいない。

遺産相続で、義理の四人の兄弟と法廷で争った彼女には、母親亡きあと頼りにすべき親族は誰もいなかった。そんな状況のなかで、アリゼの仲間とにぎやかに食事をしたいと願った彼女の姿とその心情を思うと、私はなんとしてでも彼女を救いたいと思ったのである。

彼女の闘病生活につきあいながら、私は次第に深く彼女の作品を理解するようになっていった。いち早く第一詩集『黄金の秋』跋文で吉原幸子氏が「正直な書き手」と題して、その〈〝事実〟の重みへの賛嘆〉を記したが、まことに桃谷さんは、〈正直な書き手〉であったことを、私は自分の不明と共に理解するようになっている。

後妻に入った桃谷さんの母親は、牧師として活躍しながら先妻の子供四人を育てられた。分けへだてなく育てられたのであろうが、幼い桃谷容子はお手伝いさんに任せられることが多く、決定的に欠けていたのは母親としての盲目の愛情ではなかったかと思われる。

母親は外ではいつも先生と呼ばれ、尊敬される正義の人であった。〈バッハのト短調フーガが裏庭に流れている／それは母がこの屋敷のどこかに居るというしるしだった／しかし母が呼んでくれないかぎり／私はその場所に行くことができなかった〉(「廃園 I」)

母に対する愛情と憎しみ。たえず正しい人であったゆえに、桃谷さんの母親に対するアンヴィバレンツな感情は一種悲劇の相貌をおびるようになった。彼女は作品の至るところで、この母親を尊敬し、後妻に入った母親の苦労に同情し、同時に母親の胸にまっすぐとびこむことのできなかった幼年の悲しみを繰り返し書いている。大人になっても桃谷容子は、この母親を肯定する他なく、母親を責める自分を処罰する他なかったのだ。それがどんなに無意識裡に彼女を苦しめたことだろう。病床にあって桃谷さんは〈お母さん、助けて、お母さん、お母さん〉と叫んだことがある。意識の混濁が深くなると〈お母ちゃん、助けて、お母ちゃん、お母ちゃん〉という弱い叫びに変わっていったが、〈お母ちゃん〉は、幼年時代の彼女の呼び方であったそうだ。彼女は病床にあって、幼年時代からの深く重い叫びを声にしていたのかも知れない。

桃谷容子には盲目的な献身と愛情、厚意と親しみが必要であった。そのことによる人生との和解が必要であった。アリゼの同人と数は少ないが大学時代の友人との面会を求めるようになって、彼女の魂は次第になごんでいったように思われる。

主治医からすべなしと宣告された七月半ばに、私はヒーリングの先生を東京から招いた。その人は三重県宇陀郡の三杖村の古い桃谷君の知友の家から三十五日間病院に通い、ヒーリングをして下さった。その人の治療はその時期の桃谷君の希望であった。退院後は、三杖村の空気と水のよいその家で療養し、ヒーリングをしてもらって全快することが、彼女の心の支えになっていた。知友の彫刻家の御夫婦の善意にも彼女はどんなに喜んだことだろう。

桃谷容子は闘病生活中、多くの人々の愛情と善意に包まれたと思う。恩返しをしなければという彼女の願いのあったことも、どうか心だけは受けとってやってもらいたい。

〈わたし生きられるかしら〉〈さわやかな風やねえ〉〈午後の紅茶ちょうだい〉〈楽しかったね〉そんな故人の言葉が、なおもなつかしく響いてくる。

私たちは、詩を魂の真に深いところで欲した才能あるきわめてユニークな詩人を失った。なんとしても若すぎる。生還してもう一度詩を書いてほしかった。この人の可能性を思うとき私は人生の不条理を思わずにはおられない。桃谷君、これからも君の作品を読みつづけるよ。「天国の風」や「夏の旅」を読むと私はいつも泣いてしまう。この人にしか書けない名作だと思う。

桃谷君、ぼくは悲しくて混乱している。どうかそちらで、窓を開けて、天国の風をいっぱい入れてほしい。御両親のもとで、〈あの幸福だった夏の日々〉が〈再び〉君に戻ってきていることを信じたい。桃谷君、立派な闘病生活を見せてくれて有難う。心から感謝します。

（「アリゼ」91号・二〇〇二年十月三十一日）以下同

存在感のある詩人

林堂　一

あなたの詩はいつも長かった。見開き二頁に二十数行で収まっているほかの作品と違って、あなただけは読み終えるのに何度も息をつがなくてはならなかった。それに、主題も、主題の要求するレトリックも重苦しいものであった。思いつきの意見や批評を持ち出してもあなたは納得しなかったし、たまに、不適切な個所を指摘したら、それは旧作に手を入れたものであったりした。連作の一部のこともあり、感想は保留せざるをえないことも多かった。あなたの詩を批評するということはあなたの幼児体験、その後の家族関係のしがらみ、二年間のポーランド生活、そして離婚といった複雑な過去が、あなたの心に刻みつけたトラウマに触れることにほかならないことは誰の目にもあきらかで、そのことが、あなたの作品のなかに踏み込むことをためらわせたのである。第一詩集『黄金の秋』は福田正夫賞を受賞した。しかし、第二詩集の「党第一書記ヤルゼルスキ」で、あなたはトラウマを詩に昇華、一回り大きな詩人になったとぼくは思う。存在感のある詩人、これからが期待された。

アリゼというオーケストラであなたは特異なパートだった。しかし、指揮に以倉紘平というよき理解者を得て詩人としては短いが幸せな一生だったのではないか。短かすぎたが、老後のあなたは想像できなかった、あなたはあなたの一生を送ったのだ。難聴の耳にも蓋棺の音ははっきり聞こえた。

憧れの詩人

柳内やすこ

桃谷さんと私は二十年前、一号違いのほぼ同時期に、詩誌「七月」に参加して知り合った。住まいが同じ奈良だったので、合評会の帰り道にご一緒して、親しくなっていった。私たちの信仰も同じプロテスタントだったことから、電話でもよく話すようになり、次第に大切な友人と思うようになっていった。

桃谷さんが「七月」に入って最初に発表した作品「紅い雪」（詩集『黄金の秋』所収）は、かつて住んでいたポーランドの戒厳令の様子を書いたもので、繊細で格調高く美しい見事な文体であり、新鮮な驚きをもって同人に迎えられたことだったと思う。書き始めでただ稚拙だった私とは異なる、大物の風格あるデビューだった。

その後、華麗で細かい描写を特徴とする力作を次々と発表され、二冊の詩集で詩壇の高い評価を得られたが、丁寧に渾身の力をこめて書く姿勢は一貫して変わらなかった。私は詩人として彼女をずっと憧憬していた。

桃谷さんは裕福な家庭にお育ちになったが、ご両親が多忙であられたことから愛に飢えた少女時代を過ごされたため、生涯愛を求めて苦しんでいたように思う。キリストを信じながら、何故自分に苦しみばかりお与えになるのかと問い続けていた。

病床に伏された彼女をお見舞いした時、今信仰に満たされている、神様がきっと助けて下さると信じていると語ってくれた。最後は平安になられたことを嬉しく思う。この世では救われなかったが、今頃は天国で安心して過ごされていることだろう。

伝えたかったこと

西雄真弓

桃谷さん、こんなかたちであなたに最初で最後の手紙を書くことになるなんて、全く想像もできないことでした。すばらしい才能や美貌、豊かな経験と教養を持つあなたの華やかな存在感は、こぢんまりとした人生を送ってきた私にとって、とても眩しく感じられるものでした。けれどその一方で、私は密かに近しいものを感じてもいたのでした。

桃谷さん、あなたの饒舌には慟哭の響きがありました。ときには、あなたのその烈しさで、手当り次第なにもかもを否定しているように見えました。けれど、本当はなによりも大きな肯定を求めていたのではありませんか。もしかすると今さら望むべくもない応え、幼い日、一番大切な人からもらいたかったその応えをあなたはずっと求め続けていた。絶望の淵で、「もっと、もっと」と、まるでだだをこねる子供のようなあなたの肉声が、どの作品からも聞こえてくるのです。信仰への真摯な熱情もそこから発していたように思えるのです。そして、そんなあなたの作品の読者であり続けることが、もうひとりの私への、身勝手な好奇心でもあった。

桃谷さん、最後にお会いした病室で、声も出ないほど衰弱したあなたの眼《まなこ》が、思いもかけず清々しいことに胸を打たれました。それがもしかしたら、あなたがこの悲運の果てに、ようやく辿りついた答えなのかもしれない、などと考えるのはあまりに安直な慰めでしょうか。

桃谷さん、あなたの次の作品が猛烈に読みたい。

桃谷さんの可憐な表情

宮地智子

　桃谷容子さんの訃報を聞いて、彼女の第二詩集『カラマーゾフの樹』を再読した。初めて読んだ時、ひとりの読者として手放しで泣いたことを私は今、想い出している。そしてここには紛れもない、ひとつの真実が表わされていると確認している。凄じいまでの魂の飢餓感と孤独感、正義と美への憧れは、作品『調和の幻想　II』の言葉を借りれば〈その凍てる棘で近づく者をすべて拒絶〉するかのように傷ましい。

　けれど私がいま懐かしく想い出す桃谷さんの顔はむしろ優しい。「アリゼ」八十六号の合評会の席で『天国の庭』という作品の、ある部分が独善的であり、そのことがこの詩を弱くしていると私が批評した時のことだった。桃谷さんは一瞬、虚を突かれたような、失望のうちに恥じらいを含んだ、照れたような、可憐な表情をした。

　それは私の娘が三歳の時に初めて見た雪を、大発見でもしたように目を輝かせて「雪って牛乳とお砂糖でできているんじゃない？」と言って口にした後の、あの表情にそっくりだった。思わず抱きしめたくなる程だった。母上を亡くされてすぐの頃だったと思う。その合評会が終わっていつもの中華料理店に移動する時、私が母のお下がりの着物を着ていたのを目に止めて「この帯なあに？」などと言いながら触ってみたり、「わたしも母のがあるから着てみようかしら。」と言う声を幸福な気持ちで耳にしたりしたのを、今、私は懐かしく想い出している。

桃谷さんのこと

綿貫千波

桃谷容子さんにお会いしたのは、二十年位前、詩の会の合評会でした。たしかポーランドの詩を書かれていたと思います。言葉が大きく、外国語の多用の目立つ作品等でした。『黄金の秋』の詩集がありますが、その詩を書かれたのは、一九八六年の終り頃ではなかったか。一篇の詩に〝黄金色〟の形容詞が何度も出てきますが、詩と作者自身ぴったり合ったようで、強い意志を持った方だと思いました。あの頃から亡くなるまで、〝黄金〟は繰り返し、詩に出てきているような印象でした。

年月が流れて、私が二度目の心臓手術を受けたのち、やっと詩を書きはじめた頃、「元気になる薬」と書いたときに、桃谷さんは、そのような薬があるのなら私にも欲しいわ、と言いました。それは「梅の季節」を書いたときで、桃谷さんは、ずいぶん長い散文詩を書かれていて、元気なひとは違うと、私はひとりで感心していましたのに、驚きました。「元気になる薬」は事実か、どうか。虚と実について考えていたのか。あとで、私は毎日散歩をしているのです。と答えにならない返答をしたのを覚えています。

近年は合評会のときにお会いして、合評をするのですが、同じ宗教を信仰されているYさんに意見を求める事が多くなり、ふたりのやりとりを聞いているだけとなりました。美しい風景として、眺めているだけでした。

冬の薔薇

山田祐子

桃谷さんは今年の五月にはいつものように素敵な装いで、しかしひとまわりほっそりとなさってより美しく、合評会に出席されていました。折しもそれは薔薇の見事に咲く季節でした。

桃谷さんの神戸・ナビール文学賞受賞作、『カラマーゾフの樹』に冬の荒野に咲く一輪の薔薇が描かれています。それはいろいろの事情で苦難の道を孤高に歩まねばならなかった桃谷さんの、まさしく分身でありました。その薔薇は氷の厚い壁で覆われ、すべてを拒絶して、自らも孤独に凍りついていく、と。私はその詩行がいつまでも心に残り、「いつかきっと冬の荒野にも優しいエトランゼが現れ、その薔薇を手折って、懐に入れてくれるでしょう。」と言いました。そうしますと「遠い先でも良いから、エトランゼが現れることを、本当に心待ちにしています。」と彼女の返信にはありました。その文面からは率直でピュアな桃谷さんの横顔が伺えました。若くしてあまりに若くして逝ってしまわれた桃谷さんはこよなく薔薇を愛し（旅立たれる一週間前にも枕元にはやはり薔薇が飾られていました。）まことに薔薇のようなお人でありました。

桃谷さん、天国でお父様お母様の愛に包まれて、平安にお暮らしでしょうか。そしてそこには貴女がかつて詩に書いていらした幸福の象徴のひなげしの花と、色とりどりの薔薇が一面に咲いているのでしょうね。

縁

前田経子

　もう少しなにか打つ手はなかったのか、私に出来るなにかが、あの時なぜ馳けつけなかったのかと自身をなじっています。これから一花も二花も咲かせることの出来る貴女が雨に打たれるバラの花のように散ってしまわれて――。

　前夜式、告別式と最期のお別れをさせて頂いてもなお信じ難いしこりが二七日経ったいまも続いています。どうして詩神のミューズは貴女の手をもっとしっかり握っていてくれなかったのか。クリスチャンである貴女が天理の病院で亡くなられたことを不審に思われる方が多い事でしょう。昨年二月に子宮筋腫でよろず病院で手術を受けた私の娘（吉野の洞川の旅館に嫁いでいる）の話を聞いて、夜半貴女からの電話でした。五月二十二日（水）その声は痛い痛いと訴えながらそんな激痛を堪えているとは思えないいつもの元気な桃谷さんでした。一日置いて二十四日（金）が産婦人科林先生の診察日であること、一日に百人近い外来を診察なさり事務的な応対であること、症状が娘の場合とは全く異なること、入院すると天理教の信者が病室の一人一人にお祈りにくる事等を手短かに話をした。いまもあの時の貴女の声が耳元で聞こえています。

　〈文は人なり〉の言葉通り美しく気品に満ちた端麗な容姿そのまま、才気に満ち社会性に富み高い意識的な目差しで外来語を多用、貴女にピッタリでした。合評会でも意志の強さが目元をキリリと押え、容易にこちらの意見を受け付けない厳しさが貴女のどこからくるのか訝しく思う私とはいつも少し距離を置かれていました。信じるものが神と仏の本音からくる違いのようなものでしたでしょうか。

　亡くなられた九月十九日は不思議なご縁で娘の三十九歳の誕生日でした。七日前一緒にお尋ねしたあの娘の。

「もう少し早く出合わせて欲しかった。一時はあるいはと思った事もあったのですが箇所が箇所だけにね。病人が無理を言うのは苦しいからで当り前のことそれを聞き届けるのが私等の仕事」と悔みきれぬ様子の林先生でした。匂い立つように美しかった貴女はすっかりやつれられ、瞳を大きく見開き私の手作りの黄金のポーチを受け取って下さりなにか言いたげでした。神に召される時はこんなにも多くを剝いで逝くのかと息が止まりました。

人一倍敏感に反応する感じやすい心と付き合っている実生活は不器用の方でしたね。貴女の美しさに惑わされ女性としてのよこしまな心が貴女の真実を見誤っていたのではと——。大切なものを仕舞っている貴女の胸の一番奥の生来の典雅で侵しがたい神性をある時にはご自身でも疎ましく感じ幻滅の悲哀を味わって居られたのではと、なんとか再起をと願うみんなの祈りもむなしくお恵みに導かれて安らかな眠りにつかれました。人はなにを持って幸せと言うのでしょうか。処女詩集『黄金の秋』を前に大きな喪失感に打ちのめされています。かけがえのない立派なスゴイ書き手でした。詩集の中で貴女は生きかえり、貴女との日々がさざ波のように蘇ってきます。

ながれまど

小池一郎

桃谷容子さんと話し合ったのは、丸山真由美さんのご主人丸山創さんのお別れ会に参列した時が最後だった。帰り途で詩友の方々と、大野さん吉崎さん松本さん柳内さん内広さんだったかと確かではないが、富雄駅前のすし店で昼食を共にした。その時容子さんだけが私達とは別に注文してビールを飲まれていたのが何故か鮮明に思い出される。話題は丸山創さんの懐かしい生前のありし日々の思い出と、もっと長生きして医学的詩情豊かな作品を期待したかったと、反芻するように言っておられた容子さんの横顔が印象的だった。最後に店を出る時に私につぶやくように、

―毎日忙しくて作品が書けないのです。
もう私は学校をやめます。皆さんのように頑張って第三詩集をめざします。―

しばらくして大阪の勤務校を辞められて、その後アリゼ誌上に作品を発表され健在振りを発揮されていた。桃谷さんの作品は誰もが是認するように特有の世界を大切に他人に一歩も踏み込ませない説得力のある詩情に溢れていた。この詩人は私とは違った別世界からのメッセージを伝えに来られたのかと疑う時もある程でした。惜しい詩人が去られた。

蜩《ひぐらし》の鳴かずになりたる裏山の
栗の枯葉のすでに落ち染む
日《ひ》暮るれば流しもとに鳴くこほろぎの
今宵も時の来れば鳴きいず

最初の出会い

汐見由比

義弟の葬儀や母の介護でお見舞いの機会を逸し、お葬式にも行けず、亡くなられた桃谷さんには本当に申しわけなく思います。昨年秋復帰されて以来意欲的に作品を書いておられ、まさかこんなに早く逝ってしまわれようとは……。残念でなりません。

桃谷さんとの出会いはあの衝撃的な作品です。入会前届けてもらった『アリゼ』の中にその作品「テレーズ・デスケルウ」(『野火は神に向って燃える』収録)はありました。私もモーリアックの同名の小説がとても好きでした。自我意識の強い主人公テレーズは夫との精神的なギャップとその閉塞感に悶々とし、彼を毒殺しようとします。桃谷さんはテレーズに強く魅かれると同時に「あなたと別れ、一人になった時、私は自分がテレーズ・デスケルウだということに初めて気づいたのです。この世の幸福と無縁の人間だと……」と。そして絶望的な苦しみを経て彼女は思うのです。「……神が私に与えたものならば、きっとこの苦しみには意味があるのだと、……」力を振り絞って書かれたであろうこの作品には毒と実存的な悲しみと彼方からのかすかな救いがあり、強い感銘をうけました。

私は桃谷さんとは親しくお話しする機会もないまま永遠のお別れとなってしまいました。今、後悔しています。この感動をなぜお伝えしなかったのかと。そして「私もテレーズです」とどうして言わなかったのかと。その他の作品でも臆することなく自己を披瀝された桃谷さんに敬意を表し、安らかにと祈らずにはいられません。

天国の庭で

中塚鞠子

四ケ月前の合評会の帰り、中華料理屋さんで会食をした。その時彼女は「過敏性大腸炎らしいの。おなかが張るし油っぽいものを食べると下痢する」と自分で作ったお弁当を食べていた。少しやつれていたのにさりげなくて、病状に全く気づかなかった。

しばらく作品を休んでいた桃谷さんは八十五号から再び作品を書き始めた。なぜか八十六号に詩「天国の庭」を、八十八号にエッセイ「天国の庭」を書いている。それが絶筆となった。

銀糸で忘れな草の刺繍をした水色のジョーゼットのロングドレスを着たお母さんと、青い花の咲き乱れる天国の庭を散策している桃谷さんの姿が浮かぶ。幸せそうなやさしい微笑みを浮かべて。

『カラマーゾフの樹』を読み直してみた。そこにはあまりにも繊細で孤独な魂があった。手に入れられない平凡な家庭の暖かさや抱きしめられる幸せ。それは裕福でも美しくてもどうにもならないものだったのだ。彼女の独特の美意識と自己顕示欲に思えていたものが、こんなにも切ないもので、彼女を支えるぎりぎりのものであったことに、また「調和の幻想」を書きながら、辛うじて彼女が精神のバランスを取ろうとしていたことに、何故私は気づかなかったのだろう。こんなに真摯に心情を吐露している詩人は今時少ないのではないかとさえ思えた。

ある時見た横座りをした彼女の足。その繊細で華奢な足は谷崎潤一郎の「刺青」の駕籠からみえる足を思い出させた。美し過ぎて近づき難さがあったのかもしれない。

爽やかな月の夜に

飽浦　敏

九月十九日、桃谷容子さんが永久《とわ》の旅に発たれた。月は皓々と冴え渡り、旅立つ人の足許を照らすかのように光っていた。

「平城宮跡のトランペット」が発表された『アリゼ』の、五月の合評会には出席されていて、体調がよくないと話されていたのでした。

九月十二日天理よろず相談所病院へお見舞いに伺った日はすこぶる機嫌がよく、喋ったりして、このごろ狐か狸に化かされているような気がするのよ、ベッドに背中が張りついているようなのとか、しきりに話すので容子さんのお姉様と、以倉紘平さんと相談の上、ベッドを替えることになった。ついでに部屋も移ろうということに、あれほど個室を嫌がっていたのをその日は、いとも素直に従順であった。

十米足らずの個室へ移動するだけのことに、すっかり汗ばんでいて「汗かいているなあ」以倉さんの言葉にふと気付いた私は、温かいおしぼりで顔から足まで拭かせてもらった。衒いも躊躇もなく、すべては他者に預け、穏やかそのものである。人の世の一切の柵から解放されると、人はこうも清しくなるのだなあー。常に、身もこころも美しくありたいと願い、そして言って来た容子さん。その美意識は終生貫かれて美事であったと私は思いました。

天上のあの方の　あまりに早い思し召しにも
あなたは赤子のように　かすかな笑みさえ浮べ
光りの導く方へと　一人静かに永久《とわ》の旅に発つ
別れ際に軽く振った　あの細い指のさようなら。

讃美歌旧五一〇番

梓野陽子

五月二十一日、容子さんからお身体の不調を訴えられる電話があり、そのあとすぐの入院。信じられないまま、なぜ？　どうして？　と、あれから幾度この問いを繰り返してきたことでしょう。

九月に入って柳内さんと一緒にお見舞いに伺った時は、よほど体調のよい日であったらしく、三十分ほどを殆んど食べる物の話にあけくれました。入院以来、口にすることができたのは僅かな水分だけだった無念さが、悲しいほどに伝わってきて胸が痛みました。

「また来るね！」帰り際ドアの横で手を振ると、微かにうなずいて手を振って下さった桃谷さん。こんなにはやく、本当のお別れがきてしまうなんて。

「天国の庭」と題して書かれた『アリゼ』八十八号の船便りのなかに、〈春は軒の雨　秋は庭の露　母は涙渇く間なく　祈ると知らずや〉という讃美歌のことが記されています。桃谷さんが最も愛唱されていたこの（讃美歌旧五一〇番）を、前夜式そして告別式で私たちが歌うことになるなど、想像さえできないことでした。

神さまに導かれ、全ての苦しみから解き放たれた今は、美しい天国の庭をお母様と一緒に散策していらっしゃることでしょう。

以前、『アリゼ』八十六号に書かれた詩「天国の庭」の情景さながら、小鳥の囀りのなかで、あふれる青い花の香りに包まれて。やすらかに、永遠にやすらかに――。

葉書

田代久美子

桃谷さんの容態が容易ならないものだと聞いたのが七月の中旬である。毎日葉書を書いた。でも度々出し忘れた。

八月初旬にお見舞に行った時はまだ結構元気で、涼しくなったら先生に許可をもらって一・二時間でもドライブしようと約束をした。恢復したら一緒にイタリアに行こう、とも。

九月の合評会の翌日、宮地智子さんとともに再び彼女を見舞った。彼女が足をマッサージしてほしいと言う。寝たきり故の血行の悪さにて、つま先や指の付け根あたりがポイントの、冷え痛みしびれであろうと推測する。マッサージ器に足先やふくらはぎを包み込むように強く圧迫する機能があって、それが溶ろけるように気持ちが良いのを思い出し、それを再現するべく努めた。眠っていいわよー、と言うと彼女はたわいもなく眠りに落ちていくのだった。

良き伴侶、子、親しい友のいる人には、私はこんなことはしない。そんな周囲の人々になんなりしてもらえばいい。彼女にはほぼ誰もいない。なのに彼女は幼女のように、王女のように愛されたくてたまらない人だった。その彼女を愛情の飢餓感をいだかせたまま、旅立たせたくはなかった。ベッドの上に葉書を降るように届けようとしたのは、医者、看護士、同室の患者達、最後まで相入れなかった親族への、彼女のプライドを護るための威示行為でもあった。が、やはり三分間でもいい、病気を忘れてほしいが為であった。でも、とうとうベッドを葉書で埋め尽すことはできなかった。

天国の風

今村清子

桃谷容子さんの告別式が9月21日、日本キリスト教団天満教会でおこなわれた。残暑の厳しい日だったが、かざられた鉄砲ユリやトルコキキョウの、白や紫の花々のかおりが爽やかだった。

その10日ほど前、同人の丸山真由美さんといっしょに、天理よろず相談病院へお見舞いに行った時、あまりに痩せてしまわれ、誰だかわからないほどだった。それでも現在の医療技術ならまだ大丈夫と思っていただけに、亡くなったという知らせを受けたときは、信じられなかった。

告別式で故人の生前を振り返るなかで、詩「天国の風」が牧師さんによってろうろうと読みあげられた。天国の風がふいてくるところが、桃谷さんの安住の地であったのだろうと思った。天国の風がふいていたところの幸せを、せつせつとその詩はうたっていた。

5月12日のアリゼ88号の合評会がまだ元気な桃谷さんと会った最後だった。5月らしく装った桃谷さんのファッションは、マスカットグリーンで統一されていた。マニキュアも同色で、コーディネイトは完璧だった。その号は「平城宮跡のトランペット」という作品だった。この詩も天国の風がふいていたころを思いながら書かれたのであろうか。ファッションと同じく完璧にしあげられていた。いまは天国で十分、風にふかれていられるでしょう。

ご冥福をお祈りします。

桃谷容子さんさようなら

丸山真由美

桃谷容子さんとは下車駅が同じで、「アリゼ」の合評会の帰りに何度か一緒になった。大抵あの人が語りかけ、わたしは聴き役だった。映画や小説に詳しかった。一途な話し方で、ご自身疲れるのではないかと思ったりした。繊細な感情の持ち主だった。詩にそれがよく出ている。

第一詩集『黄金の秋』を読み返している。全体がとても硬質な感じがする。それでいてぐいぐいと読ませられる力には、改めて感心した。とくに冒頭の「囚人4…」は劇的で社会性があり胸を衝かれるようなところがあって立派だと思った。ポミドロ、ジムニヤツキ、マレク、ヨランダなどポーランド語のいい響きも残してもらった。

「海は近い」という作品には初めて出会ったような気がした。桃谷さんの死を思いながら読んだせいかも知れない。ここには画家ポール・デルボーの世界があますところなく捉えられているように思った。デルボーの絵には、水底にいるような透明感があり非現実的な別の世界の姿が描かれているような思いがしていた。キリストの「埋葬」や「磔刑」の絵は骸骨で描かれており、生の裏側や人間のおかしみと云ってもいいような諧謔が含まれているような気がしていた。桃谷さんはこれを敏感に察知していた。知らず知らずのうちに死を予感していたのかも知れない。この詩を読むと桃谷さんの孤独や悲しみがしみじみと伝わってくる。つい半年前の合評会では普通の姿だった。なんという無常だろう。　合掌

非在の桃（短歌行）

――桃谷容子　追悼

表

存在も非在も桃の容子《すがた》かな　鈴木　漠（秋）
　ユートピアには黄金の秋　冨上　芳秀（秋）
月遠く天国の窓開かれて　島田　陽子（月）
　三角屋根も傾斜優しく　漠（雑）

裏

朝まだき雪掻く人の声響き　芳秀（冬）
　降誕祭の牧師顔出す　島田　陽子（冬）
父母《ちちはは》の愛の遍歴はるかなり　漠（恋）
　恋を恋して履く赤い靴　松本　昌子（恋）
何処《いづこ》へか往く足音も速まつて　飽浦　敏（雑）
　雛の家には風のおとづれ　梓野　陽子（春）
姓と名の二つの谷に花明り　角田　清文（花）
　横文字ばかり並ぶ苗札　漠（春）

名残表

やすらぎて流るる歌に誘《いざな》はれ　梓野　陽子（雑）
　清ら夏星忘れがたしも　敏（夏）
トラウマといふ語かなしく更衣《ころもがへ》　昌子（夏）
　とれし釦《ボタン》は抽斗《ひきだし》に秘め　漠（雑）
黙《もだ》深き君に対《むか》へば銀杏《いちやう》散る　島田　陽子（秋恋）
　ゆめかうつつか露の逢瀬も　昌子（秋恋）
月影の顰《ひそ》みにならふ女性《ひと》ならず　清文（月恋）
　才色ともに惜しみなく出《い》で　敏（雑）

名残裏

嚠喨《りうりやう》とトランペットは涸沢に　漠（冬）
　鳩が下り立つ青き空より　梓野　陽子（雑）
肩よせてむつまじくせん花の宿　以倉　紘平（花）
　おぼろの中にしるきその額《ぬか》　林堂　一（春）

二〇〇二年一〇月満尾（ファクシミリ）　アリゼの会

＊桃谷容子。詩人。二〇〇二年九月一九日帰天。

出版御報告

桃谷容子様

あなたがなくなられて早、十五年が経ちます。

あなたの遺言による『桃谷容子全詩集』を、十五年目の召天記念日に出版します。

本全詩集は、遺言執行人としてあなたが全てを託された、詩誌「アリゼ」代表・以倉紘平氏を中心に、アリゼの仲間たちによる、遺稿の収集、校正作業など、全面的な協力を得て、まとめることが出来ました。

装幀画は、私の独断で、あなたの恩師、庄野英二先生の薔薇の絵をお借りしました。

本を作る間、あなたは生き続け、これからは全詩集で読まれます。

細かいご希望をお聞きすることが出来ず、これはこうといったご不満もあるかと思いますが、『桃谷容子全詩集』完成を、御報告申し上げます。

二〇一七年八月七日

編集工房ノア　涸沢純平

桃谷《ももたに》容子《ようこ》全《ぜん》詩集《ししゅう》

二〇一七年九月十九日発行

著　者　桃谷容子
発行者　涸沢純平
発行所　株式会社編集工房ノア
〒五三一―〇〇七一
大阪市北区中津三―一七―五
電話〇六（六三七三）三六四一
FAX〇六（六三七三）三六四二
振替〇〇九四〇―七―三〇六四五七
組版　株式会社四国写研
印刷製本　亜細亜印刷株式会社

ISBN978-4-89271-277-7